────── 阅读之前 没有真相

午夜文库

岛田庄司作品集

日本推理小说家。1948年10月12日生于广岛县福山市。1981年以《占星术杀人魔法》出道，之后陆续发表《斜屋犯罪》《异邦骑士》《奇想，天动》《北方夕鹤2/3杀人事件》等作品，均以场景宏大、诡计离奇著称。作品主要有"占星师侦探御手洗洁"和"热血刑警吉敷竹史"两大系列，其中御手洗洁系列作品累计销量已近六百万册，代表作《占星术杀人魔法》更是先后获得日本《周刊文春》评选"百大推理小说"第3位、英国《卫报》评选"世界十大密室推理"第2位等殊荣。

作家生涯不断开拓创新，对新人的提携也始终不遗余力，绫辻行人、法月纶太郎、歌野晶午、西泽保彦、麻耶雄嵩等推理名家，出道伊始都曾受到其帮助。先后创立的"福山推理文学新人奖""岛田庄司推理小说奖"，更是成为挖掘推理实力新人的重要阵地。

近年来，在为推理文学的全球交流、推广活动奔波的同时，依然笔耕不辍，先后出版《星笼之海》《屋顶上的小丑》《鸟居密室》等作品。

岛田庄司作品年表

御手洗洁系列

1981 《占星术杀人魔法》
1982 《斜屋犯罪》
1987 《御手洗洁的问候》
　　　数字锁
　　　狂奔的死者
　　　紫电改研究保存会
　　　希腊之犬
1988 《异邦骑士》
1990 《御手洗洁的舞蹈》
　　　戴高筒帽的伊卡洛斯
　　　某骑士物语
　　　舞蹈病
　　　近况报告
　　　《黑暗坡的食人树》
1991 《水晶金字塔》
1992 《眩晕》
1993 《异位》
1996 《龙卧亭杀人事件》
1998 《御手洗洁的旋律》
　　　IGE
　　　SIVAD SELIM
　　　波士顿幽灵绘画事件
　　　别了，我曾经的思念
1999 《P 的密室》
　　　铃兰事件
　　　P 的密室
　　　《最后的晚餐》
　　　里美上京
　　　大根奇闻
　　　最后的晚餐
2001 《好莱坞之证》
　　　《俄罗斯幽灵军舰之谜》
2002 《魔神的游戏》
　　　《圣·尼古拉斯的钻石靴》

岛田庄司作品年表

　　　　　西尔维馆的圣诞节
　　　　　圣·尼古拉斯的钻石靴
2003　《上高地的开膛手杰克》
　　　　　上高地的开膛手杰克
　　　　　山手的幽灵
　　　　《螺丝人》
2004　《龙卧亭幻想》
2005　《摩天楼的怪人》
2006　《溺水的人鱼》
　　　　　溺水的人鱼
　　　　　美人鱼兵器
　　　　　耳朵发光的孩子
　　　　　海与毒药
　　　　《UFO大道》
　　　　　UFO大道
　　　　　折伞的女人
　　　　《最后的一球》
2007　《利比达寓言》
　　　　　利比达寓言
　　　　　克罗地亚人的手
2011　《进进堂，世界一周》
　　　　　进进堂咖啡1974
　　　　　谢菲尔德的奇迹
　　　　　归桥与悲愿花
　　　　　追忆中的喀什
2013　《星笼之海》
2016　《屋顶上的小丑》
　　　　《御手洗洁的追忆》
　　　　　御手洗洁，那个时代的梦幻
　　　　　天使的名字
　　　　　从石冈先生的创作笔记说起
　　　　　给石冈的信
　　　　　石冈先生，长长的访谈
　　　　　西尔维
　　　　　MITARAI CAFÉ
2018　《鸟居密室》

占星术杀人魔法
(全新修订版)

[日] 岛田庄司 著
吕灵芝 译

新 星 出 版 社 NEW STAR PRESS

目录

1		序幕
2		AZOTH
28	I	四十年的未解之谜
126		文次郎手记
157	II	推理重启
189	III	追踪阿索德
255		给读者的挑战书
256	IV	春雷
270		第二封挑战书
271	V	时与雾的魔法
318		阿索德之声
336		修订版后记
347		参考文献

序　幕

在我所知范围内，这是一起最不可思议的事件。也许放眼全世界，也很难找到能与之媲美的完美犯罪。

事件发生在昭和十一（一九三六）年的东京。那是一连串可谓猎奇的凶案，然而每一名登场人物都不可能犯罪，警方完全（也许这个表达略显夸张）没有关于凶手的线索。

如此一来，调查自然止步不前，案子就这样搁置了四十多年。遍布全日本的狂热分子竞相分析案情、绞尽脑汁，试图查出凶手，然而直到我在昭和五十四（一九七九）年春天第一次接触到这个事件，谜题依旧未能解开。

而且，这起事件留下了详细记录，一切线索皆已公开。依旧是这样的结果，只能说其棘手程度太不可思议了。

本书在创作过程中，也会先将解开谜题的所有线索明确地呈现在读者面前，然后给出解答。

AZOTH

  这是一部我为自己创作的小说，本不打算公之于世。

  可是，既然要将想法转化为文字的形式，就必须考虑他人目睹的可能性，于是我以这一情况为前提，先为自身明确一则事实：这是我的遗书，或者说它既能充当遗书，同时也是一部"小说"。

  万一在我死后，我的作品能像凡·高的作品一般生出资产，那么请读到这些文字的人正确体察我融入这部"小说"的意志，自由决定如何处理遗产。

  昭和十一年二月二十一日（五）梅泽平吉

我被恶魔附身了。

  我的体内居住着显然不属于我的意志。我的身体已经沦为被它自由操纵的傀儡。

  此物异常邪恶，并且异常幼稚。它总是用尽各种办法，让我胆战心惊。

  一天夜里，我看见大如小牛的蛤蟆伸出触手，拖着黏稠的体液从书桌底下爬出，速度极其缓慢地穿过我的卧室，留下一串湿滑的痕迹。

  一天黄昏，铁窗格包围的房间四隅及暗影中，隐藏着两三只壁虎。这些都是我体内的异样存在让我看见的现实。

一个春日的黎明，它还让我堕入了刺骨的寒冷。这都是我体内的恶魔所为。我渐渐不再年轻，体力日渐衰退，而我体内的这股力量，也越来越旁若无人。

正如凯尔苏斯①所指，为了驱逐病人体内的恶魔，必须断绝病人的水和面包，棒打其身体。

圣马可的福音书有言："众人中间有一个人回答说：夫子，我带了我的儿子到你这里来，他被哑巴鬼附着。无论在哪里，鬼捉弄他、把他摔倒，他就口中流沫，咬牙切齿，身体枯干。我请过你的门徒把鬼赶出去，他们却是不能。"

我自幼便察觉到体内有这个恶魔的存在。为将它驱逐，我经历了莫大的苦楚。

一份文献中记录有这样一句话："中世纪，人们在恶魔附体的患者面前点燃浓烈的薰香，令其发作倒地，取其一把毛发装入瓶中封口，如此便能封印恶魔，令患者恢复如初。"

我曾请求旁人在我发作时进行这般操作，然而没有人愿意出手相助。我又想独自尝试，然而孤身一人无法完成。没过多久，我已癫狂的消息便传了出去。人们将我身上的症状解释为普通的癫痫，对其视若无睹。

从未亲身经历过的人定然无法理解。那种痛苦早已超越了单纯的生理现象，也超越了羞耻、名誉这些精神的次元，让我无力抵抗，宛如匍匐在庄严仪式之前的羔羊。那一刻，我在恍惚中顿悟，自己在这一世的经营，不过是转瞬即逝的幻影。

我体内显然寄生着不服从于我本人意志的邪恶之物。那东西

---

① 凯尔苏斯：古罗马时期的医学家，编纂了著名的百科全书。前五卷与农业相关，但现仅存关于医学的八卷，被称为《医术》。

呈球状，也许就是中世纪人们所说的歇斯底里球①。

平日里，它存在于我的下腹部，靠近骨盆部位。但它有时也会穿过胃部和食道，上升至咽喉。这种现象每周发生一次，每次必然在星期五。发作时，恰如圣西里尔描述的那样，我会翻倒在地，舌头僵直，嘴唇震颤，口吐白沫。那一刻，我能听见恶魔的尖利哄笑，感到他们在我体内打了无数尖锐的钢钉。

蛆虫、长蛇、蟾蜍，还有人类和动物的尸骸，不断从房间的各个角落涌出。那些令人作呕的爬虫聚集到我身边，啃噬我的耳、鼻、唇，发出"嘶嘶"的声音，留下阵阵恶臭。因此，我丝毫不奇怪魔法的祭礼和仪式上会用到多种爬虫类当献祭。

近来，我虽然不再口吐白沫（也几乎不再倒地不起），但每到星期五，还是会感到胸中的圣痕渗出鲜血。这在某种意义上，是超过倒地不起的艰难试炼。我宛如十七世纪的卡塔琳娜·加里纳修女和凡尔赛的艾米利亚·比切利，体验了神魂的超拔。

那是我体内的恶魔在催促。它对我的种种刁难都因此而起。我必须开始行动。那个行动就是借助恶魔的力量，按照恶魔的要求，塑造一个完美的女人。她在某种意义上形同神明，亦可按照通俗的说法唤作魔女。我要创造出那个全知全能的女人。

最近我总是做梦，反反复复梦见同样的场景。梦正是一切魔法的源头。老普林尼②的魔草固然效果卓越，而我则喜欢用蜥蜴烧成的灰，混合上等葡萄酒涂于全身，然后入睡。如今，我已经沦为恶魔的傀儡，也许早已化身为恶魔，因此每夜都能在幻视中

---

①歇斯底里球：典型的歇斯底里球是一种会在病人的喉咙部位发生的急性阻塞感，它使病人无法说话，还会引发呕吐现象，就像有一个球到了喉咙处，学界认为这种征候是因为子宫压迫到喉咙而引起的。
②老普林尼：即加伊乌斯·普林尼·塞坤杜斯，古罗马作家、科学家，以《博物志》一书留名后世。

目睹那位合成了完璧之美的女人的身影。

她拥有梦境般的美貌，她的灵魂蕴含肃穆的力量，她的姿态凛然夺目，而我拙劣的画笔，竟无法表现其中分毫。我只想亲眼看看她的身姿，只消看上一眼，便死而无憾。我为她陷入了疯狂，我的渴望已经超越了祈愿，再也无法压抑。

这个女人是"阿索德"，是哲人的阿索德之石。所以我决定称她为阿索德。阿索德就是我三十多年来在画布上孜孜以求的理想，是我的梦之结晶。

我将人类的身体分为六个部分，即头部、胸部、腹部、腰部、大腿及小腿。

西方占星术认为，人体正是宇宙的投影，是其缩小的形态，因此宇宙中也存在这六个部分的守护星。

头部属于牧羊座的守护星♂（火星）。人体宇宙中的头部由牧羊座掌管，牧羊座的守护星是♂，因此头部由♂赋予力量。

胸部属于双子座，同时也属于狮子座，因此由双子座的守护星☿（水星）或狮子座的守护星☉（太阳）来守护。女性的胸部亦可理解为乳房，属于巨蟹座的掌管范围，因此也可以由巨蟹座的☽（月亮）来守护。

腹部属于处女座，由处女座的守护星☿（水星）掌管。

腰部属于天秤座，由天秤座的守护星♀（金星）掌管。女性的腰部亦可理解为子宫，也就是负责生殖繁育的部分，那么就属于天蝎座的掌管范围，因此受天蝎座的守护星♇（冥王星）管辖。

大腿属于射手座范围，由射手座的守护星♃（木星）掌管。

小腿属于水瓶座，由水瓶座的守护星♅（天王星）掌管。

人类肉体是有受到守护星强化的部分的。例如牧羊座的人，头部得到强化，天秤座的人，腰部得到强化。强化的部分由出生瞬间的太阳位置决定，反过来说，人类之所以为人类，是因为他们的身体只有一处得到强化。终其一生，人类都绝不可能成为超过人类的存在，这是因为人的身体只有一个部位得到了星辰的祝福。

头部得到强化的人，腹部得到强化的人……每个人身上只有一处得到强化，而世间行走着千千万万的人。若从中挑选出六名强化部位不同的人，从他们身上分别提取出得到强化的部位，例如头部强化之人的头部、胸部强化之人的胸部、腹部强化之人的腹部，再将其拼凑成一具肉体，将会如何？！

所有身体部位都得到了星辰祝福的完美肉体，光明的舞者就此诞生。这不正是超越了人类的存在吗？！

被赋予了力量的人也兼具美丽。若这具光明的肉身由六名处女组成，应当会是一个拥有完璧之美的"女人"。我毕生都在画布之上追逐女性的完美，面对那终将现世的完美，我不禁产生了近乎畏惧的憧憬。

我又是何等的幸运，因为近来我突然发现，那六名处女就生活在我的身边。准确来说，就是住在我的宅邸中的六个姑娘，她们碰巧各自属于不同的星座，得到星辰祝福的身体部位也就各不相同。正是这个认知，激发了我制作阿索德的艺术灵感。

以世人的常识角度来看，还有一件令人惊诧的事实：我是其中五个姑娘的父亲。

那五个姑娘按照长幼排序，分别是和荣、友子、亚纪子、登纪子和夕纪子。其中和荣、友子与亚纪子是我的第二任妻子胜子从上一段婚姻带来的孩子。夕纪子是我与胜子生下的女儿，登纪子则是我与前妻妙子生下的女儿。夕纪子与登纪子恰好同龄。

我的妻子胜子以前是一名芭蕾舞演员，闲暇时也会带领女儿们学习芭蕾和钢琴，后来我胞弟良雄的女儿冷子与野风子也成了胜子的学生。由于良雄在外租房，家中过于狭小，那两个姑娘就渐渐地开始在我家主屋留宿，因此宅邸内总是有许多年轻女孩。

妻子带来的长女和荣已经成家，因此平时住在大宅里的姑娘总共六人，即友子、亚纪子、登纪子、夕纪子、冷子和野风子。

和荣生于一九〇四年，是摩羯座；友子生于一九一〇年，是水瓶座；亚纪子生于一九一一年，是天蝎座；登纪子生于一九一三年，是牧羊座，夕纪子与登纪子同年，是巨蟹座；我胞弟的大女儿冷子也生于一九一三年，是处女座；他的另一个女儿野风子生于一九一五年，是射手座。

虽然有三个姑娘已年满二十二岁，但总的来说，这个家中竟如此凑巧地住了六个姑娘，从头部到小腿分别受到了星辰的祝福，没有重复。渐渐地，我开始觉得这并非巧合，这是冥冥中为我准备好的素材。毫无疑问，恶魔在命令我用她们创造祭品。

长女和荣三十一岁，唯有她与其他女孩有较大的年龄差，并且已婚，住处远离娘家，不算在对象之内。按照从上往下的顺序，头部是牧羊座的登纪子，胸部是巨蟹座的夕纪子，腹部是处女座的冷子，腰部是天蝎座的亚纪子，大腿是射手座的野风子，小腿则是水瓶座的友子，应分别采集她们拥有的部位进行合成。其实腰部使用天秤座、胸部使用双子座的处女更理想，但凡事总会有一些缺憾。

而且，阿索德是一名"女性"，将胸部视作乳房、腰部视作子宫，反倒更符合。我必须感谢这天赐的幸运，或者感谢恶魔。

阿索德的制作必须严格遵循炼金术步骤，否则她将无法获得永恒的生命。六名处女各自代表不同的金属元素，虽然现在只是卑金属，但只要精炼一番，就能升华为阿索德的黄金。届时将是阴云散去，晴空再临的光景。何等神圣辉煌！

啊，只是想象那个光景，我就浑身震颤。我定要看上一眼，然后死而无憾！我花费了三十余年的世俗生命，在画布上展开漫长的苦斗，就是为了描绘出心中的阿索德。如果能抛下画笔，用真实的肉体创造那个景象，将何等美好！世间所有的艺术家啊，还有什么愿望能比这个更诱人？

这是有史以来无人拥有过的梦想，这是意味着完美的创作。无论黑魔法的弥撒、炼金术的贤者之石，还是追求女体之美的各种雕刻，在创造阿索德的大业之前都显得毫无意义。

那些充当元素的姑娘将不得不失去世俗的生命。她们的肉体将被切割两次，取出其中一部分，剩余的两个部分则被舍弃（登纪子和友子分别提供头部和小腿，因此只会剩下一部分），世俗的生命无法留存，但她们的肉体将得到精炼，升华为永恒的存在。为此，又有谁会觉得不甘呢？

这项事业的开端必须遵循原初物质的原则，在太阳落入牧羊宫时开始。

提供头部的登纪子的肉体属于牧羊座，因此必须被♂夺去生命。（♂是代表火星的符号，在炼金术中代表铁。）

提供胸部的夕纪子是巨蟹座，因此必须被☽夺去生命。（☽是代表月亮的符号，在炼金术中代表银。）

提供腹部的冷子是处女座，因此必须服下☿死去。（☿是代表水星的符号，在炼金术中代表水银。）

提供腰部的亚纪子是天蝎座，天蝎座的支配星目前是P（冥王星），但我决定沿用尚未发现冥王星的中世纪时的标准，用♂

夺取她的性命。

提供大腿的野风子是射手座，因此必须死于♃。(♃是代表木星的符号，在炼金术中代表锡。)

提供小腿的友子是水瓶座，水瓶座的支配星现在是♅（天王星），但中世纪尚未发现这颗行星，而用♄代替，因此最好用♄赋予其死亡。(♄是代表土星的符号，在炼金术中代表铅。)

得到六个姑娘后，必须先清洗我和她们的身体。此时需要用到葡萄酒与某种灰的混合物。

接下来，用♂制的锯子切出需要用到的身体部位，放到十字架浮雕的木板上进行拼接。此时可以像基督像那般以钉子固定，但我不想在肉体上留下不必要的褶皱和伤痕。我希望阿索德像赫卡忒的神谕那般，先以木雕造像，仔细打磨，再饰以小蜥蜴。

接着就要开始准备秘火。众多平庸的炼金术士将秘火理解为真正的火，并因此遭遇无数愚蠢的失败。其实，不湿之水与无焰之火，指的是某种⊖（盐）和香。

接下来需要组成黄道十二宫（十二星座）的各种元素，也就是绵羊、牛、婴儿、蟹、狮子、处女、蝎子、山羊、鱼等，收集尽量多的肉块和血液，再加入蛙与蜥蜴的肉，用大锅熬煮。这口锅便是阿塔诺，也就是炼金炉。

我在俄利根或希坡律陀留下的典籍《哲学者》（*Philosophumena*）中找到了进行这道程序时应该默念的咒语。

"显现吧，来自地狱、人间与天堂的震颤，掌管大道与十字路口的女神啊。你带来光明，行走于黑暗；你是光明之敌，与黑夜交媾；你闻犬吠而欢欣，见血腥而雀跃；你徘徊于暗影，穿行于坟冢；你渴求鲜血，震慑凡俗。歌果、茉门，变换千种姿态的月神啊，请你用仁慈的眼眸，注视我们的献祭。"①

这种混合物最后要密封在"哲学之卵"内，并且在母鸡孵卵的温度下保存。不久之后，它将升华为万灵药"潘那切"。

有了万灵药，就能将阿索德的六个部分融为一具完整的肉体。得到这具全知全能的永恒神体后，阿索德作为与光为伴的女性，终会获得生命。而我则会成为能者（掌握真知的人），令阿索德的光之肉体永不损毁。

人们常把炼金术这项伟业（magnum opus）误解为变卑金属为黄金，这其实是胡说八道。正如天文学脱胎于占星术，炼金术也在化学的萌芽时期做出了极大贡献。也许是现代化学家们耻于承认自己的后进，刻意给炼金术安上了低俗的标签。就像功成名就的学者忽略了酒鬼父亲，坚称自己与他毫无关系一样。

炼金术的真正目的在于更高的层次。是找出隐身在普通常识中的现实本质，并以一种完美的意义将其具象化的手段。换言之，就是将被人们简单地称为"美之精髓"或"至高之爱"的存在凝聚成实体。在这个过程中，意识将会经历根源性变革，得到洗练打磨。将埋没在世俗所求的危险平庸中、如同铅块般毫无价值的意识，提升至堪比黄金的精妙层级。在东方，最接近这一概念的可能是"禅"。追求事物的永恒完满，或者说"普济"的创造行为，才是炼金术的真正目的。

因此，炼金术士也许实际尝试过制作黄金，但那不过是一种消遣，或者大多是欺骗。

许多未能求得奥义的人，都在矿坑中孜孜不倦地寻找原初

---

① 引自阿尔弗雷德·莫里（Alfred Maury）所著的《魔法和占星术》(*La Magie et l'Astrologie*) 一书第三章。

物质。然而，那种物质不一定就是矿物。帕拉塞尔苏斯[①]不是说"原初物质无处不在，与孩童共嬉戏"吗？真正的原初物质，若不是女人的肉体，又会是何物？

我本人最清楚，旁人都将我视为癫狂之人。也许我与其他人不同，但身为艺术家，这是理所当然的。与他人不同的部分，大抵就是被唤作"天赋"的部分。如果只能创造出与前人所造之物大同小异的东西，又如何能称其为艺术？唯有反抗，才能孕育出创造。

我并非嗜血之人，但身为创作者，我还是难以忘却目睹人体解剖时的触动。面对绝非正常状态的人体，我禁不住产生了强烈的憧憬。年轻时，我曾强烈希望对着脱臼的肩膀写生，也无数次想要观察生命力渐渐流失而松懈的肌肉。不过这应该是所有艺术家共同的愿望。

先来介绍一下我自己吧。十几岁时，我极不情愿地被母亲领去拜访了当时非常罕见的西洋占星师。那天，他竟准确地说出了我所经历过的大事小情，让我从此对西方占星术着了迷。后来我也数次找他求教过，期间得知他是荷兰人，曾经当过基督教传教士，后来因为沉迷占星术而被剥夺了传教士资格，从此以占星师身份生活。明治时代，整个东京，甚至整个日本，都只能找到他这一位占星师。

我出生于明治十九（一八八六）年一月二十六日下午七时三十一分，地点在东京。我的太阳宫落在水瓶座，上升宫则在处女座，上升点（降生时的东方地平线上）出现♄（土星），因此

[①] 帕拉塞尔苏斯：文艺复兴初期著名的炼金师、医师、自然哲学家。他开创了新的学科，当时称之为医疗化学，就是把医学和炼金术结合起来的一种新的医学化学科学。

我的一生深受♄的影响。

土星会给一个人的命运带来强大的试炼和忍耐力。占星师曾说，我从降生那一刻起就怀有强烈的自卑，这一生将是一场克服自卑的艰苦卓绝之旅。如今回头再看，那正是我一辈子都在做的事情。

我的身体不算健壮，而且因为体质特异，幼年时期格外瘦弱，同时还要注意防止烧伤。至于是什么特异体质，这里就不再重复了。上小学时，我曾因一次发作，右脚碰到教室的暖炉而严重烫伤。直到现在那里还留有一大块疤痕。

占星师预言我在人生的某个时期会与女性关系亲密，如今拥有登纪子和夕纪子这两个同龄的女儿，便是预言应验的佐证。我的♀（金星）落在双鱼座，因此偏爱双鱼座的女子，但最终会与狮子座的女性结婚。他还说，二十八岁那年，我将遇到一场试炼，并因此承担起家庭的责任。诚如其言，一开始我与双鱼座的阿妙结为夫妻，后来一度迷上德加的作品，时常描绘芭蕾舞女。当时我请来当模特的人，就是现在的妻子胜子。我对胜子一见钟情，强要了她，让已为人妻的胜子生下了我的孩子，那个孩子便是夕纪子。阿妙与胜子印证了我的命运，两人在同一年先后生下孩子。最后我与阿妙离婚，与狮子座的胜子再婚，那一年，我恰好二十八岁。

现在阿妙住在都下保谷，经营一家香烟店，那是我给她买的房子。登纪子跟了我，但也时常到那里去帮忙。我本担心登纪子与其他姑娘难以相处，但事实证明这只是我杞人忧天。我时常觉得对不起阿妙，虽然我们已经分开了二十年，但这种心情依旧挥之不去，甚至越来越强烈。假如阿索德将来能为我创造财产，我打算全部留给阿妙。

占星师还预言说，晚年我将守着秘密与孤独生活，有可能住进医院或收容所，远离俗世，也有可能是精神上远离俗世，生活在幻想的世界。这点也应验了。如今我独自隐居在庭院一角由仓库改建的画室中，平时连主屋都不怎么踏足。

还有一条，他说得最为准确。Ψ（海王星）与P（冥王星）重叠在我的第九宫，暗示着超自然界的纯粹的灵性生活，拥有内在的启示与神秘的力量，容易被异端宗教所吸引，从而开始研究魔法和咒术。同时它还暗示着毫无意义的外国流浪生活，而且一旦到了国外，我的性格和境遇就会发生剧变。根据月球的行进判断，那应该是在我十九岁到二十岁前后发生的事。

仅仅是Ψ与P重叠就十分罕见，我还生在了这两颗星落入最能强化其力量的第九宫的时刻。可以说，我的下半生一直被这两颗凶星支配。十九岁那年，我离开日本，以法国为中心在欧洲浪迹了一圈。正是那段时间的生活，给我植入了神秘主义的人生观。

占星师还说到了许多小事。我年轻时从未相信过西方占星术，因此带着叛逆意识做出了相反的举动，结果却是让占星师的预言应验了。

不仅是我，我的家庭，甚至与我有关的人，似乎都受到了这不可思议的命定因果的左右。最典型的例子就是我身边的女性，不知为何，只要是与我相关的女性，都背负着与婚姻无缘的宿命。

我与第一任妻子分开了，现在的妻子胜子是第二任，而我也是她的第二任丈夫。如今我已决定赴死，因此不久之后，胜子将第二次失去丈夫。

我母亲的婚姻很失败，听说我祖母的婚姻也很失败。胜子带来的大女儿和荣不久前也离婚了。

友子今年二十六岁，亚纪子快二十四岁了，也许因为家里足够大，又与母亲关系亲密，她们似乎都放弃了结婚的打算。毕竟这是个随处飘荡着战争气息的诡异年代，考虑到一旦真的开战，将来可能守寡，她们觉得在家练练琴、跳跳芭蕾舞的日子更惬意。胜子本来也不喜欢军人。

既然放弃了结婚，胜子和女儿们自然而然地对金钱产生了兴趣。我却不太自在。她们声称家中的六百坪土地闲置着太浪费，几次三番来劝我修建长屋，用于出租。

我已经言明，待我死后，胜子她们可以随便处置家中财产。胞弟良雄至今还在外面租房，想必会很赞成她们的想法。等到长屋建成，他们这辈子就能衣食无忧了。

其实仔细想想，仅仅因为我是长子，就能独占家族财产，这的确很不公平。主屋占地甚广，良雄夫妇完全可以搬进来与胜子她们同住，然而不知是良雄的妻子绫子心存顾虑，还是胜子不应允，现在他们一家依旧在附近租房住。

简而言之，除我以外，家中所有人都赞同修建长屋，自然大家对我心怀不满。近来我变得特别念旧。阿妙是个除了顺从没有任何长处的女人，而照这样下去，哪天胜子她们对我下毒也毫不奇怪。

我之所以反对修建长屋出租，自然有一定理由。我继承了这座位于目黑区大原町的宅邸后，便将庭院西北角的仓库改建成了画室，后来还搬进去居住。我特别喜爱这间画室，因为窗外有成片的绿色。万一修建了长屋，窗外那片草木一定会变成众人好奇的目光。即便没那么夸张，凭我这个怪人的名声，也难免会引来住户的窥探。那样的叨扰无疑是创作的大敌，因此我不赞同。

我从小就喜爱这间阴森的仓库，时常跑到里面玩。因我向来喜欢待在完全封闭的空间，否则就会坐立不安。然而若要将其改成画室，过于阴暗实在不可取，我便在屋顶开了两扇大型采光天窗。为防止有人从那里进入，我又在两扇窗上安装了牢固的铁栅，覆盖在玻璃之上。

我给其余窗户也安装了铁栅，另外增设卫浴设施，将原本的两层建筑打通为一层，改造成了挑高的单层平房。

很多画室都有挑高的屋顶，若问为何这样设计，一是开阔的空间更容易激发创作灵感，二是完成大幅作品时无须担心高度限制。画布碰到过低的天花板自然不好，更重要的是创作时需要从远处观察，因此需要较大的墙面和开阔的空间，同时还要配上开阔的地面空间。

画室落成之后，我对其喜爱有加，干脆拖来一架军医院用的铁质轮床，每日在这里睡觉。因为安了轮子，我可以将床随意拖到喜欢的角落。

我很喜欢高处的大窗户，秋日午后，阳光透过天窗的铁栅，在地上打下两块方形的格子光斑，落在窗户上的枯叶宛如点缀其中的音符。

我还留下了以前二楼的窗户，看它高高地挂在墙上，格外赏心悦目。每当这种时候，我就会不自觉地哼唱起《卡布里岛》或《月下之兰》这些自己喜欢的旋律。

一楼的西北两面窗正对着围墙，因此我把这两扇窗都封起来，涂黑了，只留下南窗。既然窗户无法采光，倒不如融入墙面更合我心意。不过幼时家中修建这间仓库时，外面还没有竖起大谷石的围墙。仓库东面则被大门和新设的厕所占据了。

被围墙遮挡的西墙和北墙上挂着我倾注心血的十一幅画作。

都是以十二星座为主题的大型作品，将来还会再添上第十二幅。

现在，我正准备创作最后的牧羊座，这是我毕生的事业，所以要等这幅画作完成后，我才能开始制作阿索德。等到亲眼见证阿索德完成的模样，我就结束自己的生命。

请容我再讲讲曾经浪迹欧洲的往事。我在法国结识了一个日本人，她名叫富口安荣。

明治三十九（一九〇六）年，我第一次踏上巴黎的土地。我所有的青春与彷徨，似乎都留在了这座城市的道路上。现在也许情况会有不同，但在当时，一个不懂法语的东洋人走在法国街头，几乎不可能碰到本国同乡，那种感觉异常孤寂。若在明月高悬的深夜走出去，我会感觉全世界只剩我一人。

不过我很快就习惯了那里的生活，渐渐地也能说上几句法语，心中的孤寂便转化成了令人舒畅的淡淡哀愁。那段时间，我漫无目的地走遍了整个拉丁区。

那年秋天，巴黎格外美丽，走在枯叶沙沙作响的石板路上，我发觉自己慢慢获得了能捕捉一切感动的眼睛。灰色的石板路与枯叶的色彩异常协调。

就是那个时期，我开始欣赏居斯塔夫·莫罗。罗什富科街十四号是莫罗的博物馆。之后，莫罗和凡·高便一直是我的精神食粮。

晚秋的一天，我顺着平时的散步路线走到美第奇喷泉，邂逅了富口安荣。那一刻，安荣正靠在喷泉的金属围栏边发呆。周围的树木早已落尽了叶子，干枯的枝条刺向铅灰色的天空，宛如老人干瘪的血管。那天巴黎突然降温，身在异国他乡的异邦人看起来更显清冷。

我一眼就看出安荣是东方人，按捺不住思乡之情，便走了过去。她那略显拘谨的气质在我眼中无比熟悉，但不知为何，我认定安荣是中国人。

见对方也用如遇故人的目光看着我，我便上前用法语搭讪了一句："今天有点入冬的感觉了。"在日本也许不会这样，但在异国他乡，说外语反而容易让人放下戒心。然而事与愿违，我话音未落，她就表情凝重地摇了摇头，转身便要走开。我心中一惊，对着她的背影用日语喊道："你是日本人吗？"她马上回过头来，脸上是如释重负的表情。那一刻我便知，我们俩注定陷入爱河。

那一带每到冬季就会有卖烤栗子的小摊。"Chaud, chaud, marron chaud!"（热乎乎的栗子！）我们俩常被那吆喝声吸引，因此吃了许多烤栗子。同为身在异乡的日本人，我与安荣几乎每天都见面。

安荣与我同年，我生在一月，她生在十一月底，相当于差了一岁。我猜她应该是闲着没事，到法国来学画画的有钱人家的千金小姐。

我二十二岁、安荣二十一岁时，我与她携手回到了日本。几年后，巴黎就卷入了欧洲的大战（第一次世界大战）。

我们在东京依旧保持来往，我还打算与她结婚。可是东京的生活与在巴黎时不同，安荣身边围绕着一大群朋友。我无法适应她奔放的性格，便与她分手了。之后听闻她结了婚，但那时我们已经许久未见过面了。

二十六岁那年，我与阿妙结了婚，那是良雄半开玩笑介绍的姻缘。当时阿妙是府立高等学校（现在的都立大学）附近和服店家的姑娘。那年我母亲病亡，我心中寂寞难耐，几乎不挑剔任何人来陪伴。当时我继承了土地和房产，成了个小有名气的资产家，应该也算是个条件颇好的结婚对象。

讽刺的是，结婚几个月后，我就在银座碰见了安荣。仔细一看，她还带着孩子。我对她说"你果然结了婚"，她却回答说已经与丈夫分开了，目前在银座经营一家画廊兼咖啡厅。她还说她选了一个难忘的地名作为店名，让我猜是什么地方。我猜是美第奇，结果猜对了。

我把我的作品全部交给了她，当然，那些画作本来也不怎么有人买。另外，我还听从她的建议，办了几次个人画展。然而因为我对二科①及光风会②这些公开募集作品的奖项不太感兴趣，所以迟迟没有做出成绩，为自己的简介发愁了许久。安荣有时会到我的画室来，我还给她画了一些肖像画，每次都会在美第奇的个人画展上展出。

安荣出生于明治十九年十一月二十七日，是射手座。她的儿子出生于明治四十二（一九〇九）年，是金牛座。可不知为何，有一回她突然暗示，平太郎其实是我的儿子。这也许是她平时最拿手的玩笑话，可真要计算下来，倒也能对上。另外她还专门以平字打头，给孩子起了"平太郎"这个名字，其中恐怕也有深意。如果是真的，那只能说是命运的安排。

我算是个传统的艺术家，对近来流行的毕加索和米罗的所谓前卫艺术不感兴趣。我只钟爱凡·高和居斯塔夫·莫罗。

我深知自己是个老古董，然而，我就是喜欢能让人轻易感知到"力量"的作品。不蕴含力量的画作，不过是沾了颜料的布头而已。所以，我是能理解意义上或者某种理解范围内的抽象作品

---

①二科：指二科展，一八八九年成立，是日本三大公募展之一，分为绘画、雕刻、设计、摄影四个部门。
②光风会：指光风会展，一九〇四成立，由绘画与工艺两个部门组成。

的。部分毕加索的作品，以及用身体冲撞画布进行创作的隅江富岳的作品，也都属于我喜爱的范畴。

但我认为，创作的必要条件是技术，与小孩子搓泥球砸墙有本质上的区别。那些随处可见的所谓前卫画家的作品，带给我的感动甚至不如公路上留下的交通事故刹车痕迹。那是镌刻在路面上的力量轨迹，宛如鲜红的裂痕，又好似石缝渗出的鲜血，而旁边就是与之形成鲜明对照的、呆板的白线。它们具备构成完美作品的条件，是仅次于凡·高和莫罗的杰作。

对了，我之所以提到自己是个传统的人，还有另一个原因。我也喜欢雕塑，但更容易被人偶吸引。那种弯折铁丝构成身体的金属雕塑，在我眼中不过是一堆废铁。过于前卫的东西总是令我感到厌恶。

年轻时，我在府立高等学校附近的服装店橱窗里发现了一个非常有魅力的女人。她是一具塑料模特，可我对她着了迷，每天都会站在橱窗前痴痴地凝视。只要我有事要往车站那边走，那么无论绕多远的路，也一定要经过那家商店，多的时候甚至每天去看五六次。这样的状态持续了一年，我看遍了她的夏装和冬装打扮，还看过春日的长裙。

若是现在，我肯定二话不说就去找店主买下那具人偶，可我当时还是个孩子，又十分内向，从未想过走进店里提这件事。再加上那时我能自由支配的钱也不多。

因为嫌香烟呛鼻，醉客吵闹，我平时不怎么去酒馆。但最近这段时间，我倒是经常光顾一家名叫柿木的店，因为有个塑料模特工厂的经营者是那里的常客。

趁着酒劲，我对那人说起服装店模特的事。不久之后他就带我去看了他的工厂，登纪江当然不在那里，而且他厂里的那些人偶，魅力都不及她的百分之一。我也说不清究竟哪里不同，其他人也许都分不出那家工厂的人偶与登纪江在脸型和身材上有何差异。但于我而言，两者之间存在着巨大的差异，就像珍珠项链与铁丝圈那般，价值截然不同。

这里要补充一下，我暗中给她起名叫"登纪江"。因为那时有个当红女星叫登纪江，外貌与她有几分相似，但我只对人偶登纪江着迷。按照现在的说法，就是无论睡着还是醒着，我眼前都会浮现出她的面容。我为她写了许多诗，还默默记住她的长相和身材，悄悄画了许多画。如今回想起来，那应该就是我成为画家的原点。

那家服装店的隔壁是一家生丝店，常有运货的马车在那里装卸货物。我便假装围观马车，暗中窥视登纪江的倩影，从未引人起疑。她有一张高傲的脸和栗色的头发，发丝看起来很硬。她手指纤细，裙下露出的小腿有令人痴迷的线条。哪怕已过去三十多年，我依旧能鲜明地回忆起登纪江的容颜。

有一次，我看见在玻璃橱窗里的她全身赤裸，正准备更换衣服。那一刻我体会到的冲击，是日后无论跟什么女人发生关系都未能超越的。我感到双腿发颤，连保持站立都万分艰难。后来，我花了很长时间才逐渐理解女性的下腹部为何有毛发，其内部为何具备生殖机能，以及这些构造究竟有什么价值。

除此之外，我还无数次意识到，我的人生因为登纪江发生了多么大的扭曲。首先，我喜欢发质较硬的女性，并觉得哑女非常有魅力。最容易吸引我的女性肉体，是那种带有一点植物感，让人很容易想象出她静止不动时的样子的类型。另外还有许多方面，不胜枚举。

我本人最明白，我这种癖好与此前提到的艺术观是不相容的，我也屡次感到万分奇怪。这种矛盾也表现在我对画家的喜好方面，我钟爱的凡·高与莫罗，就是两个风格截然不同的画家。如果未曾遇见登纪江，我的艺术观也许会更为统一。

我的前妻阿妙就是那种植物性的、好似人偶的女人。可是另一个我，那个怀有艺术家内在激情的我，又在冥冥中渴求着胜子。

登纪江显然是我的初恋。在那个难忘的三月二十一日，登纪江从橱窗里消失了。那是个和煦的春日，樱花刚刚开始绽放。

当时我所受到的打击用言语无法形容。我的一切都变得空虚。不对，应该说这件事让我意识到一切都注定要失去，于是我选择去欧洲大陆流浪。之所以选择欧洲，是因为登纪江身上有种当时我看法国电影时感受到的气息。我便痴心妄想，觉得如果去了法国，也许就能遇见登纪江那样的女人。

几年后，我第一次有了女儿，便毫不犹豫地为她取名为登纪子。而且女儿的生日竟然就是登纪江从橱窗里消失的三月二十一日，我感受到了不可思议的命运的暗示。

紧接着，我开始相信登纪江一定也是牧羊座。而且我渐渐认定，是因为玻璃橱窗里的登纪江无法完全属于我，她才投胎转世，成了我的女儿。因此我早已知晓，登纪子会越长越像我记忆中的那张面庞。

可是，这姑娘的身子很弱——

写到这里，我突然惊讶地意识到，也许正因为我最爱的是登纪子，可她的身体过于孱弱，我才在潜意识中想为她制造一具与她的面孔相衬的完美肉体。

我的确对登纪子怀有不正常的爱意。登纪子拥有牧羊座典型的开朗性格，但她生在水与火交界的日子（牧羊座是火相星座，而前面的双鱼座是水象星座，三月二十一日正好是双鱼座结束、牧羊座开始的日子），也许暗藏着一点躁郁症的倾向。每当她情绪抑郁，我一想到她体内那颗孱弱的心脏，胸中就会涌起一股难以抑制的爱意。在此我必须禀明，那种爱意已超过一般父亲对女儿的感情。

除了大女儿和荣及胞弟的女儿冷子与野风子，我给其他女儿都画过半裸的素描。登纪子的身体不算丰满，右侧腹有一小块胎记。那一刻我无疑幻想过，如果能把登纪子的面孔安放在拥有完璧之美的身体上，那该多好啊。

或许登纪子并不是身体最弱的，友子和我尚未见过其身体的冷子与野风子也许比她更孱弱。然而我就是希望登纪子能成为一个完美的女人。

其实，只有登纪子和夕纪子是我真正的女儿，因此我会产生这种心情也并不奇怪。

我对铜像铸就的人体不感兴趣，但有一个例外。几年前，我第二次前往欧洲旅行。我参观了卢浮宫，但心中感触不大。最让我感动的不是卢浮宫和毕加索，更加不是罗丹之流，而是在荷兰阿姆斯特丹参观到的无名雕刻家安德烈·米尔豪德的个人展。我被他的作品彻底征服，其后整整一年丧失了创作的激情。

他的作品属于死亡的艺术，展览在一座已被弃置、宛如废墟的旧水族馆举办。

吊死在电线杆上的男人，被遗弃在路旁的母女双尸，那些尸体均已高度腐化，散发出强烈的臭味（整整一年后我才意识到，那可能是人为制造的效果）。

因恐惧而扭曲的脸，因死亡的剧烈痛苦而激发出惊人能量的肌肉，还有宛如力量被冻结、一同腐化的过程，都被细致地捕捉下来，定格在了雕像上。

那些尸体具有极其顺滑的曲面，会让人忘却是由金属浇铸而成。虽然通体只用单色，却拥有超越单色的气势。

展览的压轴作品是溺杀主题。一个人立于水中，将双手铐在背后的男人的头强行按进水里。绝望挣扎的男人口中冒出一串气泡，化作细细的锁链通向水面。作品被置于有灯光装饰的水箱里，从昏暗的会场看去，宛如梦一般鲜明。

没错，那就是溺杀的现场。我至今仍在勾勒事件发生时的场景。

看完展览后，强烈的虚脱感在我心里持续了整整一年。我意识到，半吊子的创作绝无可能超越那样的作品，于是决心制作阿索德。阿索德一定能超越他。

我必须当心狗。那个死亡艺术的展览会场充斥着各种各样的惨叫。人耳听不见超过两万赫兹的声音，但是走在我前方的贵妇怀中抱着一只小约克夏犬，它无疑听到了那些悲鸣，那些超过三万赫兹的尖厉绝叫。

制作和安放阿索德的地点，必须是经过精确的计算分析得出的。

制作地点当然可以选择我的画室，可是一旦六名姑娘同时失踪，我的画室必然要被调查。就算警方不来，胜子也会进来查看。鉴于此，我必须另外准备一处专门用于制作的房子，也兼作放置阿索德的地方。因为在乡下，购买无须花费太多金钱。考虑到阿索德完成前，或者我死前可能有人发现这本手记，我故意不在此指明具体地点，只透露那个地方位于新潟县。

这本手记相当于阿索德的附属品，我认为它应该与阿索德一起，放置于日本帝国的中心位置。这么一来，也许并不存在这本手记单独被人发现的情况。

分别为阿索德提供一部分的六名姑娘，她们剩余的身体部位必须归于日本帝国境内分属于各星座的土地。

我根据各个地方出产的金属来决定其所属的星座。出产♂（铁）的土地属于牧羊座或者天蝎座；出产☉（金）的土地属于狮子座；出产☽（银）的土地属于巨蟹座；出产♃（锡）的土地属于射手座或者双鱼座。

根据这个理论，登纪子剩余的身体部位将归于牧羊座，也就是出产♂的土地；夕纪子剩余的身体部位将归于巨蟹座，也就是出产☽的土地；冷子的身体部位将归于处女座，也就是出产☿（水银）的土地；亚纪子的身体部位将归于天蝎座，也就是出产♂的土地；野风子是射手座，将归于出产♃的土地；友子是水瓶座，将归于出产♄（铅）的土地。制作阿索德这一大业最终会完美完成，阿索德将拥有人类所能想到的所有美善和大能。这项工作的任何一个环节都不能有闪失，唯有圆满完成，才能被称作真正的大业。

也许有人会问我为何要创造阿索德。这与画油画不同，并非我个人为打发时间而进行的创作行为。当然，她是我追求美的极致表现，是我无限的憧憬对象，但这些都只是于我个人而言。除此之外，阿索德还是日本未来的希望，是我必须完成的使命。日本一直走在错误的道路上，书写了错误的历史。纵观历史年表，会发现到处是不自然的沟壑。如今，我的国家就正面临前所未有的巨大沟壑，长达两千年的错误，将在这一刻倾泻。只要走错一步,大日本帝国就会从地球仪上消失。面对亡国的危机,唯有我的阿索德能带来一线希望。

在我眼中,阿索德无疑是美的化身,是圣洁的神,同时也是恶魔。她象征着一切神秘学事物,是咒术的结晶。若回顾日本两千年的历史就会发现,之前也有与阿索德相似的存在,不用说,那就是卑弥呼。

以西方占星术来看,日本落于天秤宫,日本人又是喜爱庆典的外向社交型民族。可是后来被朝鲜系民族支配,又受到中国儒家文化的影响,使日本逐渐形成了非常压抑甚至可以说阴沉的国民性。

比如日本的佛教,由中国传来的佛教,在日本已然失去了原本的宏大概念。我甚至认为日本人就不应该学习中国的汉字,理由说来话长,这里略过。总而言之,我认为日本帝国应该恢复邪马台时代的女王制度。

日本是一个神国,正如物部氏所主张的,我们应该注重禊祓,通过太占听取神意。然而日本舍弃了这些古老的传承,听信崇洋媚外的苏我氏,开始崇尚徒有浅薄表象的佛教,导致后来深受其害。日本本应是女神的国度。

在这层意义上,日本与大英帝国拥有共通的国民性。若要在海外寻找与日本武士道精神相呼应的特质,最相符的无疑就是大英帝国流传的骑士精神。

如今卑弥呼已逝,将由我的阿索德拯救日本帝国,她必须正确地安置在日本的中心。那么,中心在哪里?日本标准时间以穿过明石的东经一百三十五度线为基准,可以认为东京一百三十五度线就是日本国南北方向的中心线。但这种说法荒谬至极,以这套标准来计算的话,日本帝国的中心线显然应该位于东经一百三十八度四十八分。

日本列岛呈现出美丽的弓形,但很难确定这张弓的具体范围。我认为东北方向的边界应该是与堪察加半岛交界的千岛群岛,南方边界应是小笠原群岛以南的硫磺岛。冲绳先岛群岛的波照间岛在纬度上更靠南,但硫磺岛更为重要,因为这个岛位于箭镞。

日本帝国不愧为维纳斯守护的天秤座,姿态美丽而别致。遍寻世界地图,也再难找到第二个如此美丽的岛屿。一连串岛屿的形状,让人不禁联想到体态优雅的美人。

搭在弓形岛群上的箭矢,便是一直延伸至太平洋的富士火山带,如同宝石般闪烁着光芒的箭镞,便是硫磺岛。正因其位置,这座岛才对日本帝国有着极为重要的意义。很快,日本人就会知道硫磺岛对日本列岛这张弓有多么重要。

这支搭在日本列岛上的箭矢也曾射向远方。顺着箭镞的方向转动地球仪,路径擦过澳洲左侧,掠过南极,穿过好望角,直刺南美洲最大的国家巴西。巴西是日本人移民最多的国家。再向前,便能穿过大英帝国,横跨亚洲大陆,回到日本。

在此,我要正确定义日本列岛的东北端。千岛群岛的很大一部分都应该归入日本列岛。许多人认为幌筵岛与温祢古丹岛均为日本领土,这两座岛屿靠近堪察加半岛,且面积大,应视为大陆,而春牟古丹岛以南的小岛群更应视为日本领土。既然如此,在罗处和岛与计吐夷岛之间进行分割也许是更好的办法,但该地自古以来便被命名为千岛群岛,因此大半部分应该归属日本列岛。若非如此,它与南方冲绳群岛就会显得失衡。这串小岛链宛如装饰于长弓两端的流苏,日本列岛便是通过这些流苏悬挂于大陆之上。

春牟古丹岛东端位于东经一百五十四度三十六分,北端位于北纬四十九度十一分。

接下来划定西南端。西端无疑是与那国岛，该岛的西端位于东经一百二十三度零分。

上文说到日本帝国的南端应该是硫磺岛，但这里姑且注明一下真正的南端，就是与那国道东南方向的波照间岛。该岛南端的纬度是北纬二十四度三分，硫磺岛的南端则是北纬二十四度四十三分。

再来看东西。东端春牟古丹岛与西端与那国岛的中线，也就是二者的平均值为东经一百三十八度四十八分，这条线便是日本帝国的中心线。该线连接了伊豆半岛的最前端与新潟平原中央，也就是向北凸出的最高点。

富士山基本上就落在这条中线上（东经一百三十八度四十四分），可见这条线对日本帝国而言意义非凡。也许在日本历史上，它也拥有十分重要的意义，贯穿了过去与未来。我持有一定的灵能，因此能断言此事，并理解它的重要性。

东经一百三十八度四十八分这条线非常重要。

这条线的最北端是弥彦山，听闻那里有座弥彦神社，该神社有着举足轻重的咒术地位。那里应该有一块神石，它便是日本之脐。绝对不可轻视了这个地方，因它左右着日本的命运。我希望死前能够造访位于越后地区的弥彦山，并且定要成行。若我未能达成，也希望我的子孙日后定要造访。因为我感应到了，这条中线，尤其是北端的弥彦山，有一股力量在召唤我。

这条线自南向北排列着四、六、三这几个数字，合计为十三，是让恶魔欣喜的数字。我的阿索德将被安置在十三的中央。

※ 文中（）内容多为编辑部添加。另将旧名称统一为新名称，星座名称也改为普遍使用的版本。（例：白羊宫→牧羊座）

I 四十年的未解之谜

1

"这是什么?"

御手洗合上书,扔给我,又在沙发上躺平了。

"你看完了?"我问。

"嗯,看完了梅泽平吉的手记部分。"

"怎么样?"我格外期冀地问道。

"嗯……"

御手洗早已变得没精打采,只哼了一声便没了下文。过了一会儿,他又说:"感觉像被人强迫读了一本电话簿。"

"你觉得他对西方占星术的见解如何,错误多吗?"

不愧为占星师,御手洗一听这个就来了精神。

"他的理论很多是臆断。决定身体特征的不应该是太阳宫,而是上升宫,只用太阳宫来分析身体过于偏颇。不过除此之外大部分都是正确的,基础知识方面也没什么谬误。"

"那炼金术方面呢?"

"我觉得在这方面他有很大的误解。过去的日本人很容易产生这种误解,比如把棒球当成美国人的精神凝聚。他的误解相当于'若本人这球不出安打,就切腹谢罪'那么严重吧。只不过,比单纯认为炼金术就是把铅变成黄金的人强多了。"

我叫石冈和己，向来喜欢研究神秘事物和与谜题沾边的东西，可以说到了中毒的程度。如果整整一个星期不接触此类书籍，我就会出现戒断反应，精神恍惚地走进书店，下意识地在书籍上寻找"谜"字，以解思念之苦。

正因为这样，我早已对邪马台国论证、三亿日元事件这类未解之谜如数家珍。也许，我这种人便是所谓的"谜题狂热分子"。

细数日本的未解之谜，最为吸引人的还是发生在大战尚未爆发的昭和十一年，与二·二六事件几乎同期发生的"占星术杀人事件"。

在我和御手洗出于种种原因参与过的大小事件当中，数它影响最为深远，是当之无愧的大事件。它具备令人百思不得其解的神秘性和怪异感，并且规模极其宏大，堪称震古烁今。

就算略去所有夸张的措辞，它也是波及整个日本的重大事件。四十多年来，全日本各领域的智力精英为之绞尽脑汁，然而直到一九七九年，这个谜题依旧无人能破解，始终保持着当初的模样，让人无从下手。

我自诩脑力不差，也尝试过挑战，然而这个谜题过于艰深，着实难以破解。

在我出生的时代，有人汇总了梅泽平吉的私小说式手记与记录事件调查经过的纪实档案，出版了一本题为《梅泽家占星术杀人事件》的书，立刻畅销全国，引来数百名业余侦探讨论，形成一股热潮。

这起事件的吸引人之处不仅在于调查陷入僵局，凶手身份成谜，更在于其空前绝后的猎奇色彩映射了太平洋战争前期的黑暗时代，才会引来众多民众的关注。

事件的详细经过我之后会讲述，这里要先强调一下其中最为惊悚且神秘的部分——在日本各地陆续发现了手记中提到的梅泽家的六个姑娘的尸体，且遇害方式与手记内容完全吻合。她们的尸体都被切去了一部分，并添加了代表各自星座的金属元素。

然而，她们遇害时，梅泽平吉已经遭到杀害，而其他嫌疑人都有确凿的不在场证明。

而且，无论从什么角度分析，嫌疑人的不在场证明都并非刻意制造的。因此可以断言，除去被杀害的姑娘，手记中的其他登场人物都不具备完成这项疯狂计划的物理条件。换言之，平吉已死，无人具备实施这项计划的动机和可能性。

于是，此事一出就引发热议，绝大多数人支持外部人员犯罪论。一时间众说纷纭，几乎演变成宛如末世的巨大骚动。所有能想出来的答案都早已被提出，我想不到任何能超越已有答案的理论了。

不过，人们认真思考这个谜题的时期只持续到昭和三十年前后，到最近，已经逐渐演变为竞相提出各种千奇百怪的理论。近来出版的相关书籍都让人不禁想问：这真的是认真思考后的产物吗？不过那些出版物正因为其理论之奇特而畅销，让人不禁联想到涌向美国西部淘金的狂热分子。

其中有一些颇为大胆的想法，比如"警视总监是凶手论"，或"首相是凶手论"。但这些还算中规中矩，更令人咋舌的是"大国活体实验论"，以及"食人族潜入日本论"。

而世间如此广阔，这些想法一经提出，日本各地就立刻涌现出众多"亲历者"，声称"我在浅草看见食人族跳舞了"，或是"我也险些被捉去吃了"。甚至还有杂志组织起这些人，与研究料理的专家一起开了个座谈会，研究人肉怎么吃。

话虽如此，以上都还算较为优秀的解答。之后还有"UFO带着外星人降临说"，因为一九七九年正是日本的科幻热潮期。不消说，这是好莱坞电影热引发的现象。如此想来，研究这个谜题的热潮近期再度兴起，也许也是受好莱坞超自然现象热潮的推动。

然而，"外部人员犯罪论"有个明显且致命的漏洞。外部人员是如何读到平吉的手记，又为何要遵照手记的内容行凶呢？

关于这点，我有一个想法。也许是某个人利用梅泽平吉的手记，来达成自己的目的。也就是说，可能有个人爱上了六个姑娘中的一个，但是遭到拒绝，因此心生杀意，于是遵照手记的内容杀死了所有姑娘，以扰乱调查方向。

但我的这个想法被彻底推翻了。首先，警方已经得出结论：六个姑娘都被母亲昌子（平吉手记中的胜子）严加看管，完全没有异性朋友。若放在现代，这种说法可能不可信，但在昭和十一年，倒是不足为奇。

其次，假设真的存在那种关系，凶手真的会冒着巨大的风险去杀死另外五名姑娘，并不顾麻烦地将尸体抛弃在日本的各个角落吗？他应该会选择更快捷的手段。

还有一个问题，这个假想中的凶手如何能阅读到平吉的手记呢？

出于以上几点原因，我不得不放弃了自己的想法。其实在"二战"结束后不久，结合警方的调查，已经得出了接近结论的说法，即"军方特务行凶论"。即便这起事件的真相没有那么夸张，战前也确实发生过许多类似的事件和计划，并且不为国民所知。

军方处死这些姑娘的理由可能是平吉的妻子昌子的长女一枝（手记中的和荣）嫁给了中国人，她因此被怀疑为间谍。考虑到事件发生的第二年就爆发了中日战争，这种说法很有说服力。

因此，我等若想超越前人提出的假说，揭开任何人都未能触及的神秘事件的真相，需要面对的最大壁垒就是这个说法。

先不说揭开真相，若单是突破这一壁垒，我认为并非不可能。因为这种说法与"外部人员犯罪论"一样，存在致命的缺点。那就是，即便行凶者来自军方特务机构，也只是拥有非同寻常的行动力，但依旧无法解释他为何能读到平吉的手记，以及为何要按照一个普通百姓的手记来完成暗杀。这样一来，谜题就再次陷入无解的死胡同。

一九七九年春，素来活跃得令人厌烦的御手洗不知为何变得异常阴郁，在这种情况下让他挑战如此离奇的难题，未免有些不合时宜。因此，为了他的声誉，我先在此做个声明。

御手洗这个人，正如其他艺术气息浓厚的人，他的性情非常独特。发现随便买来的牙膏味道不错，他能高兴一整天。而倘若常去光顾的餐厅将桌子换成了"无趣至极"的款式，他也能整日长吁短叹、郁闷上三天。可以说他这种人非常不好相处，因此我早就不再因他的一惊一乍感到恐慌不安。尽管如此，哪怕算上此事之后与他多年的交往，我也从未见过御手洗表现出如此糟糕的状态。

不管是上厕所还是去喝水，他都像个濒死之人一样强撑起身子。接待偶尔上门来占卜的客人，他也是一副万分痛苦的模样。但鉴于我总是屈服在他旁若无人的淫威之下，看到他变成这副样子，我倒有些幸灾乐祸。

那时，我刚与御手洗结识一年，经常出入他的占星术教室。

每当有学生或顾客上门，我就要沦为他的免费助手。一天，有个姓饭田的女人突然到访，自称是那起著名的占星术杀人案当事人的女儿，还拿出一些任何人都没见过的资料和证据，委托御手洗解决那个案子。那一刻，我的心脏几乎停止了跳动。紧接着，我暗自庆幸自己与御手洗有些交情，并对这个怪人刮目相看。原来这个岌岌无名的年轻占星师，竟在一小部分人中小有名气。

那时，我早已把这起震惊日本的事件抛到了脑后，但那一瞬间又都回想了起来。一想到自己能亲身参与到事件的调查中，我便感到无上的欣喜。至于关键人物御手洗，他明明是个占星师，却对如此知名的占星术杀人案一无所知。我不得不回家一趟，从书架上找到那本《梅泽家占星术杀人事件》，拂去尘埃后带到事务所，从头给他介绍案情。

"后来，写出这篇手记的梅泽平吉被杀了，是吧？"御手洗苦着脸说。

"没错，这本书的后半部分写得很清楚。"我回答。

"读起来太麻烦了，字又那么小。"

"因为这不是绘本啊。"我说。

"你很了解那个案子吧？何不言简意赅地给我讲一讲？"

"可以倒是可以，但我不确定能否说清楚，毕竟我的演讲才能不如你。"

"我……"

御手洗开了口，却好像突然丧失了气力，没有再说下去。如果他能一直这么老实，那就太好了。

"那么御手洗君，我先从头开始介绍一遍事件的全貌，好吗？"

"呃……"

"好不好？"

"好啊……"

"这个占星术杀人事件大致可分为三个案子，首先是平吉遇害案，其次是一枝遇害案，最后则是阿索德杀人案。

"手记的作者梅泽平吉，在手记上写的日期的五天后，也就是昭和十一年二月二十六日上午十时许，在手记中提到的由仓库改建的画室中被人发现。当时他已身亡，警方在画室的抽屉里找到了你刚才读的那篇奇怪的手记。

"平吉遇害的地点在目黑区大原町。接下来，在离那里有一段距离的世田谷区上野毛，他独居的长女一枝，也就是手记中的和荣，也遇害了。和荣被害案被定性为入室抢劫杀人，在现场发现了行凶的痕迹，可以确定凶手是男性。但这有可能只是一个不幸的巧合，此案的凶手也许和其余那些案子毫无关系。客观来讲，我认为这个可能性很高，此案只是碰巧发生在平吉遇害案和阿索德杀人案之间，于是被当成梅泽家惨案的一部分。

"事情并没有就此终结，接下来才是正剧。不久之后，平吉在手记中策划的连环杀人案真的发生了。虽说是连环杀人，但大家普遍认为几名受害者应该是同时被害的。这就是所谓的阿索德杀人案。

"就这样，梅泽家成了被诅咒的家族。对了，御手洗君，你知道发现平吉尸体的昭和十一年二月二十六日是什么日子吗？"

御手洗不耐烦地给出了简短的回答。

"对，就是二・二六事件发生的日子。咦？原来你对这种事还挺了解的啊。哦，原来这上面写着呢。

"好吧，接下来该如何说明这起空前绝后的谜案呢？我先介绍一下在平吉的手记中登场的几个人物的真实姓名吧。这本书上有张表（图一），你看看吧。"

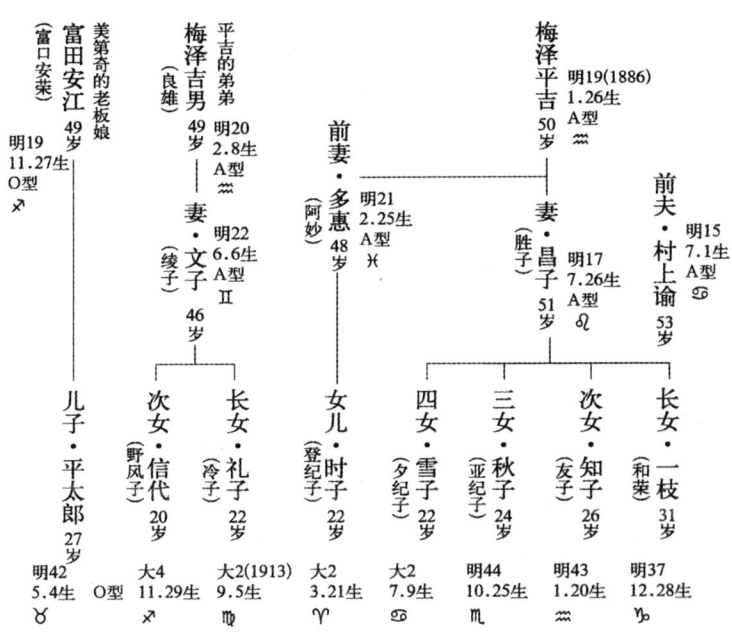

图一

"人物的名字都与手记中的不同，但多数是同音不同字。括号里的是手记中的名字。这起事件的人物关系本来就错综复杂，再加上名字不同，就更容易搞混了。

"其中也有字和音都不同的，比如手记中的野风子真名不叫信子，而叫信代。还有美第奇的女老板富田安江，她的姓在手记中被改成了富口，也许是因为找不到代替富田的汉字吧。她儿子平太郎在手记中没有被改名字，可能是因为'平'字具有重要意义，且找不到别的汉字替代'太郎'。这些推测应该无误。

"表上还注明了年龄，都是昭和十一年二月二十六日案件发生时大家的年龄。"

"上面还有血型呢。"

"嗯，等我说到后面，你就知道血型的含义了。案情会涉及人物的血型。

"另外，每个人的性格和相关经历都在平吉的手记中有所提及，且全都准确无误，可以认为都是事实。

"需要补充的可能就是平吉的弟弟吉男。他是一名文字工作者，平时给旅行杂志写点杂文，还在报纸上连载小说。可以说这两兄弟都是艺术家。平吉遇害时，他正在东北旅行取材，虽然行动轨迹有些模糊，但不在场证明还是成立了。这点过后我会详细说明，有一段专门论述每个人的行凶可能。

"对了，还要对昌子做点补充。她旧姓平田，出身于会津若松的古老家族，先与在贸易公司担任管理层职务的村上谕相亲结婚，并生下了一枝、知子、秋子这几个女儿。"

"富田平太郎呢？"

"对了，还有他。案发时平太郎二十六岁，尚未结婚，帮助母亲打理店铺，应该说他才是美第奇的经营者。如果他真的是平吉的孩子,那么富田安江怀上他时,平吉才二十三岁。"

"能根据血型判断吗?"

"不能。富田安江和平太郎母子俩都是 O 型血,平吉则是 A 型血。"

"这个富田安江只在平吉旅居巴黎时出现过,那昭和十一年时,她跟平吉的关系也很亲密吗?"

"好像是。平吉只要是出门见人,基本都是见安江,而且平吉非常信任她,毕竟安江懂绘画嘛。平吉好像不怎么信任妻子昌子和跟自己没有血缘关系的女儿们。"

"哦,那为什么还要跟她结婚啊。昌子跟安江的关系怎么样?"

"好像不太好,也就是路上碰见会打个招呼的程度。安江偶尔会去平吉的画室,但从不在主屋露脸,而是直接离开。

"平吉喜欢那间画室,并且坚持独自生活在那里,也许就是因为这个。画室旁边就是宅子的后门,安江可以自如地去找平吉,不会碰见其他家人。换句话说,平吉还喜欢着富田安江,极有可能对她心怀留恋。他并没有厌弃安江,之所以后来跟多惠结婚,可能是出于失恋赌气的心理。所以,婚后他又很快移情别恋到昌子身上了。移情别恋,这个词很古典呢。总之,平吉如此容易动摇,可以认为是因为心里还惦念着巴黎时代的安江。"

"嗯,那这两个女人联手的可能性……"

"绝对不可能。"

"平吉不曾去见过前妻多惠吗?"

"他好像从未主动去过,只有女儿时子时常回保谷看望生母。毕竟母亲独居,靠香烟店的微薄收入为生,女儿会担心也正常。"

"好冷漠啊。"

"嗯，平吉从未与时子一同去看望多惠，多惠也从未造访过平吉的画室。"

"多惠与昌子的关系肯定不好吧。"

"那是当然，在多惠看来，昌子是抢走了丈夫的可恶女人。一般女人都会这样想。"

"哦，看来你很了解女性的心理啊！"

"嗯……"

"时子如此担心母亲，那为何不跟母亲生活呢？"

"我也不知道，因为我完全不了解女性的心理。"

"平吉的弟弟吉男，这人的妻子文子与昌子关系近吗？"

"听说很亲近。"

"但她却不想在宽敞的主屋一同生活。然而，文子的两个女儿却理所当然地住在梅泽家，仿佛天生被赋予了这个权力。"

"说不定那两个女儿私底下早已与母亲反目成仇了。"

"安江的儿子平太郎和平吉的关系如何？"

"这我就不清楚了，因为书上没写。平吉与安江十分亲近，经常到安江开在银座的美第奇去，他跟平太郎应该会在店里聊上几句吧，也许二人还算亲近。"

"嗯，关于背景就先问这么多吧。简而言之，梅泽平吉这个人总是做出惊人的行动，完全符合老一辈艺术家的性格。正因如此，他身边才形成了如此复杂的人际关系网。"

"没错，你也要小心。"

御手洗露出了不可思议的表情。

"小心什么？我这人道德感很强，完全无法理解他那种人的想法。"

看来人真的不了解自己。

"背景介绍到此为止，石冈君，赶紧说说平吉遇害的详细过程吧。"

"我对这个了如指掌。"

"哦？"

御手洗露出了戏谑的笑容。

"我可以凭记忆复述，所以这本书你拿着吧。哦，先别翻页，留在图表这一页！"

"该不会是凶手吧。"

"什么？"

"如果你是凶手可就轻松了，躺在沙发上即可解决事件。然后我只要伸出小手给警察打通电话就好。对了，要不你替我打吧。"

"你胡说什么呢！别忘了，这可是四十年前的案子，你看我长得像四十多岁的人吗？不对，你刚才说什么来着？解决？我没听错吧？"

"既然你听到了，那我就是说了。就是为了这个目的，我才耐着性子听你那无聊的讲座呀。"

"呵呵呵呵。"

我忍不住笑了起来。

"我跟你说，这可不是一般的案子，我必须提醒一下，你的想法太天真了。就算歇洛克·福尔摩斯那个名侦探来了，恐怕也……"

御手洗毫不掩饰地打了个哈欠，催促我赶快进入正题。

"二月二十五日中午时分，平吉的女儿时子离开了梅泽家，前往生母多惠在保谷的住处。二十六日早晨九时许，时子回到了目黑。

"二十五日到二十六日期间,正好二·二六事件发生,而且东京迎来了三十年一遇的大雪。这点非常重要,务必用你那颗引以为傲的脑袋记下来。

"时子回到梅泽家的主屋后,开始给平吉准备早餐。平吉信任亲女儿时子,愿意吃她做的东西。

"上午十点前,时子把早餐端到了画室。记住,是差一点儿到十点钟。时子敲了敲门,没有得到回应,便绕到屋旁透过窗户看了一眼,发现平吉倒在地上,地板上还有一摊血。

"时子大吃一惊,连忙回到主屋叫醒其他人,大家合力撞开了画室的门。她们赶到平吉身边,发现他的后脑勺被一个大且扁平,类似煎锅之类的物体敲打过,人已经死亡。这就是所谓的脑挫伤,指头盖骨损坏,部分大脑挫伤的状态。当时平吉的口鼻部皆有出血。

"书桌抽屉里放着钱和若干贵重物品,都没有被盗走。并在同一个抽屉里发现了那本诡异的手记。

"画室的北侧墙壁上挂着被平吉称作毕生事业的十一幅画作,均没有损伤痕迹。第十二幅,也就是最后的作品,还放在画架上,刚描了线,还没开始上色。这幅画同样没有被动过的痕迹。

"女儿们进入现场时,炭炉里还有点残火。虽然烧得不旺,但也没有完全熄灭。

"那个时候已经有了侦探小说这种文学作品,所以大家都有点常识,互相提醒着没去破坏窗下的足迹,并且尽量不触碰画室里的东西。因此警察到达时,现场被保护得很好。正如刚才所说,东京在前一夜迎来了三十年一遇的大雪,从后门到画室的积雪上留下了清晰的足迹。

"请看那张图(图二)。上面有足迹对吧?这应该是条很重要

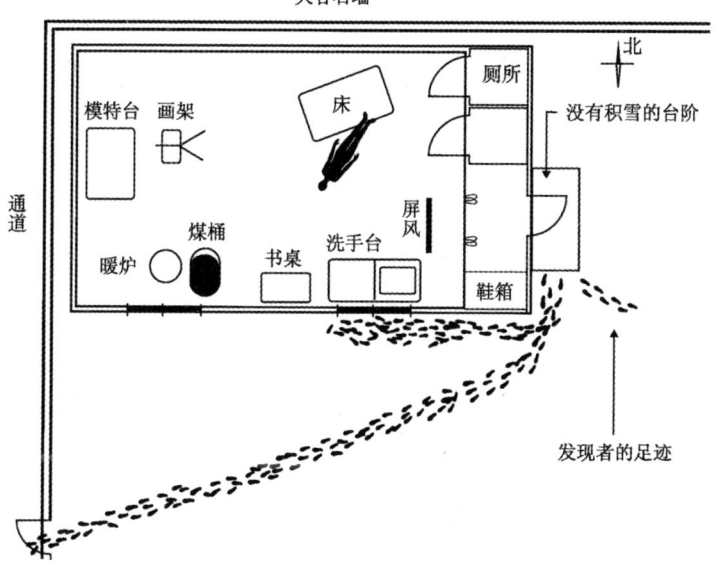

图二

的线索，因为东京久违地积起了厚厚的雪，使现场留下了意想不到的关键痕迹。正好在案发当晚下了雪。

"而且，这些足迹是成对的。一种是男鞋，一种是女鞋。但二人似乎不是同时离开的，因为这些足迹有重叠，至少可以肯定二人没有并肩而行。

"不过，同时离开的话，只要一前一后地走，足迹就也可能重叠。但是这个可能性不高，因为有个很奇怪的现象，男鞋离开画室后，先绕到了侧面的窗边，在那里留下了大量足迹，然后才离开。女鞋则没有停留过的痕迹，以最短路径快步从画室门口走到后门。也就是说，假设二人是同时离开画室的，那男鞋就比女鞋晚很久才离开宅子。事实上，确实是男鞋的足迹覆盖了女鞋的足迹，证明男鞋的确是后离开的。

"后门外是铺过的道路，早十时许发现尸体时，路上已是车水马龙，因而无法追踪足迹从后门出来后的去向。"

"嗯。"

"这个案子的关键还在于下雪的时间，所以我先来说清楚吧。二十五日，目黑区一带于下午两点左右开始下雪。在此之前，人们完全没想到那天会下雪，何况是在东京，恐怕没有一个人认为这雪能积起来，当时也没有现在这么准确的天气预报。

"然而出人意料的是，那场雪一直下到深夜十一点半才停。也就是从下午两点到深夜十一点半，足足下了九个半小时。下这么久，会形成厚厚的积雪也不奇怪。

"第二天早晨八点半时又下了一小会儿。这就是下雪的具体时间段，你清楚了吗？一共下了两次。

"再看刚才说到的足迹。由于足迹上积了一层薄雪，可以推断两种足迹都是在深夜十一点半停雪之前走进了画室，至少提前了三十分钟。然后,在当晚十一点半到翌日清晨八点半之间,女鞋在前,男鞋在后,两种足迹先后离开了。之所以判断他们是在停雪之前走进画室的,当然是因为现场没有来时的足迹。

"通过这些足迹可以推断出一个事实,即男鞋主人、女鞋主人和平吉,三人肯定同在画室待过一段时间。

"你说对不对?如果女鞋先进入画室,见过平吉后离开,接着男鞋再过来杀死平吉,那么足迹就说不通了。这就是这起案子的有趣之处。

"也就是说,如果男鞋是凶手,那么穿女鞋的访客必定见过凶手的长相。反过来,男鞋访客也必定见过女凶手。但这不可能,因为男鞋是后离开的。这样一来,就会变成女鞋主人行凶时,男鞋主人一直在旁观,并且在凶手离开后继续逗留现场,还走到窗户那里恋恋不舍地绕了好几圈才离开。这也太奇怪了。

"以上推论的前提都是一位凶手单独犯罪。那么,男鞋主人与女鞋主人是否有可能共同犯罪呢?这是接下来必须考虑的问题。假设如此,就有一个非常难以理解的事实——遭到杀害的平吉服用过安眠药。

"在平吉的胃里检出了安眠药成分,但远远没到致死剂量,只是普通的服用剂量。应该是平吉自主服用了安眠药,并且在服药后不久遭到杀害。如此一来,如果男鞋与女鞋是共犯,就意味着平吉在画室来了两位客人的情况下,当着他们的面,服用了安眠药。

"你看,很奇怪对不对?如果只有一位客人,那还可以理解。但也仅限于客人与平吉关系亲密的前提下。但现在是两个人,他真的会当着两位客人的面服用安眠药吗?难道那两个人都与他关系亲密?因为服用了安眠药,他就有可能在客人离开前睡着,这样难免太失礼了。而且平吉的人际关系很简单,有跟他关系如此亲密的人吗?

"如此推理一番,单独作案的可能性就变高了。那么案情有可能是这样的——十一点半雪停之后,女鞋离开,画室里只剩下平吉与男鞋二人。此时,平吉当着男鞋的面服用了安眠药。

"但这又有点难以理解了。当着一个女人的面,平吉服用安眠药还可以理解。因为女性在体力上敌不过他,并且他确实有好几个堪称关系亲密的女性朋友。但相对地,平吉并没有关系堪称亲密的男性朋友。

"由此可见,安眠药的问题着实棘手。我之所以现在能针对这个问题侃侃而谈,是因为这四十年来,已经有无数人讨论过。刚才说的都不是我个人的想法。

"总而言之,虽然有点奇怪,但对于那些足迹也只能这样解释。男鞋主人单独作案,女鞋主人则看到了他的面孔。你认为女鞋主人是谁?"

"会不会是模特啊?"

"欸,没错!女鞋主人有可能是模特,并且看到了凶手的长相。警方当时曾呼吁那个人站出来指证,并保证绝不透露她的身份。然而始终没有人站出来。现在过去了四十年,依旧没人知道那个女人是谁,可以说她已经成了传说中的模特。不过这件事可以放到后面再谈。

"问题在于,如果真相真如人们所推测的那样,就又有一个奇怪的事实。那就是模特为什么会在画室待到深夜十一点半以后。能待到那么晚,这位模特必定与平吉关系亲密,同时不可能是家庭主妇或待字闺中的姑娘。

"也许因为模特没带伞,才会在画室一直待到雪停?因为画室里也没有雨伞。这样能说得通吗？不，平吉大可以去主屋借伞呀。

"如此这般，就有人猜测其实那个模特并不存在。毕竟她直到现在都没有现身，实在太反常了。之后我会说明，警方当时做了大量调查，因此很多人都支持模特并不存在的说法。并且有人猜测，那些足迹很可能是杀人的诡计。

"'足迹诡计论'也被翻来覆去探讨了无数次，我觉得已经没有探讨的余地了。现在我先把最清楚的事实列出来吧。首先，两种足迹都是前进的方向，这点从积雪受到挤压的痕迹和着力方式等细节可以确定。

"另外，都是单次步行留下的痕迹。也就是说，绝对不可能是女鞋踩着男鞋的足迹离开，伪装成只有男鞋的痕迹。若是踩着走的，只要仔细观察，就必然会发现双重轮廓的部分，所以这点可以肯定。不过早晨八点半又下了一会儿雪，足迹变得有点模糊了。

"接下来是手脚并用的可能性。虽然听起来无稽，但有人做了实验，证实手套女鞋、脚穿男鞋，不可能制造出那样的足迹，因为现场男鞋的步幅比女鞋大很多。

"关于足迹，说到这里差不多够了吧？其实，平吉谋杀案最有趣的地方不是足迹。正如平吉在手记里描述的，这间画室内所有的窗户，包括天窗，全都安装了牢固的铁栅。平吉在这方面格外神经质，所以那些铁栅绝对牢不可破，而且上面也没有拆除过的痕迹。那些铁栅也不可能从外部拆除，毕竟如果能拆，就没有装的意义了。也就是说，正常人类只能从画室唯一的大门进出，凶手自然也不例外。

"那扇大门有点奇怪，是西式房门，向外侧开启，附有推拉式的门闩。平吉在欧洲四处游荡时，在法国乡下居住的旅馆就是这样的房门，他十分喜欢，就专门找人做了一扇一样的。从内部关上房门后，可以滑动插销，将其插入固定于墙上的卡口里，再将插销上的舌片拨下来，套住下方的铁扣。你知道那种插销吧？扣好之后，再用挂锁锁住铁扣。"

御手洗猛地睁开了双眼，然后缓缓地站了起来。

"真的吗？"

"对，画室是个完美的密室。"

2

"但这是不可能的吧。那是挂锁啊，凶手难道是在锁了挂锁的密室中杀害平吉，再从某个密道逃脱了？无论怎么想，都只能是这样了。"

"警察把画室翻了个底朝天，也没找到密道。他们甚至测试了从厕所的下水口逃脱的可能性，最后得出结论，连小孩子都做不到。

"如果门上只有插销，那一切都还好说，可一旦扣上挂锁，就排除了一切机械式诡计的可能性。挂锁只能从室内上锁。另外，男鞋在那扇窗户底下来来回回转了好几圈，究竟是干什么呢？你一定也很奇怪吧？

"接下来要明确平吉的死亡时间。警方宣称，平吉的死亡时间在二十六日零时，也就是二十五日与二十六日交替的时刻，前后误差不超过一小时。前面说到当晚雪停是十一点半，也就是说，这个推测死亡时间范围与下雪的时间有三十分钟的重叠。这点比较值得关注。

"接着要说明现场的状况，这里存在两处疑点。其中之一如图（图二）所示，床与墙壁并非平行，而且平吉的脚部位于床下。

"平吉喜欢把床推到喜欢的位置睡觉，因此与墙不平行这点也许不算十分奇怪。不过这也可能是非常重要的线索。

"另一处疑点就非常奇怪了。平吉习惯留山羊胡，但他死时脸上没有胡子。

"这实在是太奇怪了。他的家人证明，平吉在遇害的两天前还留着胡子。要说奇怪在哪里，就在于胡子很可能不是平吉自己剪掉的，而是凶手剪掉的。

"没错，胡子不是被剃光，而是用剪刀剪短了。之所以认为可能是凶手所为，是因为尸体旁边散落着少量疑似胡须的毛发，而且画室内既没有剪刀也没有剃刀。

"是不是很奇怪？

"在这里，有人提出了平吉与弟弟吉男交换身份的假说。这一观点认为，胡子看起来像是被剪短了，但实际上那可能是新长出的胡楂儿。据说平吉与吉男外形酷似，宛如一对双胞胎，只是吉男不留胡子。也许是平吉出于某种目的将吉男叫到画室里杀害，之后顶替了弟弟的身份，也有可能是反过来……

"不过这种假说只适合用来编造哄小孩的侦探小说，现在已经没人当一回事了。但我认为，平吉的家人应该很久没见过他不留胡子的样子了，加上脑挫伤导致脸部变形，也许她们也无法断定那就是平吉。因此，这个假说也没有彻底遭到否定，毕竟平吉是个疯狂的艺术家，为了阿索德，他可能会不择手段。

"好了，现场情况说明到这里就可以了吧？接下来是登场人物在这起案件中的不在场证明。"

"等等，老师。"

"怎么了？"

"你讲得太快了，我都没时间打瞌睡。"

"你这学生，太没用了！"

我不禁愤慨。

"我还惦记着那个密室呢。关于这一点，人们也像足迹一样，进行了很多讨论吧？"

"整整讨论了四十年。"

"何不说来听听？"

"我可能一下子想不起来所有观点。总之，就算把床竖起来，也无法爬到上面够到天窗，因为那间画室有两层楼的层高。就算能够到天窗，也无法穿过铁栅和玻璃窗。室内当然没有梯子，也没有任何能充当梯子的东西。那十二幅画作都没有移动过的痕迹。

"炭炉的烟囱是锡铁皮做的，那点强度，就算是圣诞老人也爬不上去，何况炭炉当时还在燃烧。开在墙上的排烟孔很小，脑袋都钻不过去。大致情况就是这样，而且屋内没有任何密道。"

"窗户上挂着窗帘吗？"

"有的。啊，对了，画室里有一根很长的棍子，是用于开合高处的窗帘的。不过那根棍子当时放在离窗较远的北侧墙边，靠近床那边。而且棍子很细。"

"嗯，窗户上锁了吗？"

"有的上了锁，有的没有。"

"我是说外面有很多足迹的那扇窗。"

"没有上锁。"

"室内还有什么东西？"

"没什么东西了。可以说这张图（图二）上能看到的，基本就是室内的全部物品。床、书桌、画油画的工具和颜料，抽屉里有文具和那本手记，除此之外还有手表、一些钱和地图册。平吉不把书籍放在画室，也没有杂志和报纸之类的，听说他平时不看这些东西。另外里面也没有收音机和录音机这类物品，那单纯就是一个用于绘画的空间。"

"哦？那后门是否上锁了？"

"后门可以从内侧上锁，但是锁坏了，从外面也能轻松打开，相当于没有上锁。"

"太不小心了。"

"没错。平吉遇害之前饮食极不规律，还因为失眠而经常服用安眠药，导致身体非常虚弱。我认为他应该加固后门的锁的。"

"平吉身体虚弱，他主动服用了安眠药，然后后脑勺遭到殴打，最后死在了密室里……这案子也太奇怪了，完全说不通。"

"胡子还被人剪了。"

"那个不重要！"

御手洗烦躁地摆了摆手。

"既然是被殴打后脑勺致死，那肯定是他杀。那么，为何要制造密室？密室不是为了伪造成自杀的吗？"

我早料到他会这么说，并且准备好了答案。

"御手洗老师，这就要说到安眠药这条线索了。刚才解释足迹问题时我提到，平吉有可能当着男鞋和女鞋两位客人的面服用了安眠药，或是当着男鞋一人的面服用。若问这两种可能性孰高孰低，当然是后者更高。男鞋的主人必定是平吉熟悉的人，且两人关系非常亲密。如此一来，人选就只有他的弟弟吉男，顶多再加上美第奇的平太郎。"

"除了手记里的登场人物，平吉就没有其他关系亲密的朋友了吗?"

"有两三个在美第奇结识的艺术家朋友,再就是在离他家不远的小酒馆'柿木坂',也就是手记里的'柿木',也结识了两三个熟人。其中一个也出现在了平吉的手记中,就是塑料模特工厂的老板绪方严三。另外那里的工人安川民雄也是他的熟人。

"但是平吉跟这些人只算点头之交,他们中只有一人曾到过平吉的画室,而且仅去过一次,可以说与平吉的关系并不算亲密。因此,如果案发当晚那几个人中有人偷偷来到平吉的画室,那也是此人第一次来。当然,这个判断是以他们的证词为前提的。你说,平吉有可能当着这些人的面服用安眠药吗?"

"也对。警方对吉男和平太郎的调查结果如何?"

"虽然都不太确凿,但这两个人都有不在场证明。先说平太郎,二十五日他一直待在银座的画廊兼咖啡厅'美第奇',与女老板富田安江和几个熟人一起打扑克,店铺打烊后也没停,一直玩到将近晚上十点半。十点二十分左右,朋友离开,之后母子俩便各自回到二楼的卧室睡觉。他们睡下时肯定已经十点半了。

"目黑那边雪停的时间是十一点半,假设必须提早三十分钟进入画室,那么移动时间就只有三十分钟。即便足迹只需二十分钟就会完全被新的雪覆盖,那也只有四十分钟。大雪天车难免开不快,在那样的天气,开车从银座到目黑区大原町,四十分钟够吗?

"假设是母子合谋,似乎能对应男女两种足迹。但即便如此,也只能再争取到十分钟左右。送走美第奇的客人后,两人立即出门,五十分钟也许能勉强赶到画室。当然,实际能否实现真的很难说。

"可是这样一来,动机就很不明确了。如果只是平太郎单独作案，倒是还能找出动机，虽然非常微弱。比如认为不负责任的父亲害母亲受了苦之类的。但再加上安江，就很难理解了。因为安江跟平吉关系很好，工作方面，平吉将画作放在她那里寄卖，生意也正谈得顺利。这个时候杀死平吉，身为画商，她得不到任何好处，反倒有很大的损失。平吉遇害之后，或者说'二战'结束后，他的作品被炒到了天价，但是平吉还活着的时候尚未与安江谈定合约，可以说安江一点好处都没沾到。

"不管怎么说，警方实验证实，大雪之夜从银座开车到画室，四十分钟绝对不够。"

"哦？"

"接着说说平吉的弟弟吉男。案发当晚，也就是二十五日那天，他去了东北地区，直到二十七日深夜才回到东京。吉男的不在场证明虽然不够充分，但他在津轻见过朋友，可以证实他的确去过那个地方。关于这一点，还有些详细的情况，不过就说来话长了。

"与平吉遇害一案相关的很多人都和吉男一样，行踪无法确定。甚至可以说所有人都这样。比如吉男的妻子文子，丈夫出远门了，两个女儿又住在昌子那里，所以当晚她是一个人待在家中，没有人能证明。"

"她会不会是模特啊？"

"文子当时已经四十六岁了。"

"唔……"

"其实涉案的女性全都没有不在场证明。长女一枝，已经离婚的她独自住在上野毛家中。那时候的上野毛好像还很荒凉，当然没人能为她作证。

"接着是昌子，还有知子、秋子、雪子、礼子和信代这几个姑娘。她们跟平常一样，白天热热闹闹地在主屋里，十点以后各自回房休息了。时子那天去了保谷的母亲那里，不在家。

"梅泽家的主屋除去厨房和练舞的大房间，还有六个房间。因为平吉不住在主屋，所以女孩们基本都有自己的房间，只有礼子和信代是合住一间。那本书上也有示意图。

"虽然应该与案情无关，但我还是介绍一遍吧。一楼练舞房隔壁是昌子的房间，再旁边依次是知子和秋子的房间。二楼各房间的排列方式相同，最靠近楼梯的是礼子和信代的房间，然后是雪子的房间和时子的房间。

"照理说，那几个独占房间的女儿可以等所有人都睡熟了，再掩人耳目地行动。住在一楼的人甚至能从窗户进出，但应该没有人这样做，因为每扇窗前的积雪上都没有足迹。

"当然，先从玄关走到大路上，再顺着围墙绕到后门，也可以完成犯罪。而玄关到大门之间铺有垫脚石，二十六日早晨一大早，知子就起来扫掉了垫脚石上的积雪。根据知子的证词，当时积雪上只有送报纸的人往返的足迹。当然，这只是她的一家之言。

"主屋另有后门，昌子说她起床时没发现那里有足迹。但这也是她的一家之言，而且警方到达时，那里的足迹已经非常杂乱了。

"另外，翻墙的可能性可以完全排除。二十六日上午十点半，警方做了调查，积雪上不存在疑似翻墙的痕迹。

"还有一个不可能有人翻墙的原因。大谷石砌的围墙上加装了一圈铁丝网，哪怕是一个大男人，也很难轻易翻过去。同理，也不可能在围墙上行走。

"最后还剩下两个人的不在场证明，就是时子与平吉的前妻多惠。二人是互相作证。多惠作证说时子去了她家，因此平吉的女儿中，唯有时子一个人勉强拥有不在场证明。但那毕竟是血亲的证词，不太有说服力。"

"那到底有没有不在场证明能成立的人？"

"严格来说，一个都没有。"

"原来如此，每个人都有可能作案啊。二十五日那天，平吉是否在工作？"

"好像是的。"

"他请了模特，对吧？"

"没错，请了，并且当时正在合约期。警方也认为积雪上的女鞋足迹属于那个模特。

"梅泽平吉常在银座的'芙蓉模特俱乐部'请绘画模特，或者请富田安江介绍的模特。但是警方咨询过芙蓉模特俱乐部，那边说二十五日没有模特到平吉的画室工作，众多模特中也没有人向平吉介绍过别的朋友。安江也说没有介绍模特二十五日到平吉那边工作。

"但是安江说，平吉曾提起过一件有意思的事。二十二日两人见面时，他曾高兴地说自己找到了一个最接近心中理想的人当模特。他还说这幅作品将是他最后的大作，会全力以赴去完成它，其实他心中有个理想的女人，只是无法请来当模特，就找了一个与之最接近的女人。"

"哦……"

"你怎么一直都是一副漠不关心的样子？这可是你的工作，我纯粹是在帮忙。听了我刚才说的那些话，你有什么想法吗？"

"没有。"

"真没用！你这样还想解决谜案？他有个理想中的女人，而他最后的画作的主题是牧羊座，那么，平吉口中的女人不就是牧羊座的时子吗？但是他需要裸体模特，所以不能请女儿来。因此，他有可能找到了一个酷似时子的模特，这便是警方当时的想法。"

"原来如此，很有道理。"

"接着，警方就拿着时子的照片，寻遍东京的每一个模特俱乐部。但找了一个多月，都没有找到那个人。

"如果能找到那个模特，密室杀人案就能告破。因为那位模特见过凶手，知道凶手长什么样。然而，警方怎么都找不到那个模特，再加上当时发生了二·二六事件，人手又严重不足，于是警方最后得出结论，认为平吉是在街头或者酒馆里发掘了个普通人，给自己当模特。

"其实仔细一想就知道，除非跟画家关系特别亲密，否则职业模特不可能在画室待到深夜十二点。因此对方极有可能是家里缺钱的主妇一类的人物。也许她在报纸上看到那天自己离开后，画家竟然被杀了，便害怕地躲了起来。理由无非是自己为了赚钱而裸露身体，万一站出来作证，过后被报纸登出来，她就没脸见街坊邻居了。

"警方也考虑到了这一点，公开保证会严格保守证人的身份信息，但还是无人联系。四十年来，始终不知道那个模特究竟是谁。"

"如果那个人是凶手，肯定不会主动站出来呀。"

"啊？"

"我是说，如果那个女人是凶手，当然不会站出来。也许模特在杀害平吉后，独自制造了两个人的足迹。只要让男人的足迹出现在自己的足迹之后，一旦警方判断这是单人作案，就一定会怀疑男性是凶手，理由你刚才也说过了。所以……"

"但这个可能性也被否定了。为什么呢？假设这个女模特想制造男人的足迹，那她就必须准备一双男鞋，并且要预料到外面会积雪。

"但是，二十五日下午两点才开始下雪，在此之前毫无下雪的迹象。那天模特如果是傍晚进入画室，倒还有可能准备周全，但就真实情况来看，模特应该是二十五日下午一点左右就进入了画室。这个推论来自女儿们的证词，她们说看到画室拉上了窗帘，就知道里面有模特。

"所以，就算那个模特带着杀意来到画室，也不太可能会提前准备一双男鞋。

"那么，她有没有可能突发奇想，用了平吉的鞋子？平吉的家人给出证词说他只有两双鞋子，而那两双鞋都放在门口。再结合现场的足迹数量，无论怎么想，都不可能在留下足迹后，或是在途中，再把鞋放回去。

"因此可以认为模特与本案无关，她只是过来工作，之后就回家了。"

"但这要以模特真实存在为前提，对吧？"

"没错，假设这名模特真实存在。"

"那如果假设男鞋是凶手，事先准备了女鞋伪造足迹，也有可能的吧？"

"是……有可能，因为他是在下雪时进入画室的。"

"但是再仔细想，其实这么想就本末倒置了。如果女鞋是凶手，企图伪造一串男鞋的足迹，她大可以只留下男鞋的足迹，因为她的目的就是让别人误以为凶手是男性。

"反过来，假设男鞋是凶手，企图用女鞋伪造足迹，他也可以只留下女鞋的足迹。有什么必须制造两种足迹的理由吗……啊！"

"怎么了？"

"我开始头痛了。本来我只是要你说明情况，你却加上了其他人的无聊推理，搞得我脑子里一团乱。再加上我本来就状态不好。"

"我看也是。要不要休息一会儿？"

"不用了，但是请你只介绍案情，别添加其他内容。"

"知道了。说回现场，没有任何遗留物品，烟灰缸里只有平吉抽的香烟和烟灰。他是个大烟枪。

"现场也没有特殊的指纹。警方发现了疑似模特的指纹，不过平吉跟好几个模特有固定合作。没有发现男鞋主人的指纹，但是有吉男的指纹，如果他就是男鞋主人，那说明凶手的确留下了指纹。另外，现场也没有故意用手帕擦除指纹的痕迹。

"如果单从指纹来判断，凶手要么是家人之一，要么是非常小心、没有留下指纹的外部人员。总而言之，指纹调查对解决案子也没有什么帮助。"

"嗯……"

"以及，画室内不存在实施过任何异想天开的诡计的痕迹，比如冰化开后石头落到头顶的机关，在墙上固定滑轮的螺丝孔之类。里面甚至没有疑似凶器的东西。画室保持着平日里的样子，既没有少东西，也没有多东西。唯独画室主人的命没了。"

"我记得好像美国的一部推理小说里曾出现过十二星座的画作。如果凶手是人类，必定属于某个星座，平吉要是能在某幅画作上留下痕迹，或是将其弄倒，就能提示凶手的身份了。不过参照当时的情况……"

"很可惜,他是立即死亡的。"

"难得有这么一堆贵族风格的道具在,太可惜了!他应该不会借刮掉胡子提示凶手的身份吧。"

"都说了他是立即死亡。"

"对啊,立即死亡。"

"这就是被称作'目黑二·二六事件'的梅泽平吉密室谋杀案。我已经介绍完了所有线索和案情,你怎么想?"

"后来那七个姑娘不是全都遇害了吗?这样应该能排除她们杀害平吉的嫌疑了吧?"

"的确如此,但平吉命案和阿索德杀人案也可能是不同的凶手所为。"

"有道理。不管怎么说,从动机考虑,我只能想到是为了修建出租屋,或是其中一个姑娘偷偷看了手记,感到生命受到威胁,要么就是某个画商故意用震惊世人的方法杀害平吉,以求其画作价格高涨。别的就没有了吧……反正应该在手记的登场人物中寻找凶手,别人恐怕没有杀害他的动机。你说对吧?"

"我也是这么想的。"

"对了,他的画升值了吗?"

"升值了。一张一百号的画能盖一座房子。"

"那不就是十一座房子了?"

"嗯,但那也要等到战后。当时这本《梅泽家占星术杀人事件》火了,多惠是遗书上的受益人之一,吉男也得到了不少好处。然而案子发生不久后就爆发了中日战争,四年后又是珍珠港事件,大家可能一时都顾不上其他,可能连警察都没法继续调查了。也正因为这样,这起有意思的案子才会变成悬案。"

"不过,这起案子凑齐了这么多恶魔的道具,普通人肯定很关注吧。"

"那是当然。光是描述世人的骚动,就能写一本厚厚的书了。一位资深炼金术研究专家曾说,平吉的手记只是恶劣品性的夸张解读,他试图实现自己的低级妄想,才会触怒了神明。他死在了密室里,这种人力不可及的死法,正是遭天谴的最有力证据。这种类似于道德论断的说法特别多,而且某些人会坚持这种主张也情有可原。

"这个案子一点都不缺可供谈论的元素,梅泽家简直成了宗教品评会现场。从日本各地涌来各式各样的宗教人士,可谓来来去去、源源不断。有时候开门一看,来人是一位高贵优雅的中年妇女,请进门去她却开始了滔滔不绝的说教。总而言之,不知从哪里冒出来的各种可疑宗教团体、祈祷师、牧师和神婆,全都跑到梅泽家去分析他的行为,顺便自我宣传了。"

"真不错!"

御手洗的脸上闪过兴高采烈的表情。

"这种说法确实有趣,但也有点莫名其妙。你有什么想法?"

"如果神明是凶手,那就轮不到我们出场了。"

"我也有同感。就是要认定这是一起高智商犯罪,然后用逻辑去解开它,那才是真正的有趣。

"好了,御手洗老师,您意下如何,要不要举手投降?且不论阿索德杀人案,单是这个平吉命案的密室就足够棘手了。"

御手洗露出了苦涩的表情。

"嗯,是啊……仅凭这些信息,我很难得出结论。如果说是谁干的……"

"我问的不是凶手,而是方法。要如何在那个从内侧扣上了挂锁的密室里实施杀人?"

"哦,那个简单!把床吊起来不就好了。"

3

"凶器不是一种大且扁平的物体吗,地板也符合这一描述。

"这样一来,也不用烦恼挂锁的问题了。因为那的确是平吉自己锁上的。

"用这个方法来解释,各种问题就都能说通了。平吉在那篇手记中明言,他写作的目的是留下遗言,这说明他有自杀的意图。难得又有现成的密室,凶手自然会想伪造平吉是自杀的假象。可是平吉的死因为何是脑挫伤,而且受伤部位还是后脑勺呢?这样的死法只可能是他杀,警方也理所当然地会着手调查凶手,这不就等于白费了平吉自己留下的遗言吗?就算凶手不知道他写了那样的东西,但也没理由这样做吧。

"因此,很显然,这是凶手的失误。虽然这个方法有点异想天开,但是其他的可能性都被否定了……那也……只能……"

"没错!你太厉害了。当时警方的反应可没有你这么快。话说,你怎么了?"

御手洗沉默下来,好久都没有说话。

"哦,我突然觉得这一切都没有意义,懒得说下去了……"

"嗯,那就由我来说吧。画室里的床安了轮子,首先要拆掉靠近床那边的天窗的玻璃,放下一根带钩的绳索,钩住床,将其拉到天窗的正下方。现在已知平吉经常要靠安眠药入睡,而且服用的剂量很大,所以只要小心一点,就不会吵醒他。

"然后再放下三根带钩的绳索,钩住床的四角,小心翼翼地连人带床吊起来。等到平吉靠近天窗后,就可以对他下毒,或是割开他手腕上的动脉，总之用某种方法伪装成自杀。

"然而计划出了差错，因为凶手没有时间练习，一上来就要实操。由于是四个人合力拉动绳索，彼此很难保持同步，于是床在靠近天窗时突然倾斜，导致平吉一头栽了下去。那里原是打通了两层楼的仓库，靠近天窗的位置差不多有十五米高，从那里栽下去，肯定活不成了。"

"嗯……"

"御手洗君，你很了不起啊。案发当时，警方花了整整一个月才想到这个方法。"

"嗯……"

"好了，那你知道那些足迹到底是怎么回事吗？"

"哦……嗯！"

"你知道？"

"那还不简单吗？嗯……让我想想……嗯……对。

"我猜是这样的。那扇窗外之所以会有凌乱的足迹，并非因为凶手要在那里设置密室小机关，而是需要把梯子架在那里。吊起那张床至少需要四个人，假设再加上一个人负责杀死平吉并伪装成自杀，那就一共有五个人。那么多人从梯子上爬下来，难免会留下杂乱的足迹。

"再看现场的两种足迹。假设疑似模特留下的女鞋足迹是真的，那就要想想男鞋的足迹究竟是怎么回事。芭蕾舞者可以踮着脚尖行走，在积雪上只留下踩高跷一样的痕迹。只要一个接一个，用同样的方式、踩着同一个地方离开即可。但不可能每一步都精准地踩在上一个人留下的脚印上，难免会错开，此时只要最后一个人穿上大号的男鞋，最后再走一遍，就能遮盖所有痕迹。

"如果先走的人穿的鞋子比最后的人的鞋子小，理论上也是可行的，但这样形成的足迹还是可能错开，或是出现你刚才说的叠加轮廓的问题，毕竟前面至少要有四个人走过。但是，只要让可以踮起脚尖行走的芭蕾舞者先行，就算走一千个人也不成问题。如此一来，凶手的身份就很明确了。"

"没错！御手洗老师，你果然能力非凡。让你待在横滨这种犄角旮旯当占星师，简直是国家的损失！"

"哦，是吗？"

"要求所有人在下梯子的地方只踩同一处是很困难的，更何况那里还会留下搭梯子的痕迹，所以最后才需要男鞋反复踩踏，以遮掩痕迹，这样就形成了那张图（图二）上的凌乱足迹。"

"哦……"

"好了。"

我停下来，喘了口气。

"我们已经说了这么多，但问题还在后面。"

听到我这么说，御手洗突然有点不高兴。

"哼！是嘛。对了石冈君，你饿不饿？我肚子饿了，下楼找东西吃吧。"

翌日，我吃过迟来的早餐，马上就赶到了纲岛。御手洗正在吃饭，盘子里放着面包，以及显然是火腿夹蛋没做成功，最后成了火腿炒蛋的东西。

"早上好，还在吃饭吗？"

我打了声招呼。他微微转过肩膀，挡住了正在吃的东西。

"怎么这么早，今天没工作吗？"

"没有。你吃什么呢，好香啊。"我说。

"石冈君。"御手洗突然换上了严肃的语气，边吃边说，"你猜那是什么?"

他指了指旁边的方形小盒子。

"打开看看。"

我打开一看,发现里面是个咖啡滴漏壶。

"旁边的袋子里有刚磨好的咖啡豆,如果你能帮我泡一杯咖啡,这顿饭就更香了。"

听了他的话,我定睛一看,发现餐桌上只有白水。

"昨天说到哪儿了?"御手洗捧着餐后咖啡说道。可惜的是,他好像没有昨天那么郁郁寡欢了。

"说到梅泽平吉遇害案,只算完成了三分之一。我刚介绍完那起发生在仓库改造的密室里的谋杀案,你就想到凶手是把床吊了起来。"

"嗯……想起来了。但我认为这里有个根本性的矛盾来着。让我想想……昨天你回去后我又思考了一会儿,可是隔了一晚上又忘了。算了,等我想起来再说吧。"

"昨天我漏了一个地方。"

我立刻进入正题。

"有关平吉的弟弟梅泽吉男。之前我应该说过,昭和十一年二月二十六日案发当日,他正在东北地区旅行。

"我要再强调一下,吉男与平吉外貌相似,就像一对双胞胎,而且平吉死时脸上没有胡子了。这一事实不仅对平吉遇害案,甚至对涉及梅泽家的整个事件都产生了复杂的影响。"

御手洗没有应声,他一言不发地看着我。

我继续说道:"案发当日没有人见过平吉,但是他的家人和富田安江都表示,案发两天前他还留着胡子。"

"那又如何?"

"这个信息应该很重要吧,因为必须排除平吉与吉男交换身份的说法。"

"那根本不算问题。吉男从东北归来……是什么时候来着?对了,是二月二十七日深夜。那天吉男回家后,就跟妻子文子,还有女儿礼子和信代正常生活了,对不对?而且他还跟出版社有联系。就算两兄弟再怎么酷似,也不可能骗过这么多人。所以这不算问题。"

"嗯,按照常识判断,我也有同感。但是等我讲到阿索德杀人案,你可能就会后悔自己如此草率地下了定论。如果不想办法让平吉活下来,下一个案子就无法解释。我好歹也算个插画师,跟出版社有合作关系,有时候熬一个通宵再跟责编见面,对方就会说'你好像变了个人一样'。"

"难道他对妻子和女儿也用'我熬了个通宵'当借口吗?"

"还可以换发型,戴眼镜,用这些方式应该能骗过责编。甚至可以只在晚上交稿……"

"有记录显示梅泽吉男在事件发生后开始戴眼镜了吗?"

"那倒是没有……"

"为了照顾你的想法,我们姑且认为出版社的所有人都高度近视,并且集体耳背。但是他老婆天天跟他住在同一屋檐下,不可能受骗。如果兄弟俩真的调换了身份,那就必须将吉男的妻子也视为共犯。假设这几起案子都是同一个凶手所为,那就意味着文子帮忙杀了自己的两个亲女儿。"

"嗯……而且吉男还得骗过自己的两个女儿……啊,不对,这不就有了必须杀掉女儿的理由了吗?一起生活下去就有可能被识破,所以要尽快杀掉女儿。"

"你能不能别张嘴就来,这么做对文子有什么好处?难道她想用丈夫和女儿的生命换一间免费出租屋？"

"这……"

"这不就像用钞票烤地瓜嘛。还是说平吉与文子早就保持着可疑的关系了？"

"没有。"

"而且两兄弟一模一样的说法也有问题。搞不好是阿索德杀人案发生后，有人觉得必须让平吉活过来才能解释那个案子，便越想越觉得两兄弟长得很像，传着传着就成了现在这个样子。"

"……

"总而言之，这两个人绝对不可能互换身份。要我相信这个，还不如相信昨天那个天谴之说。

"如果非要让这个理论成立，就必须引入与吉男毫无关系的第三者，一个外表酷似平吉，从各种意义上又都与梅泽家无关的第三者。假设平吉事先找到了这么一个人，杀了他顶替自己，这样倒是有可能。只不过，谁能这么凑巧找到酷似自己的人呢？

"替身之说只能是这样了，纯属无稽之谈。而且，之所以会有这种说法，单纯因为平吉的弟弟吉男没有确凿的不在场证明，对不对？如果能证明吉男确实不在场，至少也能推翻兄弟交换身份的理论，没错吧？"

"御手洗君，你今天状态不错啊。现在你说的这些的确很有道理，可是等我讲到阿索德杀人案，你还能如此坚定吗？等会儿可别哭出来了啊。"

"你这么一说，我就更期待了！"

"真是不自量力……算了，你想讨论吉男的不在场证明吗？"

"没错，案发当晚，吉男肯定住在东北地区的旅馆吧？只要查明这个，就很容易证明他不在现场了。"

"然而事情没有那么简单。因为作为案发时间的二十五日深夜到二十六日早晨，吉男人在夜行列车上，很难取得证明。

"如果他翌日早晨到达青森后马上入住旅馆倒也还好，然而他二十六日一整天都在津轻海边摄影，一个人都没遇到。直到晚上才入住旅馆。你看，这就是麻烦之处。而且他没有预订旅馆房间，而是随便找了一家入住。当然了，当时正值隆冬，旅馆不需要预订也有空房。正因为这样，他的老婆也没能联系上他。

"如果只需赶在二十六日晚上入住津轻的旅馆，吉男就有充分的行凶时间。他可以二十六日在目黑杀害平吉，然后立刻赶到上野车站，乘坐清晨开出的第一班列车，并赶在入住旅馆的时间到达津轻。

"根据证词，吉男二十六日在隆冬时节的津轻走了一整天，二十七日一早在旅馆见了客人。来人是作家梅泽吉男的读者，两人是第二次见面，关系并不算亲密。那天上午吉男一直跟客人待在一起，并于中午乘车返回了东京。"

"原来如此！那么他在二十六日使用的胶卷就成了不在场证明的关键。"

"没错。可以肯定，吉男至少不是在津轻下雪之后去的东北，这点可以证明。也就是说，那是他那年冬天第一次前往津轻。如果怀疑那卷胶卷并非那时拍摄的，那就只能是去年拍摄的。"

"前提是都是他拍的，对吧？"

"嗯，不过他在东北地区并没有能替他拍摄风景照，然后再寄给他的朋友。毕竟这是协助杀人的行为，不是什么小事，就算不知情帮他做了，被警察一问也会马上坦白。事实上，并不存在愿意为吉男做这种事并保守秘密的人物。

"所以，吉男要执行这种诡计，必须亲力亲为。警方调查了胶卷，发现了前一年秋天，也就是昭和十年十月新建的房子，这成了决定性的关键。

"是不是很戏剧化？这部分内容是书里的高潮之一。"

"嗯，这样一来，他的不在场证明就算成立了。换言之，就是兄弟交换身份的假说不可能成立。"

"姑且算是这样吧。为了早点看到你为难的表情，我要开始讲下一起案子了。准备好了吗？"

"好了。"

"下一起案子和一枝有关。你还记得她吧？她是平吉的第一任妻子昌子带来的大女儿，也就是昌子与前夫村上谕所生的第一个女儿。一枝在上野毛的家中遇害了。

"时间是平吉遇害后大约一个月，准确来说是三月二十三日夜，推测死亡时间为晚上七点到九点，凶器是一枝家里摆着的一只厚重的玻璃花瓶。凶手在这起案子的现场留下了凶器，一枝好像是被那个玻璃花瓶重击致死的。之所以说好像，因为这是案件中的一个疑点。被用作凶器的花瓶上本应沾有血迹，但是被擦掉了。

"与平吉的密室相比，一枝遇害案疑点较少。这么说可能有点过分，但事实上，她的案子作为一起凶杀案，着实有点平庸。动机也基本可以确定是'盗窃'。因为一枝的房间被翻得很乱，衣箱被翻了个底朝天，抽屉里的钱和贵重物品都不见了。无论怎么看，这都是一桩粗鲁的盗窃案。然而，无论是谁都能一眼认定是凶器的花瓶上竟有血迹被擦去的痕迹，这个行为就很难解释了。你说对不对？

"何况不是用水仔细清洗掉血迹，而只是用布或纸草草地擦了一遍。因此，警方很快就在上面检测出了一枝的血迹。

"如果凶手想隐藏凶器,就该拿走花瓶,这样更保险。但凶手并没有带走花瓶,而只是擦掉了上面的血,就随手扔在与杀人现场仅隔一道隔扇的隔壁房间里,让人一眼就能看出花瓶有问题。"

"警察和战后那些业余侦探怎么说?"

"他们认为也许凶手不小心留下了指纹。"

"原来如此。有没有可能花瓶根本不是凶器,只是蹭到了一点点血呢?"

"不可能。一枝身上伤口的形状与花瓶的形状完全一致,这一点毋庸置疑。"

"哦?那也许凶手是女人吧,下意识地擦掉凶器上的血,然后将其放回原位,这怎么看都像是女人的行为模式。"

"但有一项证据可以证明凶手绝对不是女人。这项证据特别确凿,你可能都找不到比它更确凿的证据了,凶手一定是男的,因为尸体遭到了强奸。"

"嗯……"

"从一枝体内提取到了精液,很有可能是死后遭到强奸。精液血型为 O 型,于是警方调查了所有相关男性的血型。不过其实除了平吉,剩下的相关男性也只有梅泽吉男和安江的儿子平太郎两人而已。吉男是 A 型血,平太郎是 O 型血,但是他在三月二十三日晚上七点到九点有确凿的不在场证明。

"所以,当时的普遍观点是,这起案子与平吉遇害案及其后的阿索德杀人案没有任何关系,只是碰巧发生在两起案子之间。单从这一点看,梅泽家也算是人们所谓的被诅咒的家族了。虽然严格来说,一枝并没有继承梅泽家的血脉。

"这起案子发生的时机非常不凑巧,导致事件整体变得极为复杂且难以解释。"

"平吉写的手记里也没有提到杀害一枝的计划吧?"

"是的。"

"一枝的尸体是什么时候被发现的?"

"第二天晚上,也就是三月二十四日晚上八点左右。邻居太太上门去送传阅板,结果发现了尸体。上野毛当时还是郊区,人烟稀少,紧挨着多摩川,所以有人死了会这么晚才发现。

"如果邻居更严谨一些,其实有可能早一点发现的。因为邻居太太在一枝遇害的第二天下午就曾拿着传阅板去了金本家,也就是一枝嫁过去的那家人。当时玄关门没有上锁,她就走进去站在换鞋区喊了好几声,见里面没有回应,以为一枝出门买菜了,遂将传阅板放在鞋柜上,转身回家了。但是那天直到太阳下山,传阅板都没有传下去,于是那位邻居太太就又去了一趟金本家。当时已是夜幕降临,家中却没有亮灯。她开门一看,传阅板还放在鞋柜上,于是心里起疑了。

"可是邻居太太实在没有勇气走进去,就先回了一趟家。这样听起来可能很离谱,但也是人之常情嘛。等到先生下班回家后,这位太太才又拉着他一起去查看。"

"一枝嫁去的金本家是中国人?"

"嗯。"

"做什么的?外贸?"

"是开餐馆的,我猜应该是中餐馆吧。听说他们在银座和四谷有好几家挺大的店,算是个有钱的成功人士吧。"

"那上野毛的房子应该也很豪华吧?"

"完全没有,就是一栋很普通的平房。这也是个疑点,因此引发了间谍之说。"

"他们是自由恋爱然后结婚的吗?"

"应该是。因为对方是中国人,一枝的母亲昌子自然是强烈反对,毕竟当时是那样的形势。也正因为如此,一枝结婚后跟梅泽家在一段时间内断绝了来往,不过后来修复了关系。

"然而,两人的婚姻只持续了几年,确切来说是七年。案发约一年前,金本认为中日两国的关系开始僵化,便将店铺转手他人,与一枝离婚,回中国了。

"这两人无疑是被战争拆散的,但应该也有些性格不合的因素在里面。因为一枝丝毫没有要跟丈夫走的意思。

"总之,就是这样,一枝分到了上野毛的那栋房子。又因为嫌麻烦,她还一直沿用金本这个姓。"

"房主遇害后,那栋房子归谁了?"

"应该交由梅泽家管理了吧。金本家已经没有人留在日本了,一枝又没孩子,加上房子里发生过凶杀案,一时半会儿也卖不出去,所以可能空置了很久。"

"坐落在人烟稀少的多摩川边,谁都不敢接近的独栋房子……这简直是专门为制作阿索德准备的地方啊。"

"没错。众多业余'福尔摩斯'都认为那里就是制作阿索德的现场。"

"平吉不是在手记里提到,制作地点在新潟县吗?"

"嗯。"

"但仍有人认为,凶手在杀害平吉后,为了获得制作阿索德的地方而杀害了一枝?"

"认为那里是制作现场的人应该都是这样想的。

"从之后发生的阿索德杀人案来看,的确有凶手计划缜密、行动冷静的感觉。而且可以肯定,这栋房子确实非常适合用于制作阿索德。如果案情过于复杂，警方肯定会不断重返现场，但若是偶发性的入室盗窃杀人，他们就不会一遍又一遍地上门了。

"那附近没什么人家，少数的几位邻居也都不愿靠近，而且屋主没有麻烦的亲戚，唯一的亲属梅泽家更是顾不上那个地方。稍微有点头脑的人就能想到，只要杀死房子主人，再伪装成入室盗窃杀人，那栋房子就会空置很长一段时间。

"但是这样一来，就又出现了一个很麻烦的事实。这起案件的发生，意味着连续几起梅泽家占星术杀人事件的凶手都是男性，而且都是O型血的男性。

"如果将目光锁定在现有的登场人物之中——有的人认为不该限定死，但是考虑到后面的阿索德杀人案，应该不太可能是外部人员作案，在现有的登场人物中寻找凶手显得更合理。如此一来，唯一满足所有特征的人就只有富田平太郎了，你说对吗？因为O型血的男性只有美第奇的平太郎一人。

"然而，有两个理由让人质疑平太郎是凶手的可能性。

"第一，他有确凿的不在场证明。一枝遇害时，他正在银座的美第奇与三个朋友聊天，店里的服务生也看到了他。

"第二，假设平太郎是凶手，那就意味着目黑的平吉遇害案也是他所为。可是这样一来，就与上了挂锁的密室这个大问题产生了矛盾。

"如果是他杀害了平吉，就要等模特离开之后动手……这里也存在一个问题。就算平太郎可以利用买卖画作的借口前往平吉的画室，平吉又怎么会在关系并不算亲密的平太郎面前服用安眠药呢？

"那么，平太郎有没有可能在动手前先逼迫平吉服用安眠药，以伪装成亲近之人作案？但这种假设实在过于牵强，让人很难接受。

"退一万步讲，撇开前面所有牵强的假设，平太郎杀害平吉后离开了画室，他又是如何凭一己之力扣上挂锁、制造出密室的呢？这也是个难题。

"因此，如果要将平太郎判定为凶手，就要解开挂锁密室的诡计。"

"嗯，应该还有很多难题吧。平太郎是画商，难道不应该等到平吉将所谓的毕生事业全部交到他手上，或是签订合同之后再将其杀害吗？你说的一幅画能买一栋房子，指的当然是那十二幅大作吧？"

"没错。不过号称平吉毕生事业的大作是十一幅，而不是十二幅。它们都是尺寸很大的作品。除此之外，他还留下了一些小作，多数是围绕那十一幅画作的习作。剩下的就是模仿德加风格的芭蕾舞女画，那些画基本都在安江手上，但不怎么值钱。"

"嗯。"

"从利益的角度分析，再结合一枝的遇害，假设围绕梅泽家发生的一连串案件都是同一个凶手所为，那么这名凶手给人留下的印象始终是冲动的、意志薄弱的感觉，这与我们所期待的冷静而知性的人物形象完全相反。毕竟他是个连自己的血型和性别都没能瞒住的笨蛋啊！"

"嗯。"

"因此，综合刚才所说的，可以将O型血的平太郎排除在外。还有一点，如果是单独作案，平太郎就必须冒着大雪，在四十分钟内从美第奇赶到梅泽家，这么一来杀害平吉的时间就不太够。

"但如果将平太郎排除在外，凶手就只能是毫无头绪的外部人员了。这样一来，这起案子的推理趣味就至少减少了一半。也许本来就不该有所奢望吧。"

"嗯。"

"所以我也认为，或者说我希望，一枝遇害案与其他两起案子不相干，只是碰巧发生在两起案子之间，完全是偶发性案件。"

"嗯，那么，你并不认为一枝的房子被用作了制作阿索德的地方？"

"嗯……算是吧。很难想象那几起案子的凶手会为了铺垫后面的阿索德杀人案而杀死一枝，将上野毛的房子据为己有。

"如果当成故事来讲，那的确很吸引人。你想啊，一个疯狂的艺术家，躲在一栋发生过凶杀案的空屋里，每天晚上废寝忘食地创造阿索德。如果写成惊悚小说，那肯定很吓人。可是如果放到现实中呢？晚上凶手是不能行动的，因为夜间至少需要蜡烛来照明，不可避免地会引起附近居民的怀疑。

"那里毕竟是发生过凶杀案的地方，警方听到传闻，肯定不会不理不睬。万一警察找上门来，如果是自己家，还能堵住门，让他们拿了搜查证再来。可那是一栋空屋啊。如果是我，肯定会选一栋没有人知道的房子。在上野毛的那栋房子里是无法安心工作的，就算做好了阿索德，也无法安心观赏。应该选一处更加安全的地方。"

"嗯，我也有同感。但是你说很多业余侦探都认为那里就是阿索德的制作现场，对吧？"

"是的，他们认为凶手杀死一枝是为了得到那栋房子，用于制作阿索德。"

"再加上血型等问题，必然就倾向外部人员作案的说法了。"

"没错，你说的一点没错。这里是一个很大的意见分歧点。"

"嗯，只要不把这起案子当成偶发性的入室盗窃杀人，就意味着梅泽家占星术杀人事件完全是外部人员所为……但是等等，一枝遇害案后来也没有找出凶手，对吧？"

"是的。"

"如果只是偶发性入室盗窃杀人，怎么会查不到凶手呢？"

"御手洗君，你可别这么说，其实世上还有很多悬案。比如我们现在去北海道，杀死一个独居的老太太，夺走她藏在地板下面的钱，警方就绝对查不到我们。因为我们跟那个老太太一点关系都没有。很多这种类型的案子最后都成了悬案。

"谋杀，也就是有计划的杀人，凶手必定有明确的动机，这类案件或早或晚都能查出凶手。因为遇到这种案子，警方只需调查不在场证明即可。

"对了，梅泽家的案子之所以会发展成现在这样，原因之一就是动机问题。接下来要讲到的阿索德杀人案中，相关人员完全没有动机。有动机的只有梅泽平吉一人，可是他早就被杀了。"

"嗯。"

"尽管如此，我还是不想接受外部人员作案论。一个陌生人竟是凶手，这也太缺乏刺激感了。"

"所以你认为，一枝遇害案只是偶发性案件……嗯，我懂了。要不你先讲讲一枝案的现场情况吧。"

"这本书上有图（图三），你看看就知道了，没什么需要补充的地方。这是一起没有可疑之处的案子。一枝身穿和服倒在地上，身上的衣服不算特别凌乱，只是她没有穿内裤。"

"嗯？"

"这有什么好奇怪的？当时的人都这样穿和服。

"斗柜的抽屉全被拉出来了，里面的东西都散在地上，现金

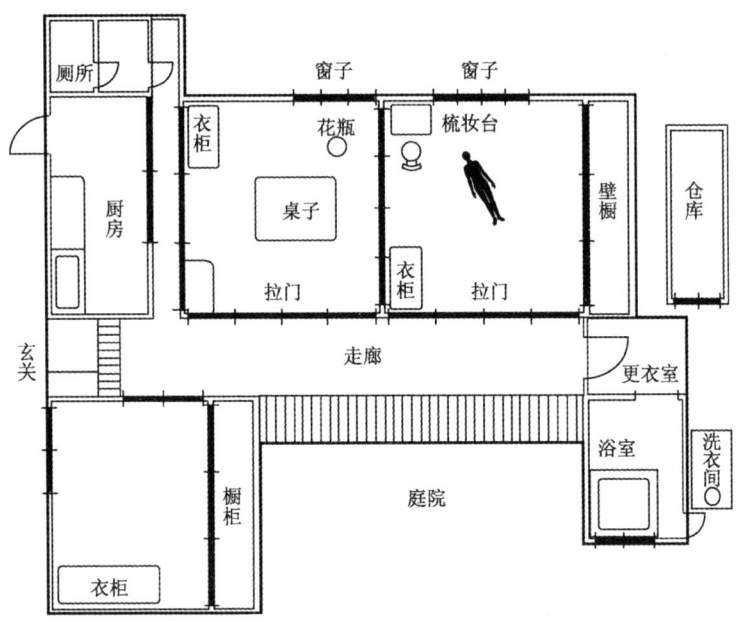

图三

全部被拿走了。

"房间里有个三面镜梳妆台,保持着原样,没有弄坏。台面上的东西也没有被翻乱。

"作为凶器的花瓶被扔在隔壁房间的地上,两个房间之间仅隔一道隔扇。

"另外,被发现时,一枝倒在这张图(图三)示意的地方,但那好像不是她被害的地方,凶手是在杀死她之后,把她移动到了那里。

"由于下手力量极大,伤口很深,应该溅出了鲜血,但在屋内没找到血迹。凶手杀害一枝后还对其实施了强奸行为,移动尸体或许是为了方便行事。可是,找不到行凶的地点,这就有点奇怪了。"

"等等,那是真的吗?凶手在行凶之后与死者发生了关系?"

"嗯。"

"你确定?"

"好像是的。"

"这我就不懂了,刚才你说一枝身上的衣服不算特别凌乱,对不对?如果那真的是一起偶发性入室盗窃杀人案,凶手还笨得暴露了自己的血型和性别,那么,他会在奸尸之后,把受害者的服装整理好吗?"

"啊……嗯,有道理……"

"算了,继续吧。"

"好……没在室内找到行凶地点,这很奇怪。去户外找又显得不自然。有些人特别重视这个问题,直到现在还在讨论。我认为如果凶手真的有心,也并非做不到,但我不觉得有理由做这件事。警方仔细勘验过现场,发现梳妆台上的三面镜表面看起来擦得很干净，实际上还是沾有微量血迹。而且，那就是一枝的血。"

"那么，她是对镜化妆的时候遇害的？"

"不，从尸体的状态来看并非如此，因为她脸上没有妆，有可能是梳头时遇害的。"

"面向镜子？"

"面向镜子。"

"啊？这就说不通了。那栋房子是平房对吧？"

"是的。"

"看这张图（图三），梳妆台旁边是隔扇，人在面朝梳妆台时，背后是纸门，纸门另一侧是走廊。假设窃贼进入房间，试图杀害面向梳妆台的一枝，他要么拉开旁边的隔扇，要么拉开一枝背后的纸门，只有这两种方法。

"但如果那个人从背后靠近，其身影应该会映在镜子里，你觉得一枝会坐在那里不动，乖乖等对方过来杀死自己吗？

"显然不可能，她应该会立即站起来逃走。

"那么窃贼是从旁边进屋的？那是一块三面镜，从侧面进屋也能映在镜中。就算没有映在镜中，一枝感觉到陌生人的气息，或是听见隔扇开启的响动，应该也有时间扭头去看。请问，一枝是正面前额被击中了吗？"

"不是，等等……不对，不对，案发时一枝应该是背对凶手，凶手从后方击打了她的后脑勺。这里写着呢。"

"嗯，跟平吉的受伤部位相同。这很可疑啊……虽然窃贼也可以从窗户潜入，但这样一来就更奇怪了。窃贼忙着翻窗户的时候，一枝难道会慢悠悠地梳头发等他吗？

"太奇怪了，我无法接受偶发性作案这个说法。凶手肯定是一枝认识的人，否则逻辑上说不通。当时她坐在化妆凳上，面对着三面镜，但是她却没有站起来逃跑，甚至没回头，就这么一声不吭地被杀了。这证明她坐在镜子前，面对着镜子，看见凶手逼近背后，却始终保持着那个姿势。

"因此，对方绝对是一枝认识的人，而且关系非常亲近。我敢打赌，一枝肯定在镜中看见了凶手的脸。凶手不可能是突发奇想入室行窃的人，更不可能是个丢三落四的男人。那种人怎么会仔细擦掉镜子上的血迹呢！凶手之所以仔细擦掉镜子上的血，是为了隐瞒自己与受害者的亲密关系。不会有错，这是一条重要线索。

"这两个人非常亲近，甚至可能有肉体关系。因为那个时期的女人不会在陌生男人在场时化妆，而且是背对着男人化妆。

"嗯？这样的话就又有点奇怪了。为什么与一枝关系如此亲密的男人要对她先杀后奸？他大可以跟活着的一枝享受性爱。发生性关系应该是之前吧？行凶之前。"

"嗯……我不知道为什么，但肯定是一枝被害之后发生的关系，这是个已经确定的结论。但你说的确实有道理，也许是之前。"

"莫非凶手有恋尸癖？那可是精神分裂症啊。总之，这名凶手肯定是与被害者关系十分亲密的男人。一枝当时有情人吧？"

"不好意思，警方进行了全面调查，得出的结论是她没有情人。没有发现任何可能与她有亲密关系的人。"

"那就没办法了！不对，等等，不对，化妆！一枝没有化妆，你刚才是这样说的吧？"

"嗯……"

"一个三十多岁的女人，在有那种关系的男人面前却没有化妆？对了！女人。石冈君，那是个女人。

"不、不对！石冈君，哪有女人能射精的呢。

"但如果凶手是女人就能说通了。如果是认识的女人，一枝会背对着她照镜子就很正常了。甚至不会在乎自己是否化了妆。如此一来，凶手就能把花瓶藏在背后，笑眯眯地走过去，然后狠狠地敲。一枝不会跑，也不会转身。可是精液怎么解释！

"对了，假如那个女人带了精液来呢？能轻易搞到精液的女人，那就是吉男的妻子文子。她只要从丈夫那里弄来就好了……不对，不行，吉男是 A 型血。"

"警方还能检验精液的新鲜度啊，凶手提前一天弄到的精液是骗不过检查的。"

"没错。精子的尾部会随着时间的流逝而慢慢变短，据此可以推测精液射出后经过了多久。但不管怎么说，这下就得问问所有登场人物的不在场证明了。"

"所有人的不在场证明都不明确。我刚才提到平太郎了对吧？只有他拥有确凿的不在场证明。

"先说他母亲安江。安江平时基本都待在美第奇，唯独那天的那段时间不在，据她本人说是逛银座去了。因此安江没有不在场证明。

"梅泽家的昌子、知子、秋子和雪子四人表示案发时她们正在家中准备饭菜。

"时子正好又去保谷看多惠了，如果算上血亲的证词，四个女儿就都有不在场证明。

"完全没有不在场证明的是礼子和信代，她们俩结伴去涩谷看电影《飞到里约》了。电影大概八点钟结束，九点左右她们回到了吉男和文子的家。

"所以这两个人有条件行凶。上野毛离东横线府立高等学校车站不远。可这两个姑娘一个二十二岁,一个二十岁,应该与本案无关。

"文子和吉男的情况跟这两个女儿相似,也都没有明确的不在场证明。

"不过,虽然有些人没有不在场证明,但再考虑到动机,情况就与平吉遇害案完全相反了。所有人都没有杀害一枝的动机。

"首先是美第奇的富田安江母子,他们可能见都没见过一枝。

"然后是吉男与文子,这两个人的情况也差不多。他们也许见过一枝,但应该没机会加深关系,甚至发展到要杀了她。

"接着是梅泽家的几个女儿,一枝可是她们的姐姐啊。"

"一枝会到梅泽家玩吗?"

"很少去。总之,动机不足,也就难怪有人会提出是入室盗窃杀人。不过饭田夫人出现后,这些问题应该有所进展吧。我想尽快讲到那里,所以事不宜迟,接着就讲阿索德杀人案吧。"

4

御手洗似乎还不想放下一枝遇害案,他说:"嗯,先说下去吧,疑点可以留到后面一起讨论。"

"接下来才是真正的高潮,所有猎奇和诡异元素都集中在这起案子上。我马上要讲的,就是震惊世人的'阿索德杀人案'。"

"好期待啊。"

"如果等我讲完案件经过你还能说出这句话,那就厉害了。三月二十三日,一枝遇害,两三天后,梅泽家为她办了葬礼。这家人可能觉得最近发生了太多惨事,决定找个地方驱驱邪。几个人一商量,干脆就去平吉在手记中写到的越后地区,新潟县的弥彦山吧。那篇手记相当于平吉的遗言，所以也算是完成他的遗愿吧。她们可能考虑到，万一今后被平吉的鬼魂缠上了不太好，便想借驱邪，顺便完成故人的愿望，让他超度。"

"这是谁说的？"

"是最后活下来的昌子说的。不知是谁先提出了这个想法，结果为后面的阿索德杀人案奠定了基础。三月二十八日，知子、秋子、雪子、时子、礼子和信代六个姑娘，加上昌子一起离开东京，七个女人一同前往新潟县的弥彦山。那阵仗，就像芭蕾舞学校搞远足一样。

"也许这趟远行的确带有类似远足的目的，众人想换换心情。三月二十八日晚，一行人到达弥彦，在那里住了一晚，第二天登上了弥彦山。"

"然后去参拜了弥彦神社？"

"当然了。但是问题在后面。那附近有个岩室温泉，你这个不谙世事的人肯定不知道吧。从弥彦乘大巴过去要不了多长时间。于是二十九日晚，一行人去了温泉，并在那里住了一夜。

"那一带属于佐渡弥彦米山国家公园，据说景色非常好。几个姑娘又提出想多住一晚，看看风景再回家。

"我不记得之前是否提到过，昌子是福岛县会津若松人，难得去一趟弥彦山，她本来准备回老家看看的。弥彦离会津若松的确不太远。可是她又想，带着六个姑娘回老家未免太麻烦了，于是此时昌子提出，不如大家分头行动。当然，这是昌子在法庭上提供的证词，她觉得姑娘们都大了，如果她们想多住一晚也可以。最终她同意让姑娘们多待一天，之后自行回家，她自己则在第二天，也就是昭和十一年三月三十日早晨独自前往会津若松。也就是说，几个姑娘三十日又玩了一天，预定三十一日早晨踏上归途,应该在三十一日晚上到达目黑的梅泽家。

"而昌子于三十日一早便离开岩室温泉,当天下午应该就到会津若松了。三十一日她在老家休息了一天,四月一日早晨返回东京。这么算下来,她应该在四月一日晚上到达东京梅泽家,与几个姑娘会合。"

"也就是说那几个姑娘要在东京待一天,等母亲归来。"

"是的。昌子按照计划,四月一日晚回到了目黑的梅泽家,可是家中一个人都没有。不仅如此,家里还保持着她们离开时的样子,似乎没有人回来过。

"那几个姑娘就此下落不明,后来再被发现,已是一具具尸体。而且正如平吉在手记中描述的,她们的身体都被切除了一部分,出现在意想不到的地方。再后来,等待昌子的竟然是一纸逮捕令。"

说到这里,我停了下来,御手洗也陷入沉思。

"她被逮捕了?肯定不是因为杀害一枝的嫌疑吧。"

"当然不是,是涉嫌杀害平吉。"

"警方终于发现把床吊起来的方法了?"

"不,他们收到了群众的来信。"

御手洗轻蔑地哼了一声。

"而且收到了不少。从各种记载上都可得知,当时有不少执着于这个谜团的狂热分子。那个时期的日本,可谓推理文学鼎盛,如果我生在那个年代,想到了解开密室诡计的方法,肯定也会写信告诉警察的。

"警察到梅泽家一看,涉嫌行凶的七个女人全都出门旅行了,顿时以为她们是畏罪潜逃。但后来又发现不是,因为昌子一个人回来了。也许因为来信上提到了那样行凶的可能,警方便认为昌子有可能利用六个姑娘杀害了平吉,然后再挨个儿将她们灭口,就把她逮捕了。"

御手洗张开嘴,好像要说什么,但他最后什么都没说。

"昌子认罪了吗?"最后他问道。

"认了。可是她后来又翻供,坚决不承认。我直接说结果吧。她一直否认自己犯了罪,还被人们称为'昭和的女基督山伯爵'。昭和三十五年,七十六岁的她死在了监狱里。

"昭和三十年代会有一阵占星术杀人事件的推理热潮,部分也是因为昌子始终不认罪,最终死在监狱中,又被媒体大肆宣传了一通。"

"警方对昌子的怀疑仅限平吉案吗,还是也包括阿索德案?"

"老实说,我觉得他们也搞不清楚。虽然搞不清楚,但又觉得昌子最可疑,就决定先把她抓起来问问,还指望多敲打两下也许能问出点线索来。当时的日本警察都那样。"

"一群废物。可是那种情况下能申请到逮捕令吗?"

"哦,刚才是我说得不够严谨,其实正式的逮捕令——"

"啊,对!当时警察抓人根本不需要逮捕令。检方怎么说,认为是谁杀的?"

"书上没有写。"

"判决呢?昌子应该被起诉了吧?"

"判了死刑。因为她曾经承认过。"

"死刑。那法庭肯定认为那几个姑娘也是她杀的。判决确定了吗?"

"确定了。但是昌子申诉了几次。"

"没有被受理。"

"嗯。"

"昌子杀害六个姑娘的可能性大可不必多想，姑娘中有一半是她的亲生女儿。若她为了自保而杀害了自己的亲骨肉，那就真的是魔鬼了。"

"你别说，昌子给人的印象还真有点像魔鬼。听说她的性格特别乖戾。"

"那我且问一句吧。不过请注意，这个问题从各方面来看都是毫无意义的。我问你，昌子在弥彦有足够的时间杀死六个姑娘吗？"

"关于这个问题，已经有很多人讨论过了，从结论来说，基本倾向于否定。无论怎么利用列车时刻表设计，她也无法在三月三十一日早晨之前杀死六个姑娘。因为有一个事实很明确——三十一日早晨，她们还活着，这是探访旅馆获得的证词。三月二十九日到三十日，含昌子在内的一行七人的确住在旅馆中。对此，岩室温泉的莺屋旅馆工作人员给出了证词。

"旅馆工作人员还证明，三十日到三十一日，除母亲之外，六个姑娘又在那里住了一晚。也就是说，她们在同一个地方住了两个晚上。三十一日早晨姑娘们离开，莺屋旅馆的人就不清楚她们之后的行踪了，但三十一日早晨之前她们的行踪都可以确定。

"我们探讨一个人的不在场证明时，先要明确受害者的推定死亡时间。但在这起案子里，死亡时间无法确定。因为人们是过了很久才发现姑娘们的尸体的，彼时尸体都已严重受损，无法检验了。

"不过也有例外。最早被发现的知子，因为失踪时间较短，关于死亡时间，警方做出了相对准确的推测，是三月三十一日下午三点到晚上九点之间，也就是失踪当天的下午。

"综合各种线索，六个姑娘有可能是在同一个地方遇害的。

那么，这有可能是她们所有人的死亡时间。

"于是，警方就将案发时间假定为三十一日下午，其实我认为更有可能是太阳下山之后。总之，他们调查了昌子三十一日下午的行踪，结果对她非常不利。

"昌子的娘家人坚称，她三月三十日傍晚就到了会津若松。但这是血亲的证词。而由于梅泽家的案子传遍了全国，昌子就很不喜欢外出，三十一日一整天都待在娘家，除了父母谁也没有见。这种情况对她太不利了，因为没人能证明她没有在三十一日早晨又回到了弥彦。"

"嗯。不过尸体是分散于全国各地，零零散散被发现的吧？她一个人应该完不成如此庞大的工作。她连驾照都没有吧？"

"对，没有。昭和十一年，可能就没有女性有汽车驾照，毕竟当时的驾照放到现在相当于开飞机的执照啊。所有登场人物中，拥有驾照的都是男人，他们是已经死去的梅泽平吉，以及富田平太郎。"

"那么，如果这一连串凶杀案的凶手是同一个人，而且是单独作案，就可以排除所有女性了。"

"你要这么说的话，也没错。"

"继续讲讲姑娘们的行踪吧。到三十一日早晨，她们的行踪都还很明确。那么之后呢，一个目击者都没有吗？六个姑娘集体行动，应该非常惹眼才对。"

"完全没有。"

"母亲只要求她们四月一日晚上回到目黑，那会不会她们想再玩一天呢？"

"警方也考虑到了这一点，所以查遍了那一带的旅馆。而且不仅限于岩室温泉附近，还查了弥彦、吉田、卷、西川和稍远一些的分水、寺泊和燕周边。没有旅馆接待过六名年轻女性。也许早在三十日，已经有部分姑娘被杀了……"

"可是那六个姑娘三十日晚上都住在茑屋啊。"

"哦，对！是的。而且如果中途人数减少，剩下的人肯定会马上报警，或是展开别的行动。"

"她们有没有可能去了佐渡？"

"很难说。当时佐渡岛只有直通新潟和直江津的船，那两个地方都离岩室温泉很远。但我认为警方也查过佐渡。"

"嗯，如果她们想低调旅行，可能会三三两两分开住宿，也可能使用假名，方法应有尽有。而且，假如她们三十一日一早就出发，整整一天，可以移动到非常远的地方。只要在列车上一直分散行动，就不会太引人注意。只不过，那些姑娘没理由采取这样的行动。"

"没错。分散行动的确不容易引人注意，可是她们既没有理由这样做，也没有理由跑到很远的地方。如果她们各自移动到遇害的地点，对凶手来说倒是省了不少事。"

"或许你要问，她们会不会没有住旅馆呢？这个可能性很低。因为她们在东京以外的地方没什么亲戚，仅有的几位亲戚也都说没见过这几个姑娘。如果她们投靠了熟人朋友的住处，过后警方肯定能收到消息。曾经住在自己家里的六个姑娘被以如此离奇的方式杀害了，没人会保持沉默吧。因此可以说，三十一日早晨，六个姑娘离开岩室温泉，就此完全失去了踪迹。"

"众人讨论了四十年，还是没找到她们悄悄到其他地方旅行的理由吗？"

"是的。"

"可是警方抓走昌子后，昌子明明没有招供，却一直没被放出来，这莫不是因为调查有所进展？"

"正是如此。警方后来搜查了梅泽家，发现了装有三氧化二砷（砒霜）的小瓶子，以及疑似用于吊起平吉那张床的带钩绳索。"

"啊？！找到那种东西了？"

"嗯，但奇怪的是，绳索只有一根。也许是没来得及处理掉。"

"这样的话我反倒不愿意相信了。这简直是在故意表明人是我杀的呀。昌子肯定说那是圈套吧？"

"说了。"

"她肯定还说了是谁要陷害她吧？"

"这我就不知道了。但我觉得，可能她也不知道是谁要陷害她。"

"嗯，我还是无法接受。先说天窗吧。既然发现了这么多东西，警察肯定要调查天窗。那上面有被拆卸的痕迹吗？"

"是这样的，案发几天前，不知哪来的小孩子朝画室的屋顶扔石头，砸裂了天窗的玻璃。平吉越看越不舒服，就找人换上了新玻璃。所以玻璃胶什么的都很新，很难说是否又被拆卸过。"

"太周到了。"

"周到？"

"我认为扔石头的并非小孩，而是凶手。"

"什么意思？"

"这过后再说吧。不过警察的反应也太慢了。二月二十六日那天，屋顶上肯定有大量积雪，毕竟那是三十年不遇的大雪啊。如果他们当天架个梯子爬上去，就能知道是怎么回事了，那上面必然留有足迹、手印，还有拆卸玻璃的痕迹……啊！"

"怎么了？"

"雪，天窗的玻璃上应该也有积雪吧。那就意味着，发现平吉的尸体时，画室内的光线应该非常昏暗。可是如果凶手拆过玻璃，其中一扇天窗上就没有积雪，室内光线也会相应变亮。画室里有没有不自然的光亮呢？"

"好像没有。书上没有特别写，如果存在不自然之处，应该会写明的。由此可以推测两扇窗户上都有积雪。不过……"

"这样啊。既然凶手考虑得如此周到，也许会在装回玻璃后再覆盖上一层积雪。而且二十六日早晨八点半又下了一会儿雪。但是话说回来，浸湿了的屋顶很难打玻璃胶吧。"

"可是，警方逮捕昌子时，平吉案已经过去一个多月了。"

"嗯，太迟了啊……说到梯子，梅泽家有梯子吗？"

"有，平时都横放在主屋的墙角。"

"有没有移动过的痕迹？"

"梯子放在屋檐下没有积雪的位置，而且工人来换天窗玻璃的时候用过它，再加上警方搜查梅泽家时案发已经一个多月了，梯子上又重新积起了灰尘——当然，这么说的前提是她们使用了梯子。"

"如果真是昌子她们干的，梯子就应该被用过。只是……积雪上没有搬运梯子的痕迹吧？"

"是这样的，梯子放在一楼的窗边，如果通过窗户搬到室内，再从大门搬出去……其实也没必要，因为搬梯子过去时还在下雪，关键在于怎么放回去。只要从后门出去，沿着外面的大路绕到玄关进屋，再通过一楼的窗户放回原位就好了。很简单。"

"嗯，假设她们真的干了那种类似烟囱清扫工的事情，具体过程应该跟你说的差不多。"

"你认为她们没有做过?那绳索和三氧化二砷怎么解释?"

"没错,三氧化二砷怎么解释呢?这是我的台词。"

"这种亚砷酸正是用于杀害六个姑娘的毒药,从她们的胃部都检出了零点二到零点三克的亚砷酸。"

"什么?!这从各种意义上来说都很奇怪吧!首先,按照平吉的手记,牧羊座的人要被铁杀死,处女座的人要被水银杀死。

"其次,你不是说姑娘们有可能在四月一日晚上就已经遇害了吗,那装毒药的瓶子为何还在梅泽家?"

"对,所以警察才没有放走昌子。有了那些东西,不仅能开出逮捕令,还能起诉了。

"另外,你刚才说的平吉手记中写的金属元素,确实在姑娘们的咽喉和口腔里发现了那些东西,跟平吉写的一一对应。只不过她们不是被那些东西杀死的。凶手使用了亚砷酸,这与平吉的手记不符。

"亚砷酸有剧毒,仅需零点一克就能致命。虽然氰化钾是比较有名的毒物,但它的致死量要零点一五克,所以从毒性来看,亚砷酸显然更强。这本书上还给亚砷酸加了个注释,我想你应该不需要看吧?

"刚才说的三氧化二砷的化学式为 As_2O_3,可溶于水,且碱性越高越容易溶解,最后成为亚砷酸。化学反应方程式为 $As_2O_3+3H_2O=2H_3AsO_3$。

"另外,听说氢氧化铁胶体 $Fe(OH)_3$ 可以吸附并去除亚砷酸,因而一直被用作解毒剂。"

"嗯。"

"这些亚砷酸被混进了姑娘们饮用的鲜榨果汁里。

"六人应该喝了同样的果汁,因为从她们体内检测出的毒药剂量大致相同。也就是说，她们很可能是在齐聚一堂的情况下，同时遭到了杀害。"

"嗯。"

"但是凶手在杀害她们之后没有就此结束，而是分别往尸体口中塞入平吉手记中提到的金属元素。我把它们都列出来吧。

"在水瓶座的知子口中发现了氧化铅（PbO），那是一种黄色粉末，有剧毒，但是难溶于水。

"凶手本可以用它毒杀知子，却没有这么做，由此可见当时的情况应该很难分别用不同的毒药逐个杀死姑娘们。因此，凶手在所有人齐聚一堂的情况下投毒这一推测可以成立。"

"原来如此，真了不起。"

"在天蝎座的秋子口中发现了氧化铁（Fe_2O_3）。这种物质别名'红壳'，可用于制作颜料和涂料，是一种很常见的物质，没有毒性，据说占地球所有物质总量的百分之八。

"接着是巨蟹座的雪子，在她的口中发现了硝酸银（$AgNO_3$）。这种物质无色透明，有毒。

"然后是牧羊座的时子，她与天蝎座的秋子同属铁，但她的尸体没了头，脖子的断面和身体上被涂抹了红壳。

"再到处女座的礼子，在她的口腔中发现了水银（Hg）。

"最后是射手座的信代，在她的咽喉处检测出了锡（Sn）。

"基本情况就是这样。水银可以通过打碎体温计获取，其他物质恐怕就需要一些专业知识了，而且只有能够自由出入大学药学部之类的人才能弄到。外行人恐怕找不齐所有这些东西。像梅泽平吉那样的狂人倒还有点可能，然而他已经死了。"

"有没有可能平吉生前已经弄到了那些东西，并藏在了画室里？"

"不清楚,但我也觉得有这个可能。不过警察否定了这一点。"

"那警方认为昌子是如何搞到那些东西的呢?"

"谁知道呢。不管是出于真心还是黑色幽默,总之凶手完美再现了炼金术工序,或者说完美再现了平吉的设计。他秘密撰写的计划基本上都实现了。然而梅泽平吉已死,是谁,又是出于什么目的做了那些事,直到现在都是个谜。"

"嗯,大家都认为昌子是凶手吗?"

"这倒没有。"

"看来只有警方这样想。"

"大家觉得只能期待梅泽平吉还活着了。若对制作阿索德不感兴趣,没有人会把六个姑娘的身体分别切下一部分。

"于是有人提出,那凶手有没有可能是一个沉醉于平吉的思想和艺术观念的同类艺术家?但平吉并没有关系如此亲密的艺术家朋友。"

"平吉到底是不是真的死了啊……"

我突然高声大笑起来。

"你瞧!我一直在等你说出这句话。"

御手洗露出紧张的神色,但很快他就找到了借口。

"我的话不是你想的那个意思。"

"那是什么意思?"

我没有轻易放过他。为了报复平日的积怨,每次他稍微露出一点马脚,我都会狠狠地予以打击。其实我很清楚,他刚才那句话没有深意。

"你都说完了吗?"御手洗说,"那几具尸体都是在哪儿发现的?你得把谜面全都说出来,我才能阐述自己的想法。"

"好吧。"我斗志旺盛地说。

"但你可别忘了刚才自己说过的话,过后你要如实地回答。"我又强调了一遍。

"嗯,反正你很快就会忘的。"

"你说什么?"

"最先被发现的是谁?发现顺序跟距离东京的远近有关联吗?"

"不,最先被发现的是知子,地点在细仓矿山,宫城县境内。需要详细地址吗?是宫城县栗原郡莺泽村的细仓矿山。尸体被丢弃在距离林间道不远的树林里,没有掩埋,膝盖以下缺失,全身包裹于油纸中。尸体身上还穿着在弥彦旅行时的衣服,发现日期是四月十五日,距离她们失踪已经过去了约十五天,发现者是碰巧路过的附近居民。

"细仓矿山出产铅和锌,知子是水瓶座,在占星学——或者说炼金术——中由铅代表。如此一来,就算是以调查时极力排除想象力而闻名的日本警察,也不得不承认案子有可能与平吉的手记有关。换言之,姑娘们可能全部遭到了杀害,并如平吉在手记中描述的,被抛弃在了日本各地。

"然而,平吉在手记中只提到了牧羊座要放在产铁的地方,巨蟹座要放在产银的地方,并没有标明具体的矿山名称。于是,为了寻找时子,警方查遍了全国知名的铁矿山。比如北海道的仲爷洞、岩手的釜石、群马的群马矿山,还有埼玉的秩父。雪子是巨蟹座,属性为银,于是警方就查了北海道的鸿之舞、丰羽,秋田的小坂和岐阜的神冈。

"调查过程十分艰苦,因为没有任何关于地点的线索,于是花了很长时间。还有一个原因就是,其他几具尸体都被掩埋了。"

"啊？！被掩埋？只有知子没被埋吗？"

"没错。"

"嗯……"

"还有更奇怪的事。每个人被掩埋的深度都不一样。这会不会有什么占星学意义啊？轮到你动脑筋了。"

"具体是怎么埋的？"

"我想想……秋子被埋了五十厘米，时子是七十厘米，信代是一百四十厘米，雪子是一百零五厘米，礼子是一百五十厘米，当然这些都是大概数字。对此，警方和业余'福尔摩斯'都挠头，谁也没想出能说服所有人的解释。"

"嗯。"

"也许没什么特别的理由，只是随便挖的坑，比如土软就挖深点。"

"五十厘米和七十厘米只够勉强盖上一层土，跟一百五十厘米也差太多了。如果身高比较矮，后者甚至能站着埋进去。这是什么原因呢？秋子是天蝎座，埋了五十厘米……时子……"

"牧羊座和天蝎座分别是七十厘米和五十厘米，处女座、射手座和巨蟹座分别是一百五十厘米、一百四十厘米和一百零五厘米。这里有张表（见P101表一）。"

"水瓶座则扔在地上任凭风吹雨打。难道跟元素有关？……不对，也不是相位。对了！嗯，这肯定跟星座无关。其实没必要纠结七十和四十这些数字，她们只是分别被埋在了大约五十厘米和大约一百五十厘米深的两种坑里。"

"哦……可是还有一百零五厘米的坑啊。"

"那可能只是凶手偷了点懒吧。发现知子之后呢？"

"若是尸体被掩埋，由于降雨等天气原因，一旦错过早期发现的时机，就会找不到任何痕迹，因此要花很长时间。过去，日本国内凡是出现尸体被掩埋的案件，都要靠凶手主动供认才能找到尸体。言归正传吧。后来，警察花了整整一个月，终于在五月四日找到了秋子的尸体。她同样被包裹在油纸中，穿着旅行时的衣服，但是在衣服下面，她的腰部被切去了二十到三十厘米，尸体状态十分惨烈。发现地点是岩手县釜石市甲子村大桥，釜石矿山附近的山上。据说是靠警犬找到的。当时已被拘留的梅泽昌子被带去认尸，她确定那是自己的女儿。

"因为这次警犬立了大功，警方就动用了更多的警犬，并在仅仅三日后的五月七日，于群马县群马郡六合村的大字入山，即群马矿山中发现了时子的尸体。跟其他尸体一样，时子也被油纸包裹，穿着旅行时的衣服，但是没有头部，无法确定身份。这次，不仅是她的养母昌子，亲生母亲多惠也去确认身份了。除亲生母亲的证词外，警方还发现尸体的双脚有芭蕾舞者的特征，且侧腹部的胎记也与平吉手记中的记载一致。又鉴于当时没有其他在推测死亡时间失踪的同龄女性，因此警方判断，这就是时子。

"后来警方花了很长的时间才找到剩下的尸体，因为都埋得太深了。经过了一个夏天，那一年的十月二日，警方找到了雪子的尸体。她的尸体可能是最惨不忍睹的，因为掩埋时间过长，尸体严重腐坏，而且胸部被切除，肚子上面突然就是脑袋，宛如一寸法师。其他情况都一样，身体裹在油纸中，穿着旅行时的衣服，埋在一米多深的坑里。地点在秋田县鹿角郡毛马内町，小坂矿山的废矿附近。这次也是母亲昌子前往确认身份。

"接着又过了很长时间，那年年底，才发现了信代的尸体，是在十二月二十八日，也就是她遇害九个月之后。信代和礼子分别是射手座和处女座，属性是锡和水银，日本没多少出产这两种东西的知名矿山。如果仅限本州岛，产水银的地方只有奈良县的大和，锡只在兵库县的明延和生野两地出产。如果不是产地有限，也许永远都找不到她们两人的尸体了。因为她们都被埋在了很深的坑里。

"十二月二十八日，警方在兵库县朝来郡生野町的川尻地方，生野矿山附近的山中发现了信代。她的大腿被切除，膝盖跟盆骨凑在一起。其他特征相同，穿着旅行时的衣服，包裹在油纸中。遇害事件可能发生在三月末，因此算来已过去了九个月，尸体部分已化为白骨，实在太惨了。

"最后是礼子。她是第二年，即昭和十二年二月十日被发现的，距离平吉案已经过去了大约一年。礼子的腹部被切除，其他特征都一样。发现地点是奈良县宇陀郡宇太町的大字大泽，大和矿山附近的山中。她被埋在了一百五十厘米深的坑里。

"二人的尸体都不需要亲生母亲文子前去确认，因为都已化作白骨，无论多么亲近的人都不可能认得出来。不过文子还是去了一趟。"

"既然是这样，那这两具尸体比时子更有可能是别人吧？只能确认衣服，无法确认长相，对不对？"

"嗯，其中的情况有点复杂。时子被发现时，尸体腐烂程度还不严重，因此能确认我刚才说的那些特征。至于礼子和信代，可以通过骨骼和皮肤等身体特征推测年龄，另外还有二人的身高可供参考。不仅如此，还能用黏土在头盖骨上塑造肌肉，进行所谓的'面部复原'，从而大致判明长相特征。再结合血型，就能进行更精确的判断。

"另外还有一个决定性的因素，姑娘们长期练习芭蕾舞，双脚没有被切除的五具尸体上都能清楚看出骨骼和趾甲变形。详细

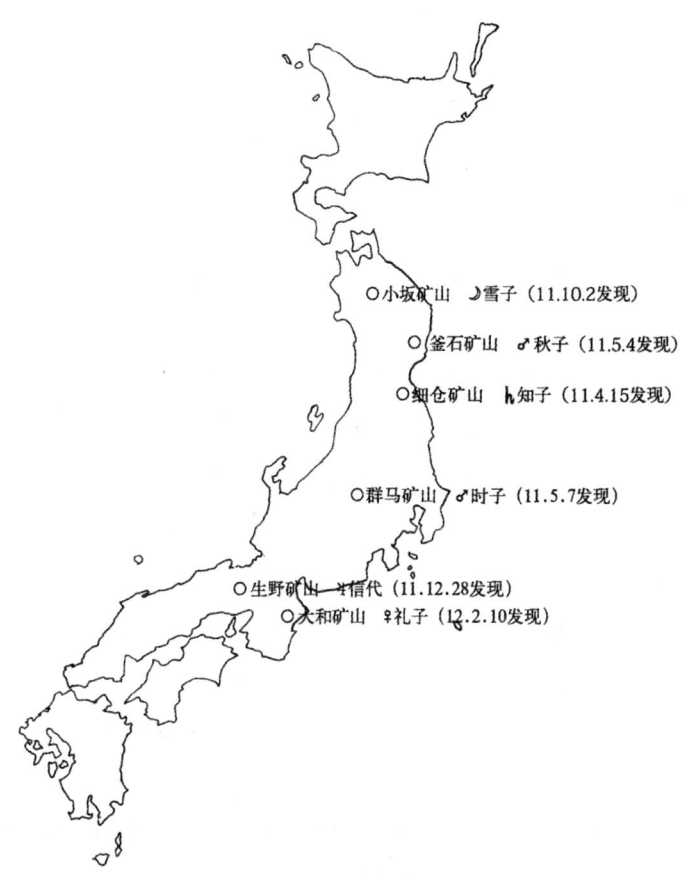

图四

情况我不太清楚，不过芭蕾舞者靠脚尖舞蹈，趾甲和脚趾的骨骼肯定会变形吧。

"而且，当时全日本都没有练习芭蕾舞的年轻女子失踪，因此没人能被用来当作那几个姑娘的替身。

"当然，那时也有十几岁的姑娘离家出走，家长还提交了寻人申请，因此替换的可能性并非是零。不过很难想象凶手会先逼迫那些女孩子长时间练习芭蕾舞，直到趾甲和趾骨变形后再将其杀害，你说对吗？有这么多限定条件，我认为基本可以确定那就是梅泽家的女孩子。"

"嗯，也对。"

"另外我还要再说一句。她们去弥彦旅行时，各自都带了一点行李，然而警方一样都没找到。他们只发现了尸体。这个细节也许很重要。

"虽然前面提过了，但这里我再强调一次吧。知子的推测死亡时间是昭和十一年三月三十一日下午三点到晚上九点，出于前面说过的理由，可以认为另外五人的死亡时间也一样。也有一些书上提到另外五个人的死亡时间有可能在四月初，但我觉得可以无视这样的观点。"

"其余五人的死亡时间与知子相同，这个理论的依据只有你刚才说的那些？"

"没错。对于较晚发现的几具尸体，只能如此推测。信代和礼子则完全无法根据尸体判断死亡时间。据说死亡超过一年的尸体，法医专家也只能做出大约死了一年或大约死了三年这种模糊的判断。有的人喜欢往长了说，有的人喜欢往短了说，而且尸体所处的环境也会影响腐坏程度。比如在盛夏杀死一个人，给他套上大棉袄，就可以将推测死亡时间拉长足足半年。嗯……到这里应该全部介绍完了吧。"

"还剩下不在场证明。讲讲登场人物们在三月三十一日下午的不在场证明吧。说句不好听的，这起案子就是梅泽家灭门案，所谓制作阿索德，有可能只是障眼法而已。恐怕凶手非要将她们碎尸万段，才能发泄心中的仇恨。说到对梅泽家心怀怨恨的人，首先要提到的就是平吉的前妻多惠吧。"

"从不在场证明的角度来看，多惠绝对不可能作案，因为她每天都坐在香烟店里。平吉案发生在深夜，她倒也不是不可能作案，但是一枝遇害时，以及六个姑娘失踪时，或者说三月三十一日一整天，她都坐在香烟店里，附近的众多居民都可以作证。

"多惠的香烟店对面是一家理发店，三月三十一日没什么生意。所以理发店的人可以确定，多惠整个下午都坐在店里，直到太阳下山。而且太阳下山后，她又在那里坐到了七点半左右。

"多惠顶多只会离开一小会儿，甚至昭和十一年那一整年，附近的人都没遇到过多惠关门休息，整天不见人的情况。而且她当时已经四十八岁了，怎么想都不可能扛着六具尸体走遍全日本掩埋，更何况她还没有驾照。而且，那六个姑娘里，还有和她关系亲密的她的亲生女儿时子。无论从什么角度分析，多惠都绝不可能是凶手。"

"所以多惠的不在场证明成立了？"

"成立了。"

"但是昌子的不在场证明不够充分，被拘留了。平太郎和富田安江没有被逮捕吗？"

"应该都逮捕过吧。前面我也说过，那时警察抓人不需要像现在这样先申请逮捕令，哪怕只是有嫌疑需要查问，就可以把人抓走。吉男好像被拘留了好几天。反正一切都看警察的心情。"

御手洗轻蔑地哼了一声，然后说："枪法虽差，但多打几次也能中。"

我继续道："我来介绍一下每个人的不在场证明吧，这部分很清楚。先说美第奇的富田母子，三月三十一日他们开了店，因此店里的服务员、来店的客人和几个熟人都给出了证词。美第奇一直开到晚上十点，期间富田安江及其儿子平太郎都未曾离开店铺超过三十分钟。晚上十点打烊后，还有几个熟人留在店里，一直聊到将近十二点。平太郎和安江当然也陪着他们。因此，母子俩有明确的不在场证明。

"再说说梅泽吉男，三月三十一日下午一点，他到护国寺去见出版社的人，一直谈到五点左右。之后他又跟责编户田一同乘电车回到目黑的家中喝酒聊天，深夜十一点多才散。

"吉男的妻子文子在丈夫六点到家之前都没有明确的不在场证明，不过四点五十分左右，她跟附近的主妇站在路边聊了几句。这样一来，这对夫妻的不在场证明就算成立了吧？而且跟多惠一样，那六个姑娘里有两个是她的亲生女儿，文子不太可能连她们都杀掉。

"登场人物也就只剩下这五个人了，可以说，他们的不在场证明都很充分。吉男的妻子文子的不在场证明虽然看似不太充分，但因为这起案子的行凶现场并不明确，有可能在弥彦那边，所以若是文子作案，她必须很早就离开东京。如此一来，可以视作她拥有充分的不在场证明吧。另外，大家普遍认为，这五个人都没有时间跑遍全国处理尸体。"

"登场人物的不在场证明都成立啊……难怪会有外部人员作案之说。可是，这么说来，昌子的不在场证明也成立吧？"

"但她只有血亲的证词。那五个人的不在场证明查明之后，昌子的嫌疑就更大了。何况警方还在她家搜到了那瓶砒霜。"

"嗯，如果采用吊床的说法，那就意味着昌子一开始并不认为有必要杀了与她合谋的几个姑娘——虽然也不确定是否所有人都参与了计划。可是过了一个月，她突然起了杀心，这样很矛盾啊。"

"为什么？"

"这个我打算之后再探讨。总之，如此一来，案子的凶手，或者说这个疯狂的艺术家，就得到了实现平吉制造阿索德梦想的所有材料，可以开始制作阿索德啦？"

"这正是目前这个'占星术杀人事件'推理竞赛的最大目标及魅力所在。有人说，凶手用剥制的方法制作了阿索德，并且至今仍将其藏在日本的某个地方。大家的解谜热情主要集中在两个方面，一是查出真凶，一是找到阿索德。

"梅泽平吉说阿索德必须放在十三的中心，也就是日本真正的中心点。事情发展到现在，那位身份不明的艺术家都遵照平吉的手记内容实施了作案计划，因此那个人很可能也把制作完成的阿索德放在了平吉心中所想的地方。

"可是，这个十三的中心是哪里？由于凶手可能永远无法找到，目前世人最关注的应该就是这个问题了。

"多惠将得到的大部分财产作为悬赏，希望大家一起找到阿索德。也许这笔悬赏到现在还有效。"

"等等，为什么凶手可能永远无法找到了？"

"哦？御手洗君，没想到你还能说出这种话，真是太令人钦佩了。我觉得有句话没必要再重复了吧——阿索德一案，所有登场人物都有确凿的不在场证明。再看看驾驶汽车处理尸体的可能性吧。从四月起，平太郎每天都以店主的身份出现在美第奇。

"昌子被警方拘留了，吉男没有驾照，剩下的其他女性也一样。多惠、文子、安江，她们都无法处理尸体，因为都没有驾照。而且案发之后，她们的生活节奏都完全没有改变。

"如此一来，只能认为阿索德案的凶手是我们所不知晓的外部人员。那么，我们这些普通人能做的，不就只剩寻找阿索德了吗？"

"这也太令人失望了。不过平吉确实没收过徒弟吗……等等，他不是在美第奇有几个好友吗？"

"嗯，他在美第奇和柿木都认识了几个朋友，有五六个吧。但他们之间的关系也就是熟人而已，其中只有一人确定造访过平吉的画室，另外还有一人可能去过，但他本人坚持说没去过。其他人连平吉的画室在哪里都不知道。"

"嗯。"

"平吉很可能压根儿没对这些人提起过阿索德，而他们也没出现在平吉的手记中。足以取代平吉完成阿索德杀人案的人，肯定特别崇拜他的思想，或是骨肉至亲。而这样的人，平吉不可能不在手记中提及。"

"是啊……"

"不过也可能有人偷偷跑进画室，偷看了平吉的手记。画室大门外侧也有插销，平吉外出时会把挂锁扣在外面。但如果有人趁平吉出门喝酒时偷走钥匙，那么就能进入画室了。要找到凶手，恐怕就要连这一点也考虑在内，否则单看目前登场的这几个人，感觉谁都无法完成如此繁杂的作案。"

"嗯……的确……这也太奇怪了。"

"毕竟是整整四十年都没人能解开的谜题嘛。"

"能把六具尸体的发现日期列成表给我看看吗？我有点小问

题。"

"可以。"

表一

发现日	姓名	生年	星座	发现地点	掩埋深度
昭和十一年					
四月十五日	知子	明治四十三年	水瓶座	宫城县细仓矿山	零
五月四日	秋子	明治四十四年	天蝎座	岩手县釜石矿山	五十厘米
五月七日	时子	大正二年	牧羊座	群马县群马矿山	七十厘米
十月二日	雪子	大正二年	巨蟹座	秋田县小坂矿山	一米五
十二月二十八日	信代	大正四年	射手座	兵库县生野矿山	一米四
昭和十二年					
二月十日	礼子	大正二年	处女座	奈良县大和矿山	一米零五

"……这么列出来一看，果然是埋得越深的尸体，发现时间越晚啊。而没有被埋起来的尸体最先被发现。我觉得这可能正是凶手的意图，那个人有可能策划了所有尸体的发现顺序，可这究竟有什么意义呢……

"有两种可能。第一，为了方便逃脱。第二，凶手笃信炼金术和占星术，因此坑的深度与之有关。最先发现的是水瓶座，接着是天蝎座、牧羊座、巨蟹座、射手座、处女座，这也太乱了……不是黄道的顺序。

"也不是自北向南的顺序。莫非是距离东京远近的顺序？不对，应该不是。也许顺序没有意义……"

"嗯，可能凶手一开始打算将尸体全都埋在深坑里，但最后越来越不耐烦了。所以深一点的坑有可能是先埋的，而知子是最后一个。这样能总结出凶手的行动轨迹吗？"

"深埋的地点在兵库和奈良，这两个地方都离东京很近，接着就是很远的秋田了。"

"嗯……是啊，如果除去埋在秋田的雪子，轨迹倒是很合理……凶手可能先到奈良和兵库埋了礼子和信代，接着去群马埋了时子，然后径直前往青森，在临近县界的小坂埋了雪子，随即南下到岩手埋了秋子，最后南至宫城，终于失去耐心，干脆随手丢弃了知子，逃回东京。"

"嗯，那凶手可能不是嫌挖坑太麻烦，而是当时尚在走遍全国的途中，为了不让最先掩埋的尸体被过早地发现，才挖了深坑。"

"嗯，这么说也有道理。但秋田的雪子怎么解释？她被深埋了，她前面的时子却埋得很浅。顺序就成了深埋、深埋、浅埋、深埋、浅埋，如果第三和第四对调一下，或是第四也浅埋，那就合理了。

"莫非凶手一共出行了两次？或是采用军方特务的说法，将其解释为两组人分头行动？A组负责西日本的奈良，以及兵库和关东的群马；B组负责东日本的秋田、岩手和宫城。且两组人都采取了最开始深埋，到后面浅埋的方法，这样也能说得通。

"这样的话，军方特务兵分两路的可能性就比平民凶手分两次行动的可能性大多了。回到你刚才的说法，如果凶手是单独作案，在群马浅埋时子是很不明智的。虽然是第一次行动的结尾，但后面还有第二次行动。

"既然如此，那就把群马放到后面。假设凶手去完西日本后径直去了秋田呢？不行，那群马的时子和没有被掩埋的宫城的知子就矛盾了。如果这两个人反过来倒还好说。

"能否将西日本放到后面呢？应该也不行，同样因为没有被掩埋的宫城的知子。

"于是还是无可避免地会倾向军方特务之说。如果是两组人分头行动，同时前往西日本和东日本，那就是离东京最远的地方埋得最深，可以解释得通。而且那个时期，日本肯定存在特务机构。"

"可是照你这么说，负责西日本的小组也应该把群马的时子扔在地上不予掩埋，否则就不对称了。"

"嗯，的确是这样。而且这个军方特务的说法也很牵强。战后有人询问过特别了解军队事务的人，都说昭和十一年到十二年，军方机构绝对没有执行过类似的任务。"

"这样啊。"

"可是特务机构的行动肯定都是机密吧。"

"不是内部人士说没有的吗？"

"也对。总而言之，假设在秋田深埋雪子只是凶手的心血来潮，那么可以推测出一点——凶手肯定是住在关东地区的人。如果他家在青森，可以直接返回，就肯定最后才处理雪子的尸体，而且不会掩埋。"

"嗯……你也许是对的。看着这张表（表一），你还有什么发现吗？九州和北海道应该也有很多矿山，可是发现地点全都在本州岛，这也许可以视作凶手是开车移动的证据。因为当年还没有开通隧道，凶手无法跨海到达九州和北海道。

"会不会是按照年龄顺序来的？知子二十六岁，秋子二十四岁，嗯？喂，真的是从长到幼的年龄顺序！虽然最后的信代和礼子反了，但她们埋得一样深，有可能会反过来发现。至少这个艺术家把最年轻的信代放到了最后一组，这可能很有深意啊！嗯……"

"那只是巧合啦。以前也有人这么考虑过，但最终没有结果。"

"是吗……嗯，有可能。"

"说了这么久，'梅泽家占星术杀人事件'的全貌总算是介绍完毕了，如何？御手洗君，你有可能解开谜题吗？"

御手洗好像霎时切换回了抑郁状态，只见他双眉紧蹙，拇指和食指用力按在两眼之间。

"这起案子的确比我想象的更复杂，我应该没办法马上给出答案，可能要花上几天。"

"什么，只要几天？！"

应该是几年吧？我险些脱口而出。

"阿索德一案，全体登场人物都有不在场证明，而且都没有动机。"御手洗自言自语一般说道，"有没有可能是平吉在美第奇或柿木认识的人干的？但他们与平吉的关系并不亲密，且同样没有动机。谁也不会蠢到替平吉完成计划，更何况，他们没有机会读到手记。

"难道是陆军特务机构里的人，或者类似的外部人员？可他们更没有机会读到平吉的手记了，并且堂堂国家特务机构，没有理由替平吉制作阿索德。另外，了解军队内情的人已经证实不存在那样的行动，也就是说，凶手不存在于任何地方……"

"正是如此，御手洗君，我劝你乖乖投降，跟我一起找找四、六、三这个十三的中心吧。像别人那样。"

"不是放在日本的中心吗？"

"是的。"

"平吉写明了东西的中心，即东经一百三十八度四十八分那条线，对吧？"

"嗯。"

"阿索德肯定就在那条线上，在那条线上展开地毯式搜查不就好了。"

"话是这么说,可这条线很长哦,有大概三百五十五公里呢。如果算东西方向的直线距离,足有东京到奈良那么远。不仅如此,中间还隔着三国山脉和秩父山地,好像还要穿过富士山脚那片著名的树海。这可不是开汽车或摩托车随便跑一跑的距离。更不要说阿索德有可能被埋起来了,难道要像个鼹鼠一样孜孜不倦地挖开整整三百五十五公里的土地吗?所以说,必须把范围缩小,这就是目前最大的难题。"

御手洗听完,马上哼了一声。

"那种小事……我只要一晚上……就能……"

他的声音越来越小,最后变成了不可分辨的咕哝。

5

翌日,我突然接到紧急工作,因此虽然好奇,但还是没能去找御手洗。他好像也在忙着思考四、六、三,一直没有给我打电话。

每当这种时候,我都会感叹自由职业的悲哀,因为无论如何都要优先工作。记得不知什么时候我对御手洗说,要不我找份稳定的工作算了。当时御手洗猛地站了起来,说:"我给你讲个在马头前方吊萝卜的故事吧!在一片种满荆棘的地方,有一条弯弯曲曲的小路。只要能斩断荆棘到达出口,就会发现一栋房子。听到这里,你都能理解吧?"

"嗯……"

其实我不理解,但还是点了点头。

"这是男人赌上一生的事业的终点,可是你只要顺着荆棘地入口的门柱爬上去,就会发现其实出口并不远。只是因为挥舞镰刀的工作太过愚蠢且累人,才会产生错觉,认为自己走过了很远的距离!"

"你想说什么?我一点都听不懂。"我坦白道。

"太可惜了。对于缺乏理解能力的人来说,毕加索的画也只是涂鸦而已。"他遗憾地说。

现在仔细想想,御手洗可能只是想说稳定的工作并不适合我。但由于他性格扭曲,肯定说不出"如果你找了稳定的工作就不能来陪我玩了,希望你不要找"这种话来。

又过了一天,我来到他的住处,发现暂别一天,御手洗的心情好得令人惊惧。这家伙的状态总是忽好忽坏,不真正见识一下谁也理解不了。

之前他还像个死死扒着小船的落水者,赖在沙发上不愿下地。此时此刻,只见他在屋里来回转悠,甚至还模仿当时的选举运动,来回奔走,大吼大叫,高兴得不能自持。

他模仿起菅野万作、户部乙女(当时的确有叫这个名字的候选人)的声音惟妙惟肖,一会儿用微微发颤的尖细女声说出"若不借助大家的力量,我们的财政就要崩溃了",一会儿又换上粗哑的声音说:"承蒙各位支持一直走到现在的菅野万作,菅野万作正在后方向大家挥手。"继而又转向我,一副和蔼可亲的样子挥起了手臂。

我大致能猜到他如此高兴的理由,因此当他说出"我知道四、六、三是怎么回事"时,心里只有"果然如此"的念头。

御手洗啜饮着咖啡说:"后来我想了很久,也被烦人的选举演讲吵了很久。我想先划定日本这个国家的南北中心,毕竟东西的中心已经定下来了。

"平吉认为日本的北端是春牟古丹岛，位于北纬四十九度十一分；南端则是硫磺岛，位于北纬二十四度四十三分。二者的中线是北纬三十六度五十七分。你看地图，平吉认为的东西中心线东经一百三十八度四十八分与南北中心线相交的地方，大致在新潟县石打滑雪场附近。

"后来我又计算了一下平吉所说的真正的南端，也就是波照间岛与春牟古丹岛的中心线。波照间岛位于北纬二十四度三分，因此二者的中心线就是北纬三十六度三十七分。这条线与东经一百三十八度四十八分相交的地点位于群马县的泽渡温泉附近。两个中心点正好相差二十分，我认为这个数字很有意义。

"接着再看平吉所谓日本之脐的弥彦山的纬度，是北纬三十七度四十二分。与刚才算出的两个中心点相比，它与前者相差四十五分。这个数字也是干干净净的整数。

"可是仅靠这些数字，怎么也推导不出四、六、三。弥彦山与两个中心点的后者相差六十五分，也就是一度又五分。看起来也没什么关系。

"于是我躺下来又想了想，顿时有了灵感。我列出了发现尸体的六座矿山的纬度和经度，你看吧。"

御手洗扔给我一张写着数字的表。

☽ 小坂矿山（秋田县）东经140度46分 北纬40度21分
☿ 釜石矿山（岩手县）东经141度42分 北纬39度18分
♄ 细仓矿山（宫城县）东经140度54分 北纬38度48分
♂ 群马矿山（群马县）东经138度38分 北纬36度36分
♃ 生野矿山（兵库县）东经134度49分 北纬35度10分
♀ 大和矿山（奈良县）东经135度59分 北纬34度29分

"接着，我又计算了六座矿山的平均值，并先算了东经。惊人的是，计算结果正好是一百三十八度四十八分！与平吉说的东西中心线完全吻合。这六个地方原来是一早就选好的！

"往后就简单了。六个纬度的平均值是北纬三十七度二十七分，与东经一百三十八度四十八分的交点在长冈以西。

"得出这个点后，再将其与刚才算出的日本南北中心点相比较，前一个中心点，也就是春牟古丹岛与硫磺岛的中心点向北移动三十分，就是六座矿山的平均纬度点；再向北移动十五分，就是弥彦山。

"也就是说，那四个点分布在一百三十八度四十八分这条线上，自南向北分别间隔二十分、三十分、十五分，除以五，就成了四、六、三。这个四、六、三的中心，也就是合计十三的正中心，位于北纬三十七度九分三十秒！

"地图显示，北纬三十七度九分三十秒、东经一百三十八度四十八分的位置在新潟县十日町东北部的山中。平吉为阿索德安排的位置，应该就是这里。

"你似乎不这么想，但我一直这么认为，我做的咖啡要好喝得多！今天尤其如此。怎么样啊，石冈君？"

"嗯，今天还可以吧……"

"我不是说咖啡，而是四、六、三。"

我顿了一下。

"……嗯，干得漂亮。"

敏感的御手洗似乎产生了不好的预感。

我赶忙说道："不，御手洗君，我觉得你真的很了不起。没想到一个晚上你就能想到这里，简直是天才。"

"难道说……"

"嗯?"

"你该不会要说,已经有人想到这个了吧。"

我可能露出了怜悯的表情,但偶尔能这样一下也不错,我毫不客气地说:"御手洗君,你可不能小看了四十年的时间,就算是一介凡人,四十年也能堆起金字塔了。"

这种话里带刺的态度,是我从御手洗身上学到的最有价值的东西。

"我从未见过如此让人讨厌的案子!"

御手洗踹开沙发站起来,几乎要歇斯底里大发作了。

"无论发现什么都只是先人的残羹剩饭,这跟考试有什么不同!你拿着我的答题纸,迫不及待地在上面画圈打叉。我不喜欢被任何人测试。就算你对我说我是百里挑一的优秀人才,我也不会感到高兴。

"成为优等生有多了不起吗?优等生能为差生做什么?我绝对不认可这种只为形成优越感而做的努力。现在不认可,今后也不认可!"

"御手洗君。"

御手洗站在窗边,闷不吭声。

"御手洗君。"

……

"我说你啊……"

御手洗终于开口了。

"我理解你想说的话,但我并不像其他人那样,认为自己有多么与众不同。我觉得大多数人很奇怪,让我很难理解。仅仅是每天过着普通的日子,都让我有种住在火星的感觉。其他人跟我太不一样了,让我头晕目眩。"

看来,这就是他抑郁的根源。

"御手洗君,我看你最近的状态确实不太好……你别光站着了,过来坐下吧。站着不累吗?"

"我真是一点都不明白!"御手洗说,"人们都在拼命争取很愚蠢的东西,等他们躺进棺材的那一刻,肯定会意识到自己的错误!

"这是徒劳,石冈君,一切都是徒劳。平吉说得没错,打从一开始,所有东西就都丧失了,所以我的所作所为都是徒劳。

"微小的欢欣、悲痛和愤怒,这些都像台风,像骤雨,像春天必定盛开的樱花。人类每天都在被这种东西左右,最终被带向大同小异的终局。没有人能反抗。

"理想?哼!高举那微不足道的理想又能顶什么用?他们的标语牌上满满的都是徒劳。"

说完,御手洗一屁股坐到了沙发上。

"我明白你的意思……"

我刚开口,他就瞪了我一眼。

"明白?哦,你明白什么了?"他伤感地问道,又说,"算了,发泄到你身上也没用。对不起了石冈君,我想,至少你不会把我当成狂人吧?谢谢你。你也许是他们的同类,但比他们强多了。"

这个评价实在太感人了。

"好了,我们切换频道吧。刚才我说的那个地方,什么都没找到吗?"

"啊?什么地方?"

"啧啧,你太不认真了。当然是十日町东北部的山中,十三的中心啊。"

"啊？哦哦！"

"我想，那些业余'福尔摩斯'肯定像水牛群一样，踏平了那个地方吧？"

"我觉得有可能，搞不好那里已经成了新潟县的新名胜。"

"你说那里能买到阿索德包子吗？"

"也许有人卖。"

"事实究竟如何？"

"什么都没有。"

"没有？！真的什么都没有？"

"真的。"

我摇了摇头。

"不过……莫非还有别的思路吗，可是……"

"人们又提出了千奇百怪的理论，就像奇思妙想大甩卖一样。如果你想听，我可以念给你听。"

"不必了！我现在没心情听无稽之谈。我很清楚，那就是这个问题的正确答案，不存在其他答案。

"可结果为何会这样？莫非我们的凶手，那位神秘的艺术家没有解开谜题？也许那个人是真心想完成平吉手记中的计划，但是没能猜到平吉为阿索德设定的最后安置地点……

"不！不可能。这又不是什么不可解的谜题，只消一个晚上就能解开了。而且，我有证据证明这位艺术家完全理解了平吉在手记中这样安排尸体——不，安置尸体的意图。

"关键在于'遗弃地点'。平吉并未在手记中明示遗弃尸体的确切地点，没有写下矿山的名称。但是，既然平吉提到了四、六、三，就证明他已经想好了遗弃地点。凶手自己选择了遗弃地点,并凭借那些地点提示了四、六、三。也就是说,平吉设定的尸体安置地点与凶手选择的遗弃地点是完全吻合的。这就是最大的证据,证明这个身份不明的艺术家完全理解了平吉的意图,并且解开了最后的谜题,甚至让人怀疑凶手与平吉是否为同一人。"

"没错!很有道理!"

"但也许凶手突然有了别的想法。也许阿索德完成后,那个人又想到了更合理的安置地点……又或者那个人把阿索德埋得很深?业余侦探们深挖过那个地方吗?"

"何止挖!那个地方都快跟硫磺岛上的弹坑一样了。"

"硫磺岛!说到硫磺岛,平吉对那个地方的预言应验了啊。但是这不重要。如果挖了也没有……那一带是怎样的地形?有没有容易疏漏的地方?"

"应该没有。那是山中一块较为平坦的地方,而且这四十年来,一直有人在那里挖。"

"嗯,既然如此,那应该足够可信了。没有……莫非凶手没有制作阿索德……"

"那他为什么要杀害六个年轻女子,又切断了她们的身体呢?"

"也许凶手一开始的确收集了那些身体部位,但是因为尸块的腐坏速度过快,没有制作成功。所谓剥制,也只是毫无根据的传闻吧?而且剥制的技术是很难习得的。"

"凶手有可能暗中学习了很久啊。收集相关书籍应该很简单,或许他在掌握了理论知识后就进行了实践。"

"真的吗?"

"平吉在手记中完全没有提及这种方式,但如果凶手不是平吉,而是其他人,也许会很自然地想到剥制这种方法。我也不是不能理解。何况，制作那样的作品，不就是为了暂时性的满足吗？哪怕只是临时抱佛脚习得的拙劣的剥制技术，只要能将阿索德保存半年，凶手应该就很满足了。换作是我肯定会这么做，那个不惜杀人的凶手更会这么做。"

"但是看手记的描述，平吉似乎坚信，只要将阿索德组装起来，就能赋予其生命。"

"你该不会指望阿索德真的活过来吧……不过平吉算是个疯狂的艺术家，也许真会那样想。"

"嗯。"

"但你说得对，这的确无法理解。我也认为你算出的十三的中心就是正确答案，可是阿索德不在那里。可以说，在证实了这一点后，这场推理热潮的严肃部分就算彻底完结了，接下来就都是些半开玩笑式的胡说八道。但这究竟是为什么呢？实在太奇怪了。"

"还有一个可能性。"

"什么可能性？"

"什么十三的中心，什么东经一百三十八度四十八分，这些全是胡说八道的。也许平吉只是突发奇想写下了这些，不能真的相信……"

"我可以断言，那绝对不可能。"

"哦！为什么？"

"因为这条线真的很特别。"

"何出此言？"

"说个题外话吧。其实不止平吉的手记提到了这条南北线，还有更知名的作家也提到过这条线的神奇力量。你可能没读过，但我读过不少小有名气的推理作品。听说过松本清张吧？他写过一个名为《东经一百三十九度线》的短篇,你看过吗?"

"没有。"

"我猜也是。这篇小说很有意思,而且印证了梅泽平吉的预言。日本古代有两种占卜方法,一种叫龟卜,一种叫鹿卜。因为是占卜,你肯定也有兴趣吧?

"鹿卜就是用火钳刺穿鹿的肩胛骨,根据骨头上的裂纹来占卜当年狩猎和农耕情况的吉凶。后来因为日本是岛国,海边很容易找到龟壳,相对鹿骨更容易获得,就渐渐变成了龟卜。

"也就是说,鹿卜比龟卜更古老,但是龟卜的习惯传播到了越后弥彦神社那边。因为那边靠海,当然会使用龟卜。

"这种占卜方式还传播到了一个地方,那就是弥彦的正南端,靠近太平洋一侧的伊豆白滨神社。

"两个神社之间还有三个地方传入了鹿卜,分别是上州群马县的贯前神社、武州现属东京都的御岳神社,以及同属东京都的阿伎留神社。

"不可思议的是,这五个神社竟沿着东经一百三十九度线自南向北一字排开。而且除此之外,日本西侧和东侧都不存在流传龟卜或鹿卜的神社。"

"哦!"

"而且理由非常惊人。一百三十九度用旧时的读法,念作hi、mi、kokonotsu。换言之,这条线暗示了himiko(卑弥呼)。"

"这可真有意思!但这只是巧合吧?!东经一百三十九度这个数字不过是以英国格林尼治为基准,出现于近代的人工标记数值,跟两千年前日本的卑弥呼凑在一起,会不会有点牵强?"

"作者也是这样说的。然而卑弥呼是拥有神秘力量的萨满,可以说她也拥有超越科学力量的暗示能力,所以才会让这串数字成了她的启示。我认为这种说法也很有说服力，毕竟在邪马台国时期，事鬼道的卑弥呼应该实际使用过龟卜和鹿卜。"

"那么你是想说，邪马台国就在东经一百三十九度这条线上吗？"

"不，应该是邪马台国后来迁移到了那里，或者被迫转移到了那里。真正的邪马台国应该在九州一带，可是只有公元三世纪中期中国的《魏志·倭人传》中提到过一次，后来直到公元八世纪，大和朝廷的历史突然开启，都没有人知道邪马台国究竟命运如何。日本这边的文献从未有过关于邪马台国的记述。

"有人认为邪马台国被与之敌对的狗奴国灭了，也有人认为它被来自朝鲜的大陆民族灭了。平吉支持后面这种说法。

"总而言之，刚才那本小说认为，卑弥呼的邪马台国可能灭亡了，也有可能被日本的中央政府军吞并了。后来，中央政府在大和成立，大和朝廷出于政策考虑，将原本属于邪马台国的人，包含卑弥呼的子孙在内，全部强制迁移到了东国。

"参考奈良时代以后的中央政府政策，上总、上野、武藏、甲斐等关东地区都成了强制收容朝鲜半岛动乱中逃到日本的所谓'归化人'的去处。但有人推测，朝廷只是沿袭了很早以前就已经存在的政策，并猜测真正的第一号强制迁移令针对的可能就是邪马台国人。"

"嗯。"

"邪马台国的确是个很有意思的谜。对于其所在地的推测也不仅限于九州，还有很多不一样的说法。但我们现在要讨论的不是这个，还是回到东经一百三十九度线的话题吧。不过我对这方面很熟悉，如果你想知道详细内容，以后可以慢慢讲。

"刚才提到了龟卜和鹿卜的神社，越后弥彦神社的经度也

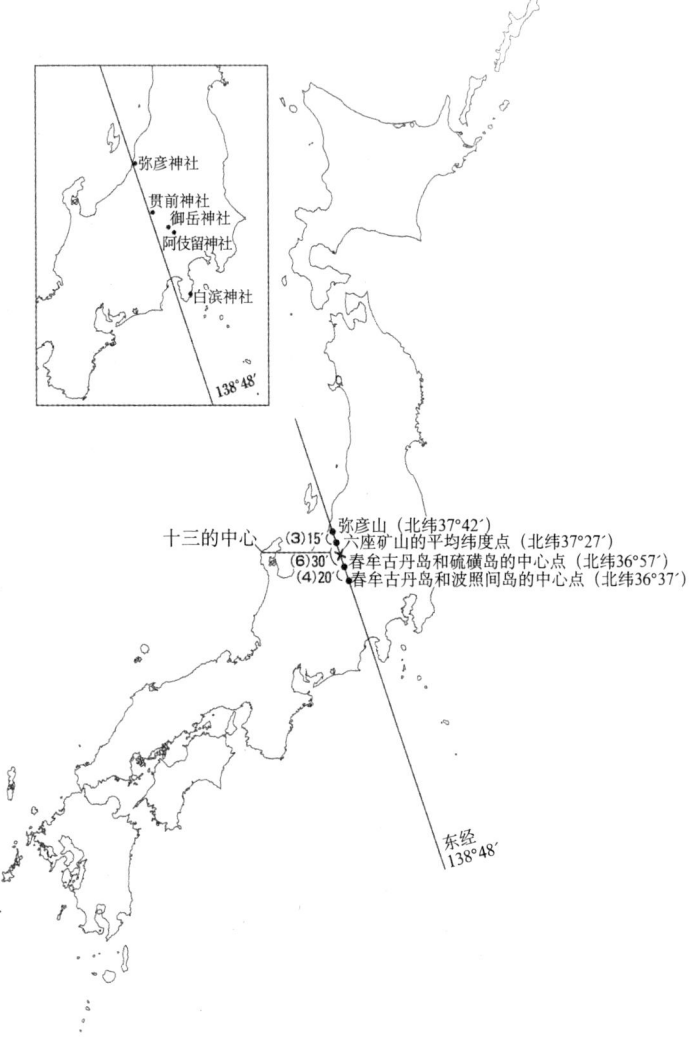

图五

介绍过了。上州贯前神社位于东经一百三十八度三十八分,武州御岳神社位于东经一百三十九度十二分,阿伎留神社位于一百三十九度十三分,伊豆白滨神社位于东经一百三十八度五十八分。

"可以认为,这几座神社也分布在平吉所谓的东经一百三十八度四十八分线上。也可以反过来往东偏移十二分,令其对应松本清张的一百三十九度线。冲绳先岛群岛的正中央落在东经一百二十四度线上,将这里粗略定为日本西端,东端四舍五入一下,定为一百五十四度,那么基本对应平吉所说的春牟古丹岛左侧的舍子古丹岛。两者的中线,就是东经一百三十九度。

"不管怎么说,这一带的南北线在松本清张的理论中也有重要含义。也许平吉认为在日本的中心进行占卜最为有效,或者他被萨满引导出了灵思。总而言之,梅泽平吉在昭和十一年预言过这条线的重要性,而松本清张又为他的说法提供了佐证。"

"原来如此,很有意思。"

"还没完呢,还有一个。"

"嗯。"

"接下来要说的也是小说。高木彬光创作的长篇小说《黄金之匙》也强烈暗示了这一点。"

"那里面也讲到了这条线?"

"没错。小说没有言及具体的数字,而是讲了江户幕府被推翻后,在某地埋藏了大量黄金,以期东山再起的传说。

"这里我只将其中与平吉的手记相关的部分提取出来说吧。江户幕府被推翻时,有一个机敏的政治家与胜海舟一道掌管幕府,这人就是小栗上野介。

"他与胜海舟意见相左,丝毫不想投降萨长联军,而是坚持抵抗。而且他想出了一条计策，能够让当时力量衰退得十分严重的幕府军一举歼灭萨长的东征军队。据说后来西乡隆盛和大村益次郎得知了那条计策，都后怕不已。

"计策就是，完全舍弃静冈以外的东海道，任凭东征军进攻，转而将兵力集中在箱根与小田原之间。然后，在箱根赌上命运，奋力击退东征军，令其败退至兴津，此时再下令，命停留在兴津港的军舰展开炮轰。当时海军的新锐战力均属于幕府，兴津又像鳗鱼的栖息地一样，位于山海相挟的狭窄地带，若东征军在此处遭到炮轰，将无处可藏。

"然而，纵使有这则妙计，也没能阻挡历史的进程。由于德川庆喜不批准，幕府最终没有采用此计。若当时采用了这一计策，也许江户幕府还要再过很长时间才会垮台。

"继续分析幕府军在骏河湾展开的计策，箱根和兴津正好位于东经一百三十八度四十八分的东西两侧，距离也几乎相同。换言之，这条计策是在一百三十八度四十八分线上展开的。

"还有，提出计策的小栗上野介出生于上州权田村，这个村也落在东经一百三十八度四十八分线上。此人回村后被斩首，墓地也设在村中。也就是说，他被斩首的地点及埋葬的地点，基本都在东经一百三十八度四十八分线上。

"另外，相传小栗上野介将幕府财宝埋藏在了赤城山，这座山位于东经一百三十九度十二分。但是小说里推测，如果他真的秘密埋藏了财宝，最合适的地点应该不是赤城山，而是信越线的松井田通往权田村的道路某处，而那个地方基本也在东经一百三十八度四十八分线上。

"再说一个题外话。我通过这本小说得知了一个有趣的事实，太平洋战争失败之前，日军决心在本土展开决战，一度计划将大本营从东京迁移到内陆的松代。松代位于长野南方，是著名决战川中岛发生的地点。想必日军也想借用这个故事的意义，在那里展开背水一战。

"一旦日军采取了在本土顽抗的策略，美军就应该会从九十九里浜和相模湾登陆，首先占领关东平原。这个结果是难以避免的。然后，战事将发展成美军与退守松代的日本政府展开最后决战，如此一来，美军应该会从中仙道展开进攻。陆军预料到那里将成为激战地点，还计划在安中到碓冰岭之间的中仙道设置几处阵地。

"安中到碓冰岭的中点就是松井田，位于东京一百三十八度四十八分。你不觉得这跟小栗上野介的骏河湾策略很像吗？

"两者都产生于国家发生历史性转折的时期，同是赌上了存亡命运的最终决战，而且最后都没有执行。

"目前我只知道这么多，如果再深入调查，说不定还能找到更多与这条线相关的重大历史事件。"

也许因为闲话太长，御手洗已经有点迷糊了。听我说完，他应了一句："原来如此，那我也搬到那个地方住吧。"

"除此之外，还有所谓的地脉线。"

"你是说英国的'Ley Line'？"

"没错，你知道呀？"

"知道。许多古墓和祭祀地点都排列在一条线上，地名末尾都有'ley'的发音。"

"正是如此。日本也有这条线，比如北纬三十四度三十二分。这条东西线上存在着长达七百公里的神社和相关历史遗迹。"

"嗯。"

"以皇居为起点，往鬼门方向，也就是正东北方向，线上分布着矢先稻荷、日枝神社、石滨、天祖神社等。鹤冈八幡宫正北方向有日光东照宫，二者之间的南北线上还分布着祭祀金属神的神社。"

"哦。"

"也就是说，日本也像英国那样，自古以来就重视直线，并且在直线上建设祭祀场所。"

"原来如此，看来平吉先生的想法并非独一无二呢。"

"没错。好了，接下来看看饭田女士给我们的资料吧，今天我来就是为了这个。我已经把公开的信息全都梳理了一遍，再加上饭田女士提供的证据资料，你就能开始动脑筋了。"

稍微回溯一下。就在不久之前，我和御手洗之所以会突然研究起这桩四十年前的占星术杀人事件，是因为一位名叫饭田美沙子的女性。那天，我如往常那样在御手洗的占星学教室打发时间，她突然走了进来。

在此之前，我知道会有一些坐在街头为人看手相的大妈来找御手洗学习，储备一些西方占星术的知识。但是御手洗每天都很闲，我还以为他除此之外无事可做。没想到，竟然有许多上门找他占卜的客人。客人大多是女性，几乎都不是无缘无故来访，而是说某某人告诉她这里算得很准，因此慕名前来。每当那种时候，御手洗就会颐指气使地让我做这做那。

饭田美沙子就是这样的一位客人，但她提出的要求却与他人不同。

"我有个稍显奇怪的请求。"她犹犹豫豫地开口道，"我不是来占卜的……不对，若你能占卜也可以，但不是为我，而是为我父亲。"

说完她就沉默了，看来真的是件很难开口的事。

再看御手洗，彼时他俨然一位等待大鱼上钩的弃世之人，坐在那里不言不语。我在旁边干着急，觉得他该说几句话鼓励客人开口，然而他当时正深陷在强烈的抑郁情绪之中，实在无法强求。而且，御手洗曾轻蔑地说过，明知道会导致肺炎还吸烟乃低能之举，因此从不吸烟。没有香烟，让这样的时刻显得更为难熬了。

"事情是这样的……"

她似乎终于下定了决心。

"这种事本来应该交给警察处理，但我有些苦衷……

"请问……御手洗先生还记得水谷小姐吗？大约一年前，我听说她来过这里。"

"水谷小姐？"

御手洗一脸困惑地想了想，很快便反应过来。

"哦哦！你是说骚扰电话那件事。"

"是的。她是我的朋友，发生那件事后她非常无助，后来找你商量，竟很快就解决了。于是她经常对我说，御手洗先生不仅会占卜，还很有侦探的天赋，并称赞你特别聪明。"

"哦？"

饭田美沙子这招用得真妙，因为御手洗正是那种很受用他人的称赞的人。

可是，她又沉默了。

"请问……御手洗先生叫什么名字？"

她突然问了个毫不相干的问题，御手洗显然有点反应不过来。

但我认为这个问题问得好，足以消解尴尬的气氛。

"我叫什么名字跟你要说的事情有关吗？"御手洗小心翼

翼地问。

"没什么关系，只是水谷小姐想知道。她说你怎么都不愿意告诉她。"

"你专门找到这里来，就是为了问我的名字吗——"

御手洗正要施展毒舌，我飞快地打断了他。

"洁。而且是清洁的洁。"

凡是御手洗说不出口的，或是语焉不详的事情，都由我负责说明。

饭田美沙子低着头沉默了一会儿，也许在强忍笑意。至于御手洗，他的表情异常苦涩。

"你的名字真奇怪！"

饭田美沙子抬起头，脸颊上泛着一丝红晕。

"因为给我起名的人很奇怪。"御手洗简短地回答道。

"给你起名的人，是你父亲吗？"

御手洗的表情愈发烦躁了。

"没错。他早早就遭报应死掉了。"

接着便是一阵与刚才略有不同的尴尬沉默。不过饭田美沙子的心情总算放松下来，变得更健谈了。

"刚才我说不方便找警察，是因为这件事可能会让家父蒙羞。其实家父上个月已亡故，若只是稍微蒙羞，倒也没什么，可我担心这件事最后会发展为刑事案件，届时就有可能影响到我的丈夫和兄长。之所以这么说，是因为家父、兄长和我的丈夫都从事与警方相关的工作。

"当然，虽然我提到了刑事责任，但绝不是家父犯了罪。

"家父一生正直严肃，这么说丝毫没有夸张的成分。他在退休时获得了表彰和感谢。除非万不得已的情况，他从来不请假，也从未迟到过。但是最近我意识到,家父之所以这么做,或许是带着一点赎罪的心态。

"我来找你商量,是因为那起案子太出名了,一旦被兄长和我丈夫知道我在调查,恐怕会闹得人尽皆知。我丈夫的性格与家父相似,是个严肃死板的人,兄长则一心工作,待人有点冷漠,他们很可能会做出那种事。若真的那样,家父未免太可怜了,因此我实在不愿向他们坦白。

"我不想损害家父生前的名誉和光辉的履历,希望在不公开的前提下让事件得到某种程度的解决。因为家父生前对此事有所执着,这也算是完成他的遗愿。"

说到这里,她停了下来,似乎在搜寻记忆,又像在确定自己的决心。

"我接下来要讲的事情,会令我们一家蒙羞,如果兄长知道了,很难说他会有什么反应。另外,那起事件与西方占星术有所关联,我便想找一个熟悉相关知识的人帮忙。御手洗先生正好符合所有条件,我这才下定决心来你这里。

"请不要误会,家父绝对不是凶手,也没有帮助凶手作案。他应该只是被利用了……

"请问……御手洗先生,你听说过发生在战前的梅泽家占星术杀人事件吗?"

御手洗只干巴巴地回了一句"没有"。她定定地看着御手洗,想必非常震惊。毕竟那起事件非常出名,又跟占星术有关,她肯定认为御手洗一定知道。老实说,当时我也惊呆了,万万没想到竟然还有居住在日本的人对那起事件一无所知。

"这样啊,我还以为你知道……既然如此,我就要先介绍一下事件的情况了。"

她打算从平吉遇害案开始,简单介绍梅泽家发生的一连串事件,这时我插嘴了,说我熟悉事件的全貌,并且有相关书籍,可以慢慢地向御手洗老师介绍详情。听了我的话,她还是简略地讲了一遍,接着说出了下面这番话。

"我婚后随丈夫改姓饭田,娘家姓是竹越。家父名叫竹越文次郎,出生于明治三十八(一九〇五)年二月二十三日。

"刚才提到父亲生前从事警务工作,昭和十一年案发时,父亲三十一岁,隶属高轮警署。

"当时我尚未出生,但兄长已经出生了。现在我们一家住在自由之丘,而当年父母住在上野毛,并且被卷进了那起事件。

"几天前,我整理亡父的书架时发现了这个东西,这是警方用于记录证词的纸页,上面写满了当时发生的事,并且是家父的笔迹。

"我读完那些记录,感到万分惊讶,甚至难以置信。没想到如此敦厚老实的父亲竟会……但正因如此,我愈发同情家父,不能坐视不管。

"记录上说,在一枝女士遇害之前,家父与她发生了……家父做了身为警官不可原谅的事。

"我已经下定决心向你展示这些资料,可以将它放在这里,由你慢慢阅读。只要看过资料,你就会明白事情的经过,也能推测出家父的心情。如果可以的话,请你揭开这起事件的真相,让家父的在天之灵得到安慰。如果维持现状,他一定死了也不得安宁。哪怕无法彻底查明真相,只要能解开有关家父的谜题,那也足够了……"

后来我和御手洗商量了一下,决定先不看竹越文次郎的记录,而是了解目前已公开的事件信息。那一刻我心中的兴奋和好奇,强烈到无法用文字来表述。我甚至感谢上天让我结识了御手洗。

御手洗看起来也有点好奇,但只应了一句"哦,好吧"。

文次郎手记

我在三十四年的警察生涯中所得甚少，所失甚巨。一封感谢信，一个警视的头衔，便是我得到的全部。而即使将这些装饰在墙上，也难以平复我心中的痛楚。

但我极力不将这种痛苦归咎于警察这一职业。每个人都有说不出口的真正苦楚，哪怕是整日放浪形骸之人，内心深处亦深藏着痛苦。

五十七岁我决定提前退休时，一些下属露出了意外之色。其实我并非贪图那一点五倍的退休金。我固然担心在放下紧张的工作之后会加速衰老，但我更担心自己执意坚持工作，会因为年老而犯下无可挽回的错误。事实上，这二十几年来，平安退休一直是我最大的渴望。这渴望无比纯粹，近乎憧憬，就像少女梦想着自己出嫁时的美丽姿态。

留下这份手记是极其危险的举动，我也曾下定决心，一旦平安退休，就绝不会写下这些东西。但是老年生活过于平淡，让我很难不去回想当年的事情。我很怀念过去用这种纸张记录证词的日子，又念及若再也不提笔书写，衰老恐怕会加速，便安慰自己万不得已时只需将其焚烧殆尽，最终拿起了纸笔。如此一来，浮现在脑中的便只有那件往事。

首先我要坦白，其实我始终因自己的职业而怀有恐惧。随着地位的提升和责任的加重，那种恐惧也与日俱增。当年这种恐惧仅限于我自身，尚不算太大的烦恼。在儿子选择了与我相同的道路，又逐渐获得一定的地位后，我的恐惧就变得难以言喻，并开始日日期盼平安退休了。

虽然我能主动辞去职务，然而我乃胆小之人，连辞职的胆量都不曾拥有。我自认警察是自己的天职，完全想象不到辞职的理由。且一想到同事的目光，以及不得不向他们解释这件事，就更无法痛下决心。再者，一旦那件事败露，无论我身在何方，都只有同样的下场。哪怕我辞去职务，儿子在警界的立场也无可挽回。关键在于，我最惧怕有人对我的辞职生疑，进而展开调查。

那件始终占据我的思绪、让我惧怕不已的事情，便是发生在昭和十一年的梅泽家灭门惨案。那个时期，社会环境虽然不像战争刚结束时那般黑暗，但也常常发生灭门惨案和猎奇案件。这类案件多数发生在偏远地区，其中一些成了悬案。

梅泽家灭门惨案便是其中之一，负责调查的应该是樱田门警署一课。当时我在高轮警署担任侦探组长。彼时各个警署都设有侦探组，按照落网嫌疑人的数量发放侦探津贴。记得津贴分为三档，分别是七元、八元和九元。昭和十一年尚留有这种竞争机制，我业绩良好，因此三十岁就当上了侦探组长。

那时，我在上野毛购买了家宅，长子又刚刚出生，我浑身充满了干劲。昭和十一年三月二十三日晚，发生了那件让我难以忘怀的事情。直到刚才我都还在犹豫究竟要不要写下事情经过，但是我已经下定了决心。

将我卷入不幸的契机，便是上野毛的金本一枝遇害案。战后，包含一枝案在内的梅泽家惨案为公众所熟知，众人似乎认为一枝案与梅泽家灭门案没有关系,但我接下来的记录,将证实那是错误的观点。

我还只是一介警探时,为了提升业绩,有时甚至起得比妻子还早,然后直到妻子入睡后才回家。晋升为组长后,我便每天六点准时下班,七点过后回到上野毛。也许是因为这样,我变得容易遭人陷害了。

那天我从车站出来,刚走了五分钟,就看到前面有一个身穿暗色和服的女人突然蹲了下来。由于周围没有其他人,她又捂着下腹部久久没有站起来,我便上前去询问是不是出事了。

我记得女人说了声抱歉,告诉我她突然腹痛。我问出她家就住在不远处,便出于警察的责任感,搀扶着她回了家。打开她家的门后,我抱起她走进房间,让她躺好后我便准备离开,却听她说心里有些害怕,请我多留一会儿。我仔细一问才得知她是独自一人住在那栋房子里。

老实说,我从未与妻子以外的女人发生过关系,也从未将此事当作耻辱。我可以发誓,那一刻我心中绝无非分之想。可是那女人偶尔因痛苦而扭动身体,看到掀开的衣摆,我竟愚蠢地动了心。

时至今日,我仍猜不透那个女人的心思。当时得知她是已婚的未亡人,我便猜测可能是难忍空闺寂寞。后来她抱紧我时,也的确在我耳旁反复诉说自己寂寞难耐,还悲伤地请求我灭去照明。事过之后女人不停地道歉,叫我不必操心善后之事,请我摸黑离开。她说若拖得太晚,恐怕会给我增添麻烦,她只是一时寂寞,请我从此将她遗忘,并向我保证绝不对外人提起这件事。

于是我摸索着穿好衣服,像个罪人一般偷偷摸摸走出玄关,边走边陷入了沉思。实话说,我当时有种中了邪的感觉。仔细回想起来，她似乎连腹痛都是假装的。那些浪迹天涯的故事中，总有突然在街头蹲下装病，瞅准上前帮助的男人行窃的女扒手。但我将全身上下检查了一遍，没发现丢失任何东西。如果那是假装的，只能认为她是真的想诱惑男人。

那一刻我心中并无罪恶感，甚至觉得自己拯救了一个女人。从她的态度来看，她绝不会将这件事透露出去，只要我缄口不言，便万事大吉。哪怕最后暴露了，若只是让内人知晓，也不算什么大问题。

我已经忘记了当晚回到家中的确切时间，我想应该是九点半左右，比平时正好晚了两个小时。这两个小时，便是我与那个女人相处的全部时间。

第二天无事发生，直到第三天，也就是二十五日早晨，我才得知那个女人的死讯，以及她的姓名。金本一枝。她死亡的消息在报纸上占据了不大不小的篇幅，而我却感到万分惊愕。可能因为刊载的照片经过了加工，她仿佛变了一个人。也可能报纸采用了她年轻时的照片。

我逃也似的离开家，装出毫不知情的样子到达警署。一枝的住处离我家有一定的距离，如果提前知情，最自然的做法应该是先去查看现场再前往警署，为了完善我的伪装，我故意没在家中详读那则新闻。

发现尸体的时间是头天晚上八点，也就是我回到家之后不久。最让我惊讶的是推测死亡时间——二十三日晚上七点到九点，几乎正是我与她相处的时候。虽然我一时大意，没记住确切时间，但我记得走出上野毛车站没多久就遇见了她，当时应该是七点半左右。也许更晚一些，但绝对没到八点，那一刻一枝还活着，推测的死亡时间应该要更晚。八点前后，我搀扶着一枝到达她家，大约差十分或十五分九点，我从她家离开。

最终警方调查判定这是一起入室盗窃杀人案，一枝遇害时正对着梳妆台，那么窃贼就是在我离开后不久潜入了她家。又或许我尚未离开时凶手就已经潜入她家中躲藏起来了。我离开后，一枝也许马上就坐到梳妆台前打理凌乱的头发，这样的行为很符合常理。

最让我慌张的是，警方判断受害者遭到了强奸，甚至查出了施暴者的血型为O型。而我正是O型血。

那天直到下班回家，我都不敢细读报纸上关于案件的报道。一枝被害案不像后来的阿索德杀人案那般引人关注，我也没能读到太多具体的文章。我认为警方应该没有透露她遭到强奸的细节，那是内部人士才知道的信息。

尸体身上穿的和服与我记忆中的一致，作为凶器的花瓶也的确摆在我去过的那个房间的桌子上。得知一枝已经三十一岁时我多少有些惊讶，因为她看起来要更年轻一些。但也许是早有预谋，才刻意化上显得年轻的妆容。当时我真的难以抑制心中的恐惧和伤感，那个女人在与我同床共枕之后，竟在仅隔一面隔扇的邻室，于梳理头发时惨遭杀害。

我对这个有过一夜之情的女人产生了怜悯之情，同时针对凶手燃起了熊熊的斗志，如今想来倒有点可笑。然而我隶属不同的辖区，找不到光明正大的理由接手此案的调查，浑浑噩噩地度过了几天。四月二日，我家收到了一个褐色信封装着的速递信，信封上注明让我亲启，盖着四月一日牛込邮局的邮戳。里面的信在开篇处就要求我阅后即焚，事后我也做了相应的处理，因此只能凭借记忆复述内容，大致如下：

我乃维护皇国利益展开特殊行动的雉机关，出于某事由，获知阁下于三月二十三日在上野毛杀害了金本一枝，并掌握了相应证据。阁下身负要职，此举着实令人遗憾，我机关不能坐视不理，然鉴于现下国情，又不能行民族内部相残之举。

因此，若阁下能为我等当前面临的重大问题贡献一份力量，我机关可考虑酌情饶恕你所犯下的罪行，并且与阁下约定，完成这项任务后，阁下将无须再听从任何指令。

任务的具体内容是处理六具女性尸体。这几位女性皆为中国间谍，现已遭到处决，但详情必须保密，以免在两国战争爆发之际横生枝节。此事必须处理为坊间流传的猎奇事件，因此我方人员不便参与，亦不可动用我方车辆。现命令阁下自行获取车辆，按照我方指定的方法和时间，将六具尸体遗弃至指定地点。一旦被发觉，我方将不负任何责任，届时一切将被判定为阁下所为，敬请知悉。

六具遗体现被安置在阁下犯下罪行的上野毛金本一枝家中的杂物间，任务时限为四月三日至十日，共计一周。望阁下尽量选择夜间行动，自然不可向当地人询问道路，原则上亦不准进入餐饮店铺，沿途不可留下痕迹。请阁下铭记，该行动事关你之利益。信封内附地图，若信息不足，亦请阁下自行解决。

信的内容大体如此。看过之后我自然是大惊失色，并在那一刻惊觉自己的行径是何等愚蠢。一旦被视作嫌疑人，我辩明清白的机会可谓无限接近于零。

如果我搀扶着一枝走进她家，最后独自离开的场景曾被人目击将会如何？一枝的推测死亡时间是七点到九点，而我则在七点半过后进入了那栋房子。无疑当时一枝还活着。我离开那里的时间距离九点钟顶多只有十到十五分钟，换言之，有人知道那段时间内一枝基本上都与我待在一起。我证明自身清白的可能性只存在于九点前的十到十五分钟。

不仅如此，一枝的身体里还留有曾与我性交的痕迹。哪怕我自己亲自调查，也绝不会怀疑真凶另有其人。

那一刻，我在绝望中感觉到，身为警察的前途已经尽毁了。唯一的救赎之道就是听从这个雉机关的命令，完成他们交予我的任务。然而那一刻，这条道路在我眼中丝毫算不上希望之路。

当时我知道日本是存在由出身陆军中野学校的人组成的秘密组织的，但对于我这样的下级警官来说，那些都是高高在上、缺乏现实感的人物。不过若他们的组织坚实可靠且力量强大，定然不会贸然违反约定。因为整整六具女性尸体，他们的确有可能难以隐藏。

然而，等我读完全部内容，便陷入了强烈的惊愕。我还以为只需将尸体弃至一个地方就行，可是信上指定了六个不同的抛尸地点，而且分散在日本各地。

这可不是一桩容易完成的任务，不能指望熬一个通宵就做完。信上不仅指定了抛尸地点，还指定了顺序，甚至还有挖坑的深度。所有抛尸地点都写明了地址，还在地图上做了标记。幸运的是，指定地点的细致程度仅限于××矿山附近的山中。那些都是我从未去过的地方，若是指定得再详细一些，恐怕就需要更多时间。

与此同时，我产生了一种感觉：我猜测，制订计划的人或许也没有踏足过那些地方，否则他们应该会在地图上留下更详细的标记。

我至今都无法理解为何要将六具尸体分别遗弃在那些地方，也许只是为了演一出猎奇的犯罪剧。至于为何要切除一部分，我倒是可以猜到理由。因为这样一来，尸体就正好能装入我想方设法弄到的凯迪拉克汽车的后座上。若没有切除一部分，想必我就又要花一番功夫。因此，那应该是为了方便搬运。

第二天，我几乎什么工作都做不了，迷迷糊糊地思索了一整天。一枝显然不是我杀的，因此就算不冒这么大的风险，应该也有一条出路。但是如前所述，情况对我过于不利。而且就算我没有杀人，也的确与被害者发生过性关系，要证明自己的清白，就不得不坦诚这个事实。然而，仅凭这个事实，我也要面临身为警官却扰乱风纪的谴责。此外，我能证明自身清白的机会也许不至于低到千分之一，但即便最终证明了，我也注定会成为媒体大肆报道的对象，不得不在众人的冷笑中引咎辞职，让一家人遭世人耻笑。

说起来不可思议，当时我感到内心渐渐燃起了火焰。都说人生总要经历一场赌上生死的劫难，我三十岁便被任命为侦探组长，因事业有所上升，就要了一个孩子。我的身体已不为我一人所有，还关系到妻子与孩子的生活。于是，我下定了决心。

当时是昭和十一年，我当然还买不起家用轿车，且纵观身边同事，再寻遍收入远高于我的同窗，都没有一人拥有那样的奢侈物品。警署当然有配车辆，然而这项任务并非一日两日可以完成，因此我从未想过借用署里的车。

左思右想，我还是想不出如何取得车辆。但其实我当时马上就想到了一个人，他是我在一起诈骗案中结识的建筑商，手下的公司多少会从事一些不明不白的交易，因此他总想找机会卖我一些人情。考虑到今后的工作，我万分不想卖这个人情，然而我别无选择。

自进入警署，我便是从不缺勤的模范警官，为了此事我编造借口称妻子患病，声称要带她回娘家附近的花卷温泉疗养，轻易就得到了一周假期。事实上我的确要前往东北地区，因此只需路上绕道花卷温泉，为同事购买一些土特产即可。

然后便到了四月四日早晨，第二天便是我的首日休假。那天，我让妻子白天做好足够三天的饭团。四月五日是星期日，我计划只要没有特殊情况，全程就只用饭团充饥。接着，我便从上野毛的金本一枝家中取出两具蜷缩在和服中的尸体，四日晚上出发前往关西。

信中按照尸体身上的服装与被切除部位，明确规定了每一具尸体的遗弃地点和遗弃顺序。而我见到的那些尸骸，个个如同畸形的儿童。我之所以如此急于行动，一是因为信中限定了完成任务的时间，二是因为拖得越久尸体的腐坏程度就越严重，会导致搬运不便，且散发出的异味有可能引来警方再次调查案发现场。

当时与现在不同，深夜走国道也几乎不用担心遇到盘查。即使被拦下了，我也只需出示警官证便能蒙混过关。我必须蒙混过关。

然而当天晚上，我还是没能一口气开到第一个指定地点，即奈良县的大和矿山，只能在东方泛白之后驶入浜松一带的山中稍作整顿。四月的夜已经很长，但仍不适合做这种事情，我忽然发现这项任务可能比我想象的更花时间。

我怕回忆起当时的恐惧，因此不想详细描述，但可以说有好几次我都吓得心脏几乎停跳。路上多是山道，很费油，虽说我事先准备了三缸汽油，但还是不放心。那时不像现在这样随处可见加油站，若在寥寥无几的站点加油，很可能给工作人员留下深刻的印象，更何况我无法在车里装着尸体的情况下沿途停车加油。

信上指定的抛尸顺序是奈良县大和、兵库县生野、群马县群马、秋田县小坂、岩手县釜石和宫城县细仓。

借来的凯迪拉克无法装下六具尸体，我也曾想过借一辆卡车，但是考虑到有可能要靠出示警官证蒙混过关，选择普通车辆恐怕更为妥当。驾驶凯迪拉克的话，我就必须分两次行动，分别前往东京以东和以西。然而群马县是第三处抛尸地，一次搬运三具尸体，返程途中必须加一次油，而当时车上还会剩下一具尸体。正好奈良与兵库两地都要求挖掘深达一百五十厘米的坑来埋尸，因此我决定第一次出行只处理两具尸体，将其余掩埋深度要求较浅的尸体留到第二次出行时处理，应该也不会有太大的影响。这就是我此行只带了两具尸体的原因。

行程被规定一事最令我不安，我担心路上有人埋伏，使我陷入更深的困境。可是即便如此，我也已经无路可走。

六日凌晨两点，我抵达大和矿山，随即开始作业。独自挖掘一百五十厘米深的坑，劳动量远超我的想象。一直挖到快天亮才总算勉强完工，然后我便在附近睡了一觉。

临近傍晚时，我突然被一阵异样感惊醒，发现一个头上包着汗巾的男人竟正往车里张望，顿时吓得我心脏骤停，觉得自己完蛋了。但我立即发现此人明显智商低下，见我惊醒之后，他便慢悠悠地走远了。我提前找东西盖住了后座上的尸体，车里也没有明显的臭味，加之地处深山，不太可能有其他目击者。于是我想，待在那里一惊一乍的也没有用，便等到日落之后，驾车出发了。

在生野的作业格外辛苦，但我一直告诉自己，只需再挖一个深坑，后面就轻松了。

七日，我驶上归程，终于可以在朗天白日下尽情奔驰。我在大阪加了一次油，还灌满了三个油桶。

八日下午我终于回到家。仅处理两具尸体我就花了整整四天，假期到十日为止，无论怎么赶都来不及。于是我在家里简单吃了些东西，叮嘱内人千万不要接电话，当天夜里又带上剩余的四具尸体再次出发。我计划在十日前赶到花卷，从那里通过书信或电报联系警署，声称妻子病情恶化，要待到稳定之后方能返回。巧的是，十一日和十二日都是休息日。

九日凌晨，我到达高崎附近。那里很难找到渺无人烟的山路，因此我迟迟不能停下来休息。九日傍晚，我再次启程，午夜过后到达群马矿山附近，总算能开始作业。相比一百五十厘米的深坑，这次的任务轻松得惊人。按照指令，我只需挖一个勉强能纳入一具尸体的坑即可。因此十日黎明时分，我已经穿过一段艰难的山路，到达了白河附近。

十日，确切来说是十一日凌晨三点，我总算到达花卷，并往镇中邮筒投递了一封快信，信上说明预计十五日能够回署里上班。因为我判断以目前这个状态，想更早完成任务几乎不可能。并且经过多方考虑，我最终没有选择发电报的方式。

十二日黎明，我完成了秋田县小坂矿山的作业。那天因为迷路，费了一番功夫，所幸没有影响日程。

十三日黎明，我完成了岩手县釜石矿山的作业。十三日深夜又完成了宫城县细仓矿山的最后一项作业。指令上说，弃于细仓的尸体无须掩埋。由于抛弃地点距离林间路不远，我猜测应该很快就会被人发现。事实上十五日就有人发现了尸体。

十四日天亮时，我已经回到福岛附近。这一周里我几乎没吃没喝，也没怎么睡觉。行至后半程时，我很清楚自己已被癫狂所支配，一切都如泡沫幻影，我连自己在做什么都不知道了。饶是如此，我的身体也没有垮掉，真是不可思议。

现在回想起来，妻子病重的借口可谓一石二鸟。因为据旁人评价，十五日按时走进警署的我已完全变了一副模样。眼窝深陷，双眼闪着精光，形销骨立，样貌骇人。妻子吓了一跳，同事和下属也吓了一跳，但后者似乎都理解成是看护重病妻子的辛劳所致。

事实上，那一刻支撑我的只剩下年轻气盛，后来的几天，工作时我数次感到眩晕恶心。过了整整一周才勉强恢复到原来的状态。我已被逼到了体力的极限，若再多一个弃尸地点，我恐怕就会发狂，或是身体彻底垮掉。不管怎么说，我跨过了人生的一道难关。正因为年轻，我才能顺利熬过来，换作之前或之后都不可能熬过来。因为那之前我的职位不高，必然请不出假来，之后则不再拥有如此的体力和精力。后来直到退休，我都没有再请过一次假。

身体虽然慢慢恢复了，但我的担忧丝毫没有消失。不仅如此，一旦从浑浑噩噩的状态中清醒过来，我心中便立刻产生了一个疑念。我怀疑自己是否中了别人的圈套。信中虽然声称我是凶手，可写信的人会不会知道人并非我所杀？会不会正是那个人策划了一枝被害案，并将我设计成最可疑的人物，然后利用我的困境，命令我将尸体遗弃至日本各地？

可是即便如此又能如何？不管有没有疑念，结果对我而言都是一样的。当时我没有别的路可走，现在回想，情况同样没有变化，没有希望。可是随着十五日收到消息，称我丢弃在宫城县细仓的尸体已经被发现时，这个疑念便伴随一阵恐惧猛地涌上心头，并且不断蔓延开来。

后来，我丢弃的尸体陆续被人发现，每次我都体会到了心脏几乎停跳的恐惧。正如我所料，浅埋的尸体很快就被发现了，并且在第二具尸体被发现时，我才后知后觉地意识到这其实是所谓"阿索德杀人案"的一环，且与梅泽家的一连串事件都有关联。在此之前我只听说过有"梅泽家占星术杀人事件"这件事，但是由于工作忙碌，并未了解到一枝的姐妹们的情况。以常识判断，这起案子很显然是灭门惨案，但是警方调查后发现，一枝的丈夫的确是中国人，只不过间谍的嫌疑很难扩大到一枝的妹妹身上。于是我又开始怀疑，雉机关是一个虚假的组织。

我渐渐意识到自己可能促成了一起单纯出于怨恨的谋杀案，这让我的自尊心大受伤害。因为在此之前，由于情势所趋，我一直选择坚信自己是为国家利益才行动的。

五月四日，釜石的尸体被发现，七日，群马的尸体被发现。然后果然如我所料，深埋的三具尸体迟迟没有被发现，直到十月二日才有人找到了小坂的尸体，至于生野的尸体，则在案发整整九个月后的十二月二十八日才找到。大和的尸体更是拖到了第二年的二月十日。

警署的人都在热烈讨论这一连串的尸体，让我感到无处可躲。讽刺的是，我后来竟被阿部定事件解救了。

我清楚地记得逮捕阿部定时的情景。五月二十日下午五点半，那个女人用"大和田直"这个假名投宿芝区高轮南町六五的品川站前旅馆品川馆，并在那里被逮捕。品川站前正是高轮警署的辖区，逮捕她的功臣就是我的同事安藤刑警。阿部定一案的调查本部设在尾久警署，当晚，两署的刑警一起为安藤刑警开了个庆功会，而这起案子马上成为高轮警署热议的新话题，我终于获得了解脱。

六月，我得到机会阅读梅泽平吉的手记。因为一课制作了平吉手记誊抄版的复印件，分发到了各个警署。从中我得知了平吉制作阿索德的想法，但还保持着半信半疑的态度。因为我就是遗弃尸体的人，很清楚小个子的女性，只要切除掉二三十厘米的身体，就会格外易于搬运。因此在行动时我有一个先入为主的观念，认为凶手是出于某种理由，要把尸体分散抛弃于全国各地，所以才切割了尸体。至于为何要分散到全国各地，我只能说无法理解。

后来我仍无法忘掉这个疑问，便整日不断思考。但是最后，我又渐渐认为，应该是某个热衷于平吉的思想的疯子，为了制作阿索德而犯下了此凶行。除此之外，实在无法解释凶手为何要切除尸体的一部分，为何明知道危险，还要将剩余部分抛弃到全国各地。看来，我真的成了疯子的帮凶。

但即使这样想，依旧存在无法解释的地方。姑且认为遗弃尸体的地点与西方占星术相关，那么，弃于大和与生野的尸体为什么要埋得更深，弃于细仓的尸体又为什么不埋？莫非这也与西方占星术有关，只是没有记录在手记中？

我能马上想到的理由就是根据坑洞的深浅来控制尸体被发现的时间。那么，凶手为何要让弃于小坂、大和与生野的三具尸体最晚被发现呢？我粗略地检查过，那三具尸体并没有特殊之处，不存在需要用高度腐坏来隐藏的特征和身体损伤。而且，如果只是想控制被发现时间，大可以选择别的金属矿山，或是掩埋在远离矿山的地方。这样即使只有很浅的坑，也能保证迟迟不被发现。更何况是因为有平吉的手记，发现尸体的时间才提前了。若没有手记，很多地方哪怕压根儿不埋，恐怕也不是那么容易被人发现。真的要遵照平吉手记的内容，把尸体安置在出产相关金属的矿山吗？可是，这一行动有什么合乎逻辑的根据呢？真的只能将其解释为西方占星术狂热分子的疯狂举动吗？

还有一个比抛尸地点更难理解的地方。我认为，从常识判断，除了一枝，梅泽家剩下的六个姐妹都很难被扣上间谍的嫌疑。如此一来，我便是被冒充雉机关的凶手欺骗，替他完成了最麻烦的尸体处理工作。可是一枝的行为又如何解释呢？正是因为一枝的行为，我才落入了凶手的圈套。反过来想，一枝也有意将我引入圈套。虽然凶手也有可能是碰巧得知我与一枝的关系，由此想到利用我的办法，可这样想太过牵强，这场犯罪明显经过了缜密的策划。凶手从一开始就知道自己要处理六具尸体，于是四处物色最适合处理尸体的人，最后选中了我。首先，我有驾照，其次，我是警察，即使被人看到车上放着尸体，也有可能蒙混过去。换作普通人恐怕立刻就会败露，哪怕医生或科学家，也难以躲过麻烦。最重要的是，没人会怀疑警察是凶手。出于这些考虑，凶手选中了我。那么自然可以认为一枝协助了凶手，她故意诱导我犯了错。

这么一来一枝为何被杀害了？不，这个问题本身就很矛盾。凶手是用一枝的死来威胁我的，所以她会被杀从一开始就是计划好的。一枝明知道自己会遭杀害，依然挺身而出帮凶手吗？也许她并不知道自己的命运，而是被凶手巧言说服了。那么凶手告诉一枝的是什么理由呢？尸体本身就是计划的一环，除了利用我处理尸体以外，凶手还有什么其他理由呢？莫非凶手一开始只打算用与一枝发生关系这一事实来威胁我，或者说他就是这样说服一枝的？

不，这个把柄不够大。就算我是个老好人，也不会因为这点理由就去完成那么艰辛的任务。更何况并非我主动追求一枝，而是她引诱了我。

还有一个略显奇特的推论：一枝其实就是凶手，她杀害了六个姑娘，并事先安排好寄给我的恐吓信。然后她与我发生关系，再伪装成他杀，结束了自己的生命——因为我只收到过一封信，其后再也没有任何音信。第一次读到信时，我心中异常慌乱，甚至想立即回信坚持自己是无辜的。可是信上没有注明寄信人的姓名地址，因此我没有机会反驳。如果寄信人已死，就能解释为何我只收到了一封信，又为何无法回信。

但这应该不太可能。首先，一枝是后脑勺遭到重击而死，就算梳妆台上的血迹可以事先伪造（她身上也没有细小的伤口或出血痕迹），她也没办法伪造自己的后脑勺遭到重击。更何况凶器已确定是家中的玻璃花瓶，无论怎么想都是他杀。

还有最关键的一点。我最后一次见到一枝，也就是一枝遇害的日子，是三月二十三日，而警方已经确认，一周后的三月三十一日清晨，六姐妹还活着。死人无法完成阿索德杀人案。

不久之后，梅泽昌子遭到逮捕，我更加困惑了，这件事无论如何都解释不通。可是，梅泽昌子坦白了罪行。莫非这一切真的是梅泽平吉的妻子所为？我很想见她一面，却找不到参与调查的理由。

我是个不走运的人。我被卷进了那样的惨案，成了凶手的帮凶。但是一般来说，无论什么样的案子，包括下山事件、帝银事件，都会随着时间的流逝而渐渐被人淡忘。

然而，唯独这个案子不同。"二战"结束后的那段时间，这几起案子开始被人称作"梅泽家占星术杀人事件"，并为普通大众所熟知。大众读过关于该案的出版物后，向一课提供了大量信息和意见。每次同事打开堆成小山的来信，高喊"这封信值得一读"时，我都会一阵虚脱。在退休之前，甚至退休以后，我都一刻也不曾摆脱不安的情绪。

被调任到樱田门一课，也是我的不幸之一。那就好像纵火犯被派到火场救火，会难以避免地收到各种消息，每次都让我心虚不已。

当时搜查一课只有四十六名成员，而且现在由三课和四课负责的诈骗、纵火、不良关系、强奸、抢劫等案件，也都是一课的工作。小山先生出任高轮警署次长后，发现我工作踏实而有条理，就把我调去了正好缺人的一课，负责调查诈骗案。

正值昭和十八（一九四三）年，战事正酣。负责诈骗案也成了我的不幸之一，因为我不得不一而再再而三地为曾经借我车的那位建筑商提供方便，这更加剧了我心中的不安。

后来空袭越来越频繁，警视厅被迫迁至其他地方，我们入驻了浅草第一女高。当时我恨不得自己被征兵，到战场上一死方休。但是警方采取了保留要员的政策，我只能眼看着众多同事奔赴战场，自己依旧留在原处。这件事令我倍感痛苦。

而且，昭和十一年那年还只有一岁的儿子文彦，长大后竟选择了与我相同的职业道路，女儿美沙子也成了警官之妻，暮年的我越发苦恼了。

我是从未犯错，从不迟到缺勤的模范囚徒（这是我的真实心情）。为了给儿子做榜样，还一次又一次通过了晋升考试，在退休前甚至得到了警视的荣誉头衔。在旁人看来，这恐怕是一帆风顺的理想警官生涯吧。但我暗自期待的，始终是退休后的日子。周围的人都很惋惜我的离开，但是那一天，我感觉自己终于走出了监狱的大门，重获自由。

彼时已是昭和三十七（一九六二）年，我五十七岁了。自从昭和三（一九二八）年成为第三百九十期新晋警员，我熬过了整整三十四年痛苦的警官生涯。

我退休那年，因杀害梅泽平吉及其家人而被判死刑的梅泽昌子已经在狱中去世两年，正是所谓占星术杀人事件推理热潮的高峰。

我读遍了所有能搞到手的相关出版物，也没有错过任何电视和广播特辑，但再也没发现更多信息。

就这样，我休息了一年，到昭和三十九（一九六四）年夏末时分，总算是恢复了一些精神。当时我还没到六十岁，调查能力也尚未衰退，因此决心将余生投入到此事件的调查中。

我造访了梅泽家，造访了银座美第奇，还会见了相关人员。那时正逢东京召开奥运会。昭和三十九年十二月，"梅泽家占星术杀人事件"的直接相关人员中，还活着的只剩梅泽吉男的妻子文子和富田安江二人。我记得那年她们分别是七十五岁和七十八岁。

梅泽文子在梅泽家的地皮上建起了公寓，靠收租维持老年生活。她孤身一人，没有子孙。她的丈夫吉男在战争爆发时已超过五十岁，因此没有被征兵。但我上门拜访时得知吉男不久前去世了。

至于富田安江，她在战后卖掉了银座的店铺，在涩谷又开了一家美第奇，将其交给养子打理，自己则在田园调布的公寓中独居。她的儿子平太郎被征兵后战死，所以她在战后从亲戚家收了一个养子。养子不时过来照料她的生活，但老年的她仍旧是孤独无依的。

我去拜访前，平吉的前妻多惠已在保谷去世。由于她得到了平吉的遗产，老年生活应该较为宽裕。但总的来说，这三个人都没有什么经济方面的困难，属于那个时代运气较好的人。案件相关的其他人则都失去了性命。

我不认为还活着的那两个人会是凶手，而且正如众多业余研究家得出的结论，我也不认为吉男和平吉是凶手。

事实上，早在退休前，我的心中就藏着一个想法。那个想法与平吉在手记中提过的，昌子的那个住在品川的前夫有关。

我觉得警方和世人都忽视了村上谕这个人，便暗下决心，等到获得自由，能够自主调查时，定要彻底查清这个人物的底细。战前的警察虽然会彻查所有嫌疑人，但普遍对社会地位较高的人比较收敛。在村上看来，妻子不仅背叛了自己，最后还带着女儿投奔了别的男人。换成是我，绝不会善罢甘休。

当我顶着退休警视的头衔走进位于品川的村上宅邸时，村上谕当然早已隐退，成了在大宅中侍弄花草的老人。他秃了头、弯了腰，俨然一副与八十二岁的年龄相符的模样，但目光偶尔会变得异常犀利，让人不禁联想到他年轻时的风采。

从结论来说，我想错了，并大失所望。见面期间村上谕始终在抱怨，像他这样拥有一定社会地位，不在场证明也勉强成立的人，不应受到如此不公的怀疑。

我身为退休的警界人士，也只能苦笑着连连道歉。通过此事我意识到，战前警署一课的调查比我想象的更彻底，所有一度成为警方的调查对象，后来又被视为清白的人，都应该排除在我的调查范围之外。

战前特务机关密谋杀害之说在世间也甚为流行，如此一来，我也许应该重新考虑一下那封信的真实性。

此外，若凶手就在平吉手记的登场人物之中，那么平吉案、一枝案和阿索德案可能是不同的凶手所为，或者数人合谋。

很多人在专心寻找阿索德，但我始终对阿索德的存在持怀疑态度。据我所知，杀人分尸的灭门案多发生于偏远地区，特别是亲缘者所为的。这么做一是为了泄愤，同时也方便搬运和遗弃。我认为"梅泽家占星术杀人事件"也非例外。更何况这起案子出现了六具尸体，凶手可能要颇费一番心思考虑处理的问题。

我认为不应该分心去寻找阿索德，即使六个姑娘的身体残缺部分被集中起来，也不会像众人所说的那样被凶手剥制，而更有可能被掩埋在与平吉相关的地方，或是平吉之墓附近。若凶手是与平吉有关系的人，或是信奉其思想的人，也许会为平吉做这样的事情。

然而，我去埋葬平吉的梅泽家墓地调查过，周围都是其他家族的墓地，通道也都铺设了水泥，肯定无法在周边掩埋尸体。凶手也许会在墓园周围寻找一块空地掩埋，但凭我一己之力，无法进一步调查。

至于思想信奉者的可能性，梅泽平吉的人际关系并不算复杂，交友范围仅限当时银座的美第奇画廊，以及手记中提到的，位于东横线府立高等学校站附近的柿木酒馆。

平吉在美第奇似乎比较受欢迎，在柿木则只是大约每月出现一次，算不上熟客。

另外，他还去过碑文谷和自由之丘的酒馆，但据说每次都是阴沉地独酌，从不与老板娘或其他熟客交流。

根据一课的调查，平吉在美第奇与柿木结交到的朋友，用两只手就能数得过来。

柿木的老板娘里子与沉默寡言的平吉意外地合拍，里子还介绍了几个能跟他合得来的人，多数是店里的熟客。其中之一就是平吉在手记中提到的塑料模特工厂的经营者绪方严三。

绪方严三的工厂就在离柿木不远的目黑区柿木坂,他手下有十几个工人,生意做得还算可以。昭和十一年他四十六岁,柿木的老板娘里子三十四岁,是个寡妇,绪方可能是看上了她的美色才经常光顾。据说他几乎每天八点钟准时在酒馆露面。

里子介绍了绪方之后,平吉似乎产生了一点兴趣,连续四五天都来找他闲聊。二人就塑料模特的话题聊得火热,平吉还去参观了绪方的工厂。但是这个绪方看起来只是愿意和平吉攀谈,对他这个人并没有多大的热情。

也许是想在里子面前装装样子,绪方总是显得格外大方,而且与很多白手起家的实业家一样,他有点瞧不起心思细腻的艺术家,很难想象他会为平吉犯罪。而且,平吉在这种人面前也不太可能吐露对阿索德的热情。

平吉遇害时,绪方一直待在工厂里加工紧急订单,直到深夜才离开。因此他不仅有确凿的不在场证明,而且没有杀害平吉的动机。一枝遇害时,绪方没有不在场证明,但是阿索德案发生时,他一连好几天都待在工厂和柿木店中,故不在场证明基本成立。

比起绪方,恐怕他手下的工人安川要更可疑。绪方带平吉参观工厂时,向他介绍了安川。后来,绪方也曾带安川去柿木喝了几次酒,两次在那里碰到平吉,并跟他边喝边聊。虽然不明确安川与平吉是否在柿木和工厂之外还有交集,但面对这个人,平吉的确有可能道出阿索德的秘密。

但是,平吉遇害时,安川与绪方待在一起,因此情况相似。一是没有动机,二是不在场证明基本成立。一枝案发生时安川也有不在场证明,阿索德案发生时却不甚清晰。

也许一课应该深入调查一下这个安川民雄。此人当时二十八岁,后来应征入伍,在战场上受了伤,但没有战死。他目前居住在京都，属于尚且在世的少数相关人员之一，但我还没去见过他。我知道他的住址——中京区富小路六角上。我打算趁他尚在人世时，想办法见上一面。

除此之外，还有一名画家值得注意。画家名叫石桥敏信，昭和十一年正值三十岁，恰好与我同龄。同样住在离柿木酒馆不远的柿木坂。不过他平时还有其他工作，也就是所谓的业余画家，他的主要工作是经营家族传承的柿木坂茶馆。他应该是以做生意维持生活，业余时间作画以求入选展会。他很憧憬巴黎，又生活在没什么人走出过国门的时代，因此为了听平吉讲旅居法国时的故事，也为了见见里子，成了柿木的常客。

他至今仍在经营柿木坂的茶馆，我便上门拜访了一次。他讲述了战争，以及九死一生的体验。他自己虽然放弃了绘画，但是送女儿去读了美术大学。我上门拜访时，他刚从心心念念的巴黎旅行回来，花了将近一个小时向我讲述平吉提到的餐厅竟然还在，他是多么激动。

他在柿木与平吉聊过几次天，还冒昧拜访过一次平吉的画室，但平吉好像不怎么欢迎他，他就没再去过了。他说平吉是个寡言少语的人，但偶尔又会像中了邪一般滔滔不绝，他说当时的艺术家大多性格如此。

柿木酒馆早已不在，听说老板娘里子后来成了绪方的人。但是绪方是有家室的人，也不知里子境遇如何。至于绪方本人，他把塑料模特工厂交给儿子经营，搬到了花小金井。

我与石桥在茶馆的小屋里聊了许久，心中渐渐释然。他的店里雇了一个女孩子，那姑娘不时探头进来问些事情，脸圆圆的十分亲切。石桥的夫人也是个大方爽朗的人，很难想象这样的人会与那些凄惨的案子有关，更何况他没有动机，不在场证明也成立。离开时石桥请我下次再来坐坐，听起来不像客套话。那一刻，我真的打算有时间再去坐坐。

平吉在柿木结交的熟人只有这三个，其中塑料模特工厂的安川民雄最为可疑。

也许应该把老板娘里子也列入嫌疑人，但除去平吉案，其他案子发生时她都有确凿的不在场证明，而且她完全没有杀害平吉的动机。

接下来，我又调查了富田安江的画廊兼咖啡厅美第奇。安江年轻时的追求者常常聚集在店中，那里就成了类似中年艺术家沙龙的地方。我想这一事实也反映了安江的为人。画家、雕塑家、模特、诗人、剧作家、小说家、电影界人士等，店里总是聚集着一帮头戴贝雷帽的人，热烈地探讨艺术理论。

平吉来得比较频繁，但好像待得并不舒服。他很不喜欢咄咄逼人的人，所以都有意避开那些人会出现的日子。他刻意回避的似乎是剧作家和电影界人士。剩下的常客中，平吉真正接纳的只有三个，放宽标准的话勉强算四个。

若要说其中谁最可疑，当然是雕刻家德田基成。德田是个眼神中透着狂气的鬼才，在三鹰有一间画室，当时四十多岁，是艺术家圈子里小有名气的人物。梅泽平吉显然被德田的魅力所吸引，创作上也受到了影响。可以推测，他想到要制作阿索德，多少也是出于那种影响。

当然，一课深入调查过德田，我也偶然得到了与他相见的机会。他脸颊凹陷，留着花白凌乱的长发，无论在谁眼中，都是个完全有可能动手制作阿索德的人物。

但是他拥有不在场证明，因此警方没有继续追查。据说警方释放德田的一大理由是他没有驾照，但我心里最清楚，凶手本人并不需要持有驾照。

德田生前始终保持积极的创作活动，目前他在三鹰的画室已经被改造成德田基成纪念馆，用于展示他的作品。

昭和四十（一九六五）年一月，我本打算上门拜访，但是他突然亡故，导致此行最终未能成行。但是，且不论他是否参与了阿索德案，此人完全没有动机杀害平吉与一枝。他既没去过平吉的画室，也没见过一枝。虽然只有妻子的证词，但阿索德案发生时他也算有不在场证明。

不管怎么说，德田基成只是平吉的人际关系网中一个较为特殊的人物。再考虑到他本身已功成名就，应该不会犯下那样的罪行。

平吉在美第奇结交到的另一个朋友是安部豪三，此人也是画家，算是德田的后辈。也许因为这层关系，平吉才会与他来往。安部性格豪放，本来是平吉不怎么应付得来的类型。此人确切年龄不详，在昭和十一年持有反战思想，并且反映在了一些作品中，引来了政府的关注，在艺术家圈子里也成了被排挤的对象。说不定孤独的平吉就是注意到安部的境遇，才对他敞开了心扉。

但是安部当时才二十多岁，与平吉年龄差距很大，二人在美第奇之外应该没有私交。安部没有去过平吉的画室，并且案发时他住在吉祥寺，离位于目黑的平吉家较远。

安部来自津轻，与作家太宰治是同乡。当时太宰治也住在吉祥寺，二人还是相当亲密的朋友。不过太宰治似乎从未去过美第奇，因此没见过平吉。

安部同样没有参与一系列梅泽家惨案的动机，可能连梅泽家的地址他都不知道。他的不在场证明不甚明确，但想必不是一课的工作不够缜密。

安部战前就结婚了，战时被征兵派往大陆，却始终未能揭下思想犯的标签，直到战争结束都还是个二等兵，吃了不少苦头。战后他与妻子离婚，又娶了一个年轻女人，二人在南美旅居了一段时间。昭和三十几年，他死在了故乡。他在艺术家圈子里有一定名气，但没有获得太大的成就。

安部的妻子目前在西荻窪经营一家画廊咖啡厅，我曾到店中与她攀谈过。店里装饰着安部的画作，她还给我看了太宰治写给安部的信。然而她是战后才与安部结婚的，并不了解梅泽家惨案发生时的情况。

平吉在美第奇结交的第三个人也是画家，名叫山田靖。二人的关系不是特别亲近，在艺术创作方面也没有互相影响。此人性格温和，而除去经营者，平吉在美第奇只有上面提到的两个能够敞开心扉的朋友，山田应该只能算是可以轻松聊天的对象。当时山田应该四十多岁了，具体年龄不详。他住在大森，与平吉应该没有过多交情，但意外的是，平吉竟去大森拜访过山田两次。他应该是通过山田的介绍，对其妻子，也就是作家绢江产生了兴趣。

绢江是个诗人，以前当过模特，当时应该有四十岁左右。平吉一直热爱兰波、波德莱尔和萨德侯爵的作品，虽然他的画室中没有任何书籍，但在梅泽家主屋里发现了这些诗人的著作。这应该就是他对绢江产生兴趣的原因。绢江似乎也知道平吉在手记中提到的、令他备受震撼的安德烈·米尔豪德。

但是，绢江夫妇同样没有作案动机，而且不在场证明都成立。他们从未去过平吉的画室。这些都是一课调查后得出的结论，应该可以信任。昭和三十（一九五五）年前后，两人相继去世了。

以上四个人组成了平吉在美第奇的人际关系网，再加上柿木的三人，合计七人。若问这七人中是否存在凶手，我不得不给出否定的答案。有也只是阿索德一案的凶手。所有人都没有动机杀害平吉和一枝，很多人甚至从未见过一枝。阿索德一案嫌疑最大的是安川民雄，但即便如此，一课的调查也不太可能有漏洞。

本来也是因为直接相关人员中完全找不到疑似凶手的人物，警方才强行将调查范围扩大到了这七个人身上。他们不过是补充性的当事人，假设能在直接相关人员中找到凶手，他们甚至不会被列为调查对象。

平吉不善交友，除了这几个人之外就没有朋友了。当然也不能肯定地说他没有秘密结交的朋友，但至少一课在调查中没有发现这样的人物。

这起事件的特别之处在于，它由三个案子组成，就单个案子而言，都能找到怀有犯罪动机的人。可这些人要么死了，要么在后面遭到杀害了。

平吉案的确有人怀有动机，可以说梅泽家一家人都有动机。但有可能行凶的只有昌子和六个姑娘，而六姐妹后来都遇害了，杀害她们的凶手自然只能是别人。

一枝案完全找不到怀有动机的人，也许动机只存在于入室行窃的盗贼心中。

阿索德案，也就是六姐妹遇害案则更加离奇。因为唯一对所有被害者都怀有杀意的人，只有死去的平吉。

不管怎么说，只能认为三起案子分别由不同的人行凶。再通过这些自相矛盾的线索，推理出一种可能。

那就是几个女人杀害了平吉，而对平吉感情颇深的某人又对她们展开了报复。最能慰藉平吉在天之灵的方法，就是按照他的手记行凶并处理尸体。与此同时，凶手还可以将罪责推给平吉的亡灵，扰乱警方的调查。要完成这个计划，凶手需要得到一枝的房子，所以又杀害了一枝。

这就意味着凶手杀害了无辜的一枝，然而并没有证据能证明一枝从未参与过谋杀平吉的计划。若是昌子利用几个姐妹谋害丈夫，将长女排除在外反倒显得不自然。如此一想，杀死一枝就也成了凶手复仇的一环，可谓一石二鸟。

我替凶手处理了尸体，是真正意义上的帮凶，因此很清楚凶手不需要持有驾照。由此推断凶手可能是女人。当时我一心以为自己背负着秘密机关的机密任务，老老实实地跑遍了全日本，但在凶手看来，就算我任务失败，把该扔去秋田的尸体扔到了福岛，恐怕也没什么影响。就算我遭到逮捕，能拿得出手的证据也只有那封信。一想到弃尸时的辛苦，我就无法原谅那个凶手。

但不管怎么说，我手上掌握了更多的事实，因此比一般人更接近真相。如此一来，我才得出了上面的观点。

但是我的推理又遇到了巨大的壁垒，问题同样在于一枝。一枝也许参与了谋杀平吉的计划，因此，按照上面的思路，阿索德案与一枝案都有可能是复仇杀人。那么，一枝为何主动引诱我，将我也卷进犯罪计划中？除了诱我上钩，我想不到其他的理由解释她的行为。

她之所以引诱我，可能就是为了让我处理那六具尸体，这就等同于一枝是复仇者的帮凶。

这显然有矛盾。但在此之前，还有个更大的矛盾。如果一枝不死，她对我的威胁性就很小。我曾经考虑过，一枝可能知道自己必死的命运，但依旧采取了那样的行动。可她究竟是为了什么人，竟做出这么大的牺牲？

凶手是谁？不用说，这自然是个大问题。平吉案的凶手可能正如一课的判断，是昌子和那六个姐妹。那么，又是谁向她们展开了复仇？是谁甘愿冒这么大的风险，为了平吉杀害那么多人，还利用我，将尸体遗弃至全国各地？如果仅仅出于同情，真的能做出那样的行动吗？那个人是多惠、吉男，还是文子？如果是他们中的一个，那就相当于杀死了自己的亲生女儿。那么会不会是安江或者平太郎？

直接相关者只有这么几个，但是在阿索德案发推测时间内，即三月三十一日晚上，哪怕放宽时间限制，算作当天下午三点到深夜十二点，这些人也基本都有不在场证明。

这五个人就是两对男女和一个女人。安江与平太郎母子那天开店到晚上十点半左右，期间有很多人可以作证，打烊后他们继续跟几位熟客喝酒言欢，一直闹到将近十二点。母子俩中途离开的时间都不超过三十分钟。

接着是吉男夫妇。那天，与吉男合作的编辑户田去他家做客，还与他一起喝酒。三月三十一日是星期二，户田倒是没有留宿，但从下午六点一直待到晚上十一点多。而且吉男当天下午就一直与户田结伴在外面走动。由此可以判断吉男夫妇也没什么问题。

多惠每天都在香烟店坐到晚上七点半左右，而且七点半后也不会完全关闭店铺，而是将木窗打开一条缝，十点左右都能找她买香烟。案发当晚七点半到十点，有两三个人到她那里买过烟，都是住在附近的人，他们可以证明多惠的确待在家中。晚上十点过后，多惠才彻底关上木窗回房睡觉。警方尚未查明六姐妹遇害的地点，假设是在上野毛的一枝家中，那么一个四十八岁的女人徒步走到保谷车站，再换乘好几趟电车去往上野毛，再徒步走到一枝家，至少也要两个多小时。因此可以判断，多惠的不在场证明成立。

再补充一下昌子的行踪。她于四月一日早上八点四十七分乘火车离开会津若松，她的父母证实前一天她一直待在会津若松的家中。

接下来分析前面提到的七个间接相关人员。仅就阿索德案而言，柿木酒馆的里子、绪方和石桥都有不在场证明。安川没有不在场证明。美第奇的德田和安部是有妻子的证词。山田夫妇当天与另外四五个贝雷帽艺术家一起在美第奇待到十一点左右，而从银座到上野毛需要一个小时。七个人中最可疑的是安川，但是安川只在柿木见过平吉两次，另外在工厂见过一次。

绪方与平吉大概来往了一年，而安川认识平吉的时间甚至可以精确到具体日期。昭和十年九月，两人在工厂结识，后来两次见面的时间都是同年十二月，地点是柿木酒馆。里子和绪方作证说，根据他们的对话推测，九月到十二月之间那两人应该没有私下碰过面。昭和十一年平吉就没再去过柿木。

假设安川是凶手，那就意味着昭和十一年十二月，刚认识三个月的他们关系飞速发展，但这个可能性不大。因为安川住在距离工厂步行十分钟的员工宿舍，根据舍管和同事的说法，他平时除了上班就是待在宿舍，只会偶尔出去喝酒，且基本每次都与同事一道。从昭和十一年十二月到翌年三月末，包含星期日在内，他单独外出的次数只有四次，其中一次恰好是三月三十一日，但当天他十一点前就回到了宿舍。安川本人说他那天是去看电影了。也就是说，安川与平吉必须在剩余的三次外出时间中发展成密友，但即使那三次他都是去见平吉，二人的关系又能发展到什么程度呢？

就算安川真的杀了六姐妹。此人是人偶工匠，肯定对制作阿索德有兴趣。但他肯定不能在员工宿舍制作，他需要一个地方。但是案发后安川仍一直住在宿舍，哪怕他能抽出时间制作，也没有可供他使用的场所。

可以排除安川的条件不止这些。六姐妹完全不认识安川，调查表明她们是齐聚一堂时喝了同一种饮品中毒而亡的。对她们而言是陌生人的安川不可能召集她们六个，也不可能突然出现在她们聚集的地方。如果凶手真的是安川，那也肯定不是他一个人单独作案。然而安川是个孤僻的人，没什么朋友，只认识工厂里的同事。

面对"梅泽家占星术杀人事件"，我不得不与一课一样举手投降。凶手不存在。虽然昌子和六姐妹的人际关系网中还有一些可能相关的人物，但是一课认为那些人都与此案无关，我也有同感。

退休十余年，我一直在思索这起事件。我早已感觉到体力的衰退，但是这段时间，我开始感觉到脑力也衰退了。我的思绪总在原地绕圈，找不到出口。

痛苦的警察生涯让我患上了胃病，也活不了多久了。也许等不到事件解决的那天，我就离开人世了。

回想起来，我这一生都在随波逐流，从未成功地反抗过命运。因此，我希望自己能像普通人那样，安安静静地离世。我一度希望能够铲除自己种下的恶果，将其埋葬到平凡的土壤中，但最终还是无力完成这个愿望。

我希望有人能解开事件的谜团。不，一定要有人解开谜团。然而，我没有勇气向儿子坦白这一切。

我人生的最后抉择恐怕就是要保留这份手记，还是将其付之一炬。如果在我死后，手记依旧留存于世，不知读到它的人是否会讥讽我缺乏决断力。

※文中存在许多旧式假名，我（石冈）已将其替换为现代用法。

II 推理重启

1

"这个人后来去京都找过安川民雄吗?"御手洗低声说。

"不知道,恐怕没去成吧。"

"嗯,但是这样一来,很多问题就都搞清楚了。比如我们知道了是谁将尸体弃至日本全境,又是如何做到的,而且凶手不需要持有驾驶执照。现在整个日本可能只有你我二人,和那位饭田女士知晓这个事实。"

"一点没错。看来认识你也有好处啊!"

"哼,凡·高的朋友肯定也跟你一样,完全不了解他的价值。这个安川民雄,在你那本书里出现过吗?"

"出现过,但是这个人的手记讲得更详细。"

"我感觉这本手记透着一股希望让人看到的气息啊。平吉的手记也是。"

"没错。"

"他肯定不是没能烧掉,而是他决定要保留下来。"

御手洗站起来,走向窗边。

"手记里充满了隐而不发的悲伤,任谁读完都会深受触动。我在毗邻东京的这个破烂小镇一角打着占卜师的招牌,听过许多悲伤的故事，因此知道那座肮脏瓦砾堆成的都市其实隐藏着许多无以言声的凄苦。每次我都会想，我再也不要干坐着倾听那些声音了。我决定从今天起为以前的生活画上句号，是时候伸出手去拯救别人了。"

御手洗又走回来，坐在了沙发上。

"这个人留下了手记，可见他万分希望有人来解决这起案子。为此，他甘愿牺牲自己花了一辈子赚来的名誉。我们千万不能误解了他最后的勇气。你也是这样想的，对不对？这是读过手记的人应尽的义务。"

"嗯……你说的没错。"

"这下能想到的资料都集齐了，接着只需开动脑筋。此人虽不是专业调查谋杀案的侦探，但是很有天分啊。

"我有一点想不明白。其实你刚开始介绍案件时我就有过这个疑问，现在看完手记，又想起来了。"

"哦，我记得你之前说过什么根本性的矛盾，那到底是什么？"

"这个人也追随普遍的看法，认为是七个女人杀死了平吉。我们就回到最开始的地方，也就是平吉案的密室问题。这简直太奇怪了。昌子和六个姑娘，合计七人……不对，时子去了保谷的多惠那里，应该是六个女人？不能说是七个人……不管是六个人还是七个人，这就是案发当晚待在梅泽家的所有人。

"平吉案当晚，梅泽家只有杀人者和被杀者。也就是说，那里不存在需要瞒骗或警惕的第三方。

"既然如此，为何还要大费周章地把床吊起来，煞费苦心地制造密室呢？她们只要对好口供就完事了。只要对好口供，说句不好听的，那就是一起空前绝后的不可能犯罪啊。"

"……嗯，对啊，有道理……可是即便说谎，警方也会调查现场。更何况还有那些积雪上的足迹。"

"足迹根本不算什么问题，随便怎么伪造都行。比如这样：还在下雪的二十五日深夜，随便三个女人……不，那样太吵了，平吉可能还没服用安眠药，再加上画室里有模特，他也许不会放那么多人进去。那就随便一个女人走去平吉的画室，等到雪停之后，模特十二点左右离开，那个人就杀了平吉。然后她要走到室外留下男鞋的足迹。她可以事先准备一双男鞋，也可以提着自己的鞋子，穿上平吉的鞋。反正后面有得是机会把鞋子放回原位。

"返程当然是从后门出去，顺着外面的大路从玄关回到主屋。画室的门没必要上锁。等到翌日早上十点过后，大家一起前往画室，其中一个人假装走到窗边查看，在那里留下足迹。另一个人则进入画室，关上房门，插好插销，扣上挂锁，在里面喊一声'好了'。接着，外面的人一起撞开大门，这样不就好了？为什么非要把床吊起来呢？"

"噢……"

"还有一点，吊床之说本来就有矛盾。她们带了梯子对不对？如果没有梯子，再厉害的芭蕾舞者也爬不上两层楼高的房顶。但是现场没有带梯子过去的足迹，证明当时还在下雪。换言之，她们是二十五日深夜十一点半之前带梯子过去的。因为足迹消失得无影无踪，恐怕提前了很久。

"可是，模特留下了离开的足迹。那就意味着，模特还没离开时，那七个人就闹哄哄地抬着梯子爬上了屋顶。当然也有可能不是七个人都去了。

"平吉没有工作中开着收音机并调大音量的习惯吧？因此，七个人再怎么小心，他也会察觉到的。他又不是聋子，而且是下大雪的寂静夜晚。另外，模特离开时看到梯子，也会觉得奇怪吧。"

"嗯……可是画室拉了窗帘啊，加上平吉都五十岁了，也许有点耳背……"

"你要这么说话，五十岁的人会很生气哦。"

"而且画室里的暖炉还烧得噼啪作响。不过听你这么一说，那的确是很危险的举动，但也许她们运气好，所以让案子成了悬案。无论多么完美的犯罪，事后分析起来，总会包含一两次危险的赌博啊。

"至于模特，假设她就是平吉的某个女儿如何？比如时子。她可以跟平吉聊天，吸引他的注意力……"

"那就更奇怪了，时子为何不直接杀了平吉？"

"哦，也对。所以模特应该另有其人。回到刚才的话题，也许不是所有女人都参与了行动……可能是昌子还有三个亲生女儿，知子、秋子、雪子，这四个人干的。说不定还算上一枝，共五个人。如此一来，就有了必须瞒骗的第三方……"

"你这样算是为了自圆其说而杜撰了事实吧。就当是这样，那雪子的立场岂不是有点尴尬？因为只有雪子是平吉的亲生女儿，她真的会加入计划吗？包括一枝在内的七个姐妹中，只有雪子和时子与平吉有血缘关系。拥有父亲跟不同女人发生关系生下的同龄姐妹，那是种什么感觉？我反正是猜不到，但也有可能她们的关系特别亲密。

"不过昌子每天跟姑娘们待在一起，也许能根据情况判断是否让雪子加入计划。当然，这都是以你的推理为前提。

"对了，你觉得竹越文次郎的那个看法如何？犯下阿索德案的动机，是为了报复杀害平吉的凶手吗？"

"嗯,这个嘛……我觉得是。"

"那根据你的推理,应该不需要把六个人全杀了。莫非阿索德案的凶手误以为是主屋里的所有女人合谋杀死了平吉?"

"的确只能这样解释了……而且,凶手有可能出于某种原因,需要暗示犯罪的目的是制作阿索德,将其伪装成平吉或其追随者的行为。或者,他有可能是信奉平吉思想的人,看过平吉的手记,心中产生了恶魔的欲望,决定动手制作阿索德。"

"哈哈!但我还是不能接受吊床理论。我理解你的心情,但只在脑子里想想,跟实际行动可不一样。那其实很难完成。你想啊,当时是深夜,外面下着大雪,几个弱女子要用冻僵的手拽起整张床,而且平吉随时可能醒过来。我可以断言,她们绝对没用这个方法。"

"要是这样,我之前觉得勉强能解释的部分也变得一团糟了,这不是越说越糊涂嘛!那你说,警察搜到的绳索是怎么回事?!还有毒药瓶呢?!都是嫁祸给她们的陷阱吗?"

"我认为是的。"

"那究竟是谁干的?不,谁有本事干那种事?毫不相干的外部人员绝对不可能偷偷摸摸进梅泽家留下那种东西!

"连竹越文次郎提到的美第奇和柿木的那几个间接相关人员也要被排除在外,因为那七个人都不认识梅泽家的女人。富田安江和平太郎也没机会。那么只有梅泽吉男、其妻文子,还有多惠这三个人有机会放那种东西了。证明凶手就在他们中间。你倒是说说,哪个是凶手?"

"小偷可不一定只偷认识的人啊。"

"啊?"

"没什么。唉,凶手是谁呢……"

"御手洗君，抬杠谁都会，批判谁都懂，唯独创造最困难。也许警方是结合了我们并不知道的事实，才逮捕了昌子呢。我们又看不到现场，逮捕昌子肯定是勘验现场后得出的结论吧。反正你也不确定凶手是谁，就不要说那种话了吧。

"刚才我说的那三个人，再往深处调查就也会无路可走。首先多惠肯定不行，她已经进不了梅泽家了。吉男和文子夫妻倒是有可能，但你之前也说过，那里有这三个人的亲生女儿啊，他们会设计陷害自己的亲骨肉吗？

"如果只陷害昌子一人那还好说，他们为何要诬陷亲生女儿是杀人犯呢？所以肯定和这三个人没关系。至于后面的阿索德案，就和他们更没关系了，因为他们肯定不会杀掉自己的女儿。换言之，世上就不存在设计陷害的人。"

"我很清楚这是个难题，但事情真实发生了，而且凶手与你我一样是人类，因此我不认为这是个无解之谜。"

"在我看来，这个问题只有两种答案。一是我们无法想象的……"

"魔法犯罪？"

"怎么可能！我绝不会往那个方面想。一是外部人员或者外部团体作案，也就是说，竹越文次郎收到的信是真的。某个秘密组织很早以前就盯上了梅泽家，最后巧妙地消灭了所有人。可是这样一来，案子就不是我们能解决的了。"

"你不是说这个可能性不大吗？"

"嗯，是的……好了，我倾向于第二种答案，那就是梅泽平吉没有死。这样一来，一切都能说通了。

"雪地上的男鞋足迹是平吉自己的，尸体脸上没有胡须也就理所当然了。他肯定在什么地方找到了酷似自己的人，但无法让他蓄须。由于他的死因是头部遭到重击，面部难免会变形，再加上平吉的家人从未见过他不蓄须的样子，就算受骗了也不奇怪。

"按照这个思路，也可以解释平吉为何隐居在庭院一角的画室，平时不怎么跟家人见面了。如果一天到晚跟家人见面，替换身份的事情就会穿帮。与家人分开居住肯定是他决定制作阿索德后制订的计划的一环。也就是说，为了创造阿索德，他先要抹去自己的存在。

"变成亡魂是最方便的。因为他已经死了，无论计划出现什么差错，他都不会遭到怀疑，也无须担心被判死刑。他只需暗中关注六个姑娘的动向，等待动手的时机。完成杀人后，他还能全身心投入到阿索德的制作中，无须整日提心吊胆。

"所以说，抹去自己的存在是平吉制作阿索德的第一步。正因为这样，性格内向的平吉才会经常外出，到处寻找自己的替身。后来他找到了，就在二月二十六日那天，他把人带回了自己的画室。他事先布置好各种将嫌疑指向家中女人的线索，然后杀了那个替身。

"但是平吉还不能完全放下心来，因为昌子有可能猜到他用于制作阿索德的场所，毕竟他们是夫妻啊。只要昌子被逮捕，他就能放心了。没错，这就对了！这样就能说明一切了！"

"嗯，你的想法很不错，因为再怎么苦思冥想，也找不到更像凶手的人了。只要平吉活着，阿索德案就会变得格外简单。

"但是这个想法有数不清的小问题。首先，照常识来说，企图用替身的尸体瞒过血亲的双眼应该是不可能的。就算忽略这个问题，还有很多别的问题。"

"什么问题？"

"就算平吉打算装死，也会等到完成毕生大作之后吧？如果你是画家,难道不会这样想吗?那可是第十二幅画,是画家平吉一生的绝唱啊。"

"这……也许画完了反而不太好,就是要有壮志未酬的感觉,才会让遇害显得更逼真。"

"嗯,我就猜你会这么说。"

"他也有可能改变了想法,认为阿索德才是自己的第十二件大作。"

"那他为何要杀了一枝?"

"不是为了得到制作阿索德的地方吗?"

"肯定不是吧。一枝家乍一看好像很合适,但平吉应该可以在弥彦附近找到更合适的地方。他在手记上也是这么写的。一枝家太危险了,那可是发生过凶杀案的地方。我记得你也说过平吉其实可以找到更好的地方吧,能麻烦你别忘了自己说过的话吗?

"更重要的是一枝引诱竹越文次郎上钩的事实。一枝为什么要那样做?如果是平吉命令的,那么平吉为什么要下那样的命令?平吉自己就有驾照,完全可以亲自搬运尸体。"

"要将尸体丢弃到全国各地,相比平吉那样的老人,肯定是年轻的警察更合适吧。"

"嗯,那平吉是怎么说动一枝的呢?仅仅因为继父的一句话,她就去与陌生男人发生肉体关系吗?"

"我现在暂时想不到为什么,也许平吉编造了一个巧妙的谎言吧。"

"决定性的难题还有三个。首先是手记,也就是那本小说。这东西完全没有必要留在现场。应该说,如果平吉活着,决心完成阿索德杀人案,就肯定不能把手记留在现场。因为那东西会让女儿们心生警惕,也会增加全国抛尸的难度,尸体还更容易被发现，总之没有一点好处。

"说到底，那些被埋在一百五十厘米深的坑里的尸体之所以能被找到，全都是靠平吉的手记。难道不是吗？既然如此，他为什么不拿走？"

"凡事总有疏漏嘛，无论多么缜密的计划。三亿日元事件的元凶不也在开假警摩追运钞车时，屁股后面拖着盖布走了好远嘛。"

"疏漏啊……那么，他为何没有在手记上提到自己寻找替身的计划，或是发牢骚说怎么找都找不到，最后总算找到了呢？按照你的说法，那可是阿索德计划的重要一环啊。

"其次，这也是个大问题。假设最后离开画室的人是平吉，那就意味着是平吉制造了挂锁密室。他是怎么做到的？"

"没错，我接下来就打算思考这个问题。只要解决了这个问题，我就能拍着胸脯断言梅泽平吉没有死了。

"但你也知道，事实只可能是这个，不可能有别的凶手。如果不将平吉视为凶手，就无法将这一连串惨案归结到某个人头上。

"不仅如此，我们现在还看到了竹越的手记。看完这个就会发现，梅泽家惨案必须是某个人单独作案。如此一来，无论怎么想，凶手都只能是平吉，除此之外别无可能。

"再说了，一个家族中连续发生三起案件，凶手不是同一个人，这从概率上来说也太不自然了。我认为，应该是同一个凶手，出于某个原因，犯下的连续杀人案。

"其中一桩就是抹去自身存在的案子。最初的这桩案子可谓变戏法一般神奇，而且一定是梅泽家惨案的关键。我一定会证明这点的。"

御手洗闻言，告诉我他将拭目以待。

2

当晚，我躺下后仍在不断思索。不管御手洗怎么说，要解释这一连串惨案，除了平吉还活着，不可能有别的办法。如果真的有，我倒很想听听。我可以高声断言，绝对没有可能。

竹越的观察力足够敏锐，因此我决定换个不同的角度思考。首先，我要大胆假设平吉没有死。

第一起凶案，是平吉在外面找到了酷似自己的人，带回画室杀死。然后——

不，这样会遇到挂锁密室的难题。对了，他可以先与替身互换身份，然后让昌子和女儿们将其杀死。至于方法——我还是认为吊床的方法最好。应该没有别的办法了。

想到这里，我差点儿跳起来大吼一声。没错！他可以设计让昌子她们杀死自己的替身，然后用这个把柄威胁一枝。

昌子等人为了修建出租房，杀死了她们以为是平吉的人。但是平吉还活着，并用此事威胁一枝，说自己可以保持沉默，让她们免遭罪责——不对，这样还不太够。

对了！他肯定对一枝说，只要能拉一名警察下水，就不用担心事情败露。所以一枝才被说服了。这样就对了！

竹越认为阿索德案的动机是为平吉复仇，但无法解释一枝的死。如果按照我的思路，一枝被迫献身就显得很自然了。

可是——为何要杀了一枝？应该没有必要杀了她吧。

算了，平吉本来就精神异于常人，他也许觉得，既然要杀死几个姐妹，也就没必要独留一枝活在世上。重要的是平吉没死的证据。必须先找到证据。

绝大多数人认为平吉没死的业余侦探都推测平吉化身成了吉男，但我认为这是个陷阱。平吉不需要伪装成吉男，那样反而更危险。他大可以躲藏起来制作阿索德，以透明人的身份独自行动，这样显然更高效。就这样吧。

目前要找到平吉没死的证据恐怕很难，但这个假设可以厘清很多矛盾。明天该换御手洗来扮演华生了，想到这里，我陷入了沉沉的睡眠。

截至目前，御手洗都还算不上名侦探。但是饭田美沙子既然能将如此重要的东西托付给他，证明他以前肯定展露过一定的才智，在一小部分人中享有一定的名声。我认识他尚不足一年，对他以前的经历一无所知。

但是照现在这个样子，解决案件的希望恐怕不大。去年那场灾难，我被御手洗救了一次，所以这次也对他有所期待。可是这个"梅泽家占星术杀人事件"已经被全日本的推理迷讨论了整整四十年，能想到的理论都提出来过。指望他现在发现从未被人发掘的真相，快刀斩乱麻一般解决案件，也许不太现实。如果真能那样，那可以算是奇迹了。

而且不巧的是，他正处在抑郁状态，连出门吃饭的动力都没有。在这种状态下解决四十年前的奇案，着实非常不利。

翌日，我问御手洗是否有进展，他只是闷哼了一声。也就是说，一点进展都没有。因为前面提到的理由，我觉得很难怪他。可他毕竟不同于常人，我猜测他至少能弄清楚一小部分事实。在我们这些无名之辈看来，仅仅这样就已经很了不起了。

见他那副模样，我强忍住浮上嘴角的微笑，说出了自己的想法。御手洗马上不耐烦地说:"又要把床吊起来吗?"

接着,他又说:"以及跟事先找到的替身对调身份?他知道那几个女人什么时候把床吊起来吗?而且白天也要让那个替身待在画室吧?

"万一哪个女儿来找他怎么办?肯定会露馅的吧。如果真要这么做,他就得让替身蓄须,还得教他素描。"

"素描?为什么?"

"因为平吉是画家啊。他待在画室里不画画,难道不奇怪吗?万一想画黄瓜看起来却像南瓜,那就麻烦了。"

我一听,就来劲了。

"那你要怎么解释一枝的案子?除此之外还能怎么解释?连竹越都想不通。

"总之,在你的推理登场之前,我认为这就是最合理的说法!"

我大肆嘲讽了他一通,御手洗却默不作声。说到底,这个"福尔摩斯"自己都还没有明确的想法。于是我更得意地说:"看来还是有差距啊。换作歇洛克·福尔摩斯,恐怕早就解决了这个案子,正忙着跟华生解释呢。就算解决不了,他肯定也会有积极的动作,而不像你,整天窝在沙发上。"

"福尔摩斯?"

御手洗露出了疑惑的表情。听到他下一句话时我大吃一惊,脸上的表情说不定比他更夸张。

"啊!你说那个爱吹牛、没文化,被可卡因搞坏了脑子,分不清现实与幻觉,却人见人爱的英国人?"

我惊得合不拢嘴,没想到他竟会这样口出狂言,一时不知说什么好。很快,我的惊讶转为气愤。

"没想到啊，原来你觉得自己这么了不起，我真是有眼不识泰山！你竟然对那位传说中的伟人如此不敬。嚯！他怎么没有文化了？他宛如行走的大英图书馆，他的大脑就是知识的宝库，你说他哪里爱吹牛了？！"

"你身上凝聚了所有日本人的缺点，将政治理念当成判断价值的全部。这个错误观念已经深入你的骨髓了。"

"少在我面前发表演讲！不如说说他哪里吹牛了？哪里没文化了？"

"你要这么问，我能举的例子可就太多了，都不知怎么说才好了。我想想……你喜欢哪个故事？"

"全都喜欢！"

"最喜欢哪个？"

"全都喜欢！"

"你这样我们没法聊。"

"我选不出最喜欢的故事，不过我记得在哪里看到过……说作者本人最推荐，也最受读者喜爱的故事是《斑点带子案》。"

"那个啊！那的确是最好的作品！是讲蛇的案子对吧？一般在金库里养蛇，蛇会窒息而死。那么假设那是条不用呼吸的蛇吧。凶手能用牛奶驯蛇，可真够厉害的。毕竟只有哺乳动物爱喝牛奶，因为它们都是被母乳喂养长大的嘛。蛇是爬虫类，若不是什么奇怪的变种，对牛奶压根儿就不感兴趣。那就像用青蛙和蜻蜓喂养我们，训练我们表演杂技一样。

"还有用口哨唤蛇。蛇没有人类那样的耳朵，根本听不见口哨声。这种事情只要稍微思考一下就知道了，都没有超出常识范围。但凡上初中时认真听过理科和生物课的人都知道这个道理，所以我才说，那位大侦探没有文化。

"而且这个故事太胡来了,想想都知道是瞎编的。故事里提到华生一直参与行动,我认为那只是创作上的美化。他其实只是哪天不用上班,跟福尔摩斯闲聊时听到了这个故事,又把它创作成了自己亲身参与过的冒险。所以说,这很可能只是可卡因中毒引发的妄想!中毒患者的幻觉和梦境中经常出现蛇的形象,所以我才说他是吹牛皮的空想家。"

"但福尔摩斯跟你不一样,他只需看一眼,就能推理出一个人的职业和性格。这你肯定做不到吧?"

"那都是胡说八道!我简直看不下去。比如……对了,'黄面人'那个案子不是讲到委托人遗忘了烟斗,他因此推理出了烟斗主人的身份吗?

"大侦探是这样说的吧,那支烟斗的修理费用跟原价差不多,所以主人很注意保养。然后他又从烟斗右侧的焦痕推理出主人是左撇子,以及烟斗主人不用火柴,每天都用油灯点烟,因为是左手拿烟斗,所以靠近火焰的烟斗右侧才会留下焦痕。

"退一万步讲,真的会有一个很注意保养烟斗的人每次点烟都让火苗烤焦烟斗右侧吗?我们俩都惯用右手,你说抽烟时会用哪只手拿烟斗?是左手。因为右手要用来写字,用来做很多动作,而且一般都是边做事边吸烟。你不觉得有很多人是左手拿着烟斗去点烟吗?

"所以说,左手右手都有可能。听了这种胡说八道的推理,全英国恐怕只有华生医生会惊为天人吧?凭借这种线索就声称自己能判断一个人的身份,这还不算吹牛吗?我说实话有错吗,石冈君?当然,他也可能只是每天以戏弄天真的华生为乐。

"还有什么呢……嗯,多得是。啊,对了对了,福尔摩斯好像是个乔装能手对吧!他经常戴上白色假发,贴上假眉毛,撑一把阳伞假装成老太婆四处走动，对不对？你知道福尔摩斯有多高吗？六英尺多一点。看到一个身高将近一米九的老太婆，难道没有人怀疑这可能是男人伪装的吗？那么高大的老太婆，简直是怪物吧。也许整个伦敦的人见到他都会说：'啊，福尔摩斯先生又来了。'可是，华生为什么就没发现呢？

"所以我啊，就模仿了一把福尔摩斯式的推理，猜测这个福尔摩斯可能吸毒搞坏了脑子，还经常毒瘾发作陷入狂暴状态。华生当然没有透露他发狂的事实，可他不是经常提到，福尔摩斯如果去当拳击手，可能是他所在的重量级的王者吗？真讽刺。他本人一定被发狂的福尔摩斯打晕过好几次！

"可他平时就靠写福尔摩斯的故事维生，不能跟他断绝关系，只好战战兢兢地和福尔摩斯生活在一起。为了讨福尔摩斯的欢心，他真的好努力啊。一眼就能看出是变装的福尔摩斯从外面回来，他还要装成没发现的样子。也许女仆太太每次都会提前通知他，福尔摩斯先生又戴着假发回来了。而他则每次都装作不知道，等到福尔摩斯突然表明身份，才表现出大吃一惊的样子哄他开心。这都是为了生活做出牺牲啊。咦，石冈君，你怎么了？"

"……你竟然……竟然说出这种话……简直不敢相信。你会遭报应的！等着吧，你的嘴马上就要肿起来了！"

"哦？那我好期待啊。对了，你刚才说我推断陌生人性格的本事不如福尔摩斯？那你可就错了。我正是对这方面很感兴趣，才开始研究占星术的。

"我认为，要推测一个陌生人的性格，最有效的办法应该是占星术。为了显得更符合常识，我也研究过精神病理学。当然，我还研究了天文学。

"要了解一个人的性格，最快的方法就是问他的出生年月日和诞生时间。其实只要知道出生日，结合那个人的面容，也不难推理出诞生时间。你已经见我示范过好几次了吧？每次我都能深入发掘对方的性格。

"我认为，福尔摩斯出生在英国，却没有掌握占星学的知识，实在太失败了。因为靠占星可以很快理解一个人。假设一个人遇到了问题来找我商量，而我没有占星术方面的知识，就会变成盲人摸象了。"

"我通过以前的案子知道你研究过精神医学，没想到你还熟悉天文学啊。"

"那当然了，我可是占星师。

"哦，肯定是因为你没见过我用望远镜。我有望远镜，但是放大了也只能看到雾霾，有什么意义呢？告诉你吧，我掌握着最前沿的天文学知识。举个例子吧，你知道太阳系里还有什么星星像土星那样有个圆环吗？"

"咦，不是只有土星吗？"

"你瞧，我就知道你会这么说。这都是'二战'结束初期的知识了，那些在焦土上编写的教材可能会这样写。上面该不会还写了月亮上住着兔子，每天都在捣年糕吧？"

"哼……"

"我惹你生气了？别在意啊石冈君，科学每天都在进步，你可不能懈怠了呀。宇宙里充斥着电磁波，重力可以令空间扭曲、令时间放缓，一切物体都因空间的指令而运动，等到什么时候这些知识出现在小学课本上，我们就成了在老人院坚持地心说的老伙伴了，要搞好关系哦。

"回到圆环的话题。告诉你吧，石冈君，其实天王星也有圆环，只是比木星的更薄。这可是不久以前才发现的事实，而我能接收到这类信息。"

我总感觉御手洗在吹牛。

"我知道你很熟悉福尔摩斯和天文学了。既然如此,谁能让你感到满意呢,布朗神父吗?"

"那是谁?我跟教会没什么关系。"

"菲罗·万斯?"

"啊?什么丝?"

"简·马普尔呢?"

"好吃吗?"

"目暮警视?"

"他是目黑区的警察吗?"

"赫尔克里·波洛?"

"这名字酒精含量很高吧。"

"多佛总探长?"

"没听说过。"

"所以你只知道福尔摩斯?!哼!那你还得意什么。真让人无语!呵!说白了,无能的福尔摩斯一点都打动不了你呗?"

"谁说的?完美无缺的电脑一点意思都没有,我喜欢的是他的人格魅力,而不是模仿机器的部分。我认为他是最有人味的人,也是我在这个世界上最喜欢的人。我可喜欢那位大侦探了。"

那一刻,我心中略有些惊讶,同时忍不住有些感动。御手洗甚少称赞别人,这是我第一次听他说出如此毫无保留的赞扬之词。

然而,御手洗慌忙补充道:"但是福尔摩斯有一点很不招我喜欢,就是在他晚年,大战爆发后,他竟为英国而行动,仿佛逮捕德军间谍就是正义。

"英国政府肯定也派出了间谍。你看过《阿拉伯的劳伦斯》吧？英国对阿拉伯的拉拢式外交可有名了，是个非常狡猾的国家。而福尔摩斯晚年遇到的是第一次世界大战。

"另外，英国还对中国发起了鸦片战争这种犯罪行为，不是吗？为那样的英国工作，哪里算正义了。那是单纯的政治行为，福尔摩斯本不该涉足的。他就该搬到乡下养蜜蜂，当个世外闲人。我认为，他晚年的行动让所有福尔摩斯故事的价值都打了折扣。

"你肯定想说那只是单纯质朴的爱国之心吧，毕竟华生医生曾说他非常不了解政治。但是犯罪并非与政治毫无关系，根本的正义应该是超越国家主义的。福尔摩斯晚年显然堕落了。说不定他跟莫里亚蒂坠落瀑布后就变成了那个样子。那件事也有很多疑点，也许归来的福尔摩斯是另一个人吧。我想啊，一定是英国政府为了利用福尔摩斯的名气宣传自己，就特意准备了一个替身。而且我有证据……嗯？"

就在这时，入口处突然传来隐隐带着点威胁感的敲门声，与我以前听过的敲门声截然不同。不等我们回应，就有人用力推开了大门。一个四十岁上下，体形高大，一身朴素西装的男人走了进来。

"你就是御手洗先生吗？"那个人问我。

我吓了一跳，愣愣地回答："我不是。"这句话让他理所当然地认为屋里的另一个人就是他的目标，于是转身走向御手洗，用仿如暴发户掏钞票的架势从上衣内袋里掏出了一个黑色本子，低声说道："我是竹越。"

御手洗瞬间恢复了平静。

"稀客啊。有人违章停车了吗？"

接着,他又不依不饶地说:"我第一次见真的警官证,机会难得,能让我多看两眼吗?"

"看来你是个口无遮拦的人。"

竹越说起话来落落大方,一点都不像警察。

"我不懂最近这些年轻人的规矩,而且我们很忙。"

"按照我们年轻人的规矩,敲门后要等里面的人回应再开门。算了,你下次注意就行。说吧,有什么事?不愉快的事情就不要耽误时间了吧。"

"你这人可真奇怪,好一副不知深浅的模样。难道你对所有人都这样说话吗?"

"我只对像你这样的大人物这样说话。别废话了好吗?赶紧说吧,有什么事?如果想占卜,就报一下出生年月日。"

这个自称竹越的刑警明显没有料到事情会变成这样,拼命思索了好久该怎么教训教训这个缺乏常识的小年轻。而且在此期间,他那副充满震慑力的表情一点都没有扭曲,真是令人佩服。

不一会儿,他认命地开了口。

"我妹妹来过对不对?她叫美沙子。"

他的语气很是烦躁。

"哦!"

御手洗尖叫一声。

"原来那是你妹妹啊!你们给人的感觉太不一样了,我都没认出来。石冈君,人果然容易受到环境的影响啊。"

"我不知道她是怎么想的,竟然把老爹写的东西拿到什么占卜师这边来了。你可别否认!"

"我没有否认啊。"

"今天我听妹夫说了。那是重要的警方资料,快还给我!"

"我已经看过了，还给你也没问题。但是你妹妹知道这件事吗？"

"我是她兄长，轮不到她说话。赶紧拿出来！"

"看来你没有问过妹妹，而是从妹夫那里诈出了信息呢。这可让我为难了。我把东西还给你，你妹妹同意吗？这与文次郎先生的意愿一致吗？而且你求人的态度也很令人佩服啊。"

"讲礼貌也分场合。你少给我装模作样，否则别怪我不客气！"

"你要对我怎么不客气，说来听听吧？没想到你也会有不客气的时候啊。石冈君，你觉得他会怎么不客气，我猜啊，顶多就是用手铐把我铐起来。"

"哼！无知少年。你根本不知道世间险恶。最近这帮年轻人，一点礼仪都不懂！"

御手洗故意打了个哈欠。

"我没有你想的那么年轻。"

"我可不是在跟你玩游戏，那些资料落到你们这种把破案当游戏的家伙手上，老爷子会死不瞑目的！罪案调查远比你想的复杂。现场要走百次，必须要一遍又一遍地筛查询问，哪怕鞋底磨穿也不罢休。这种辛苦你懂吗！"

"罪案调查？你是说'梅泽家的占星术杀人事件'吗？"

"占星术杀人事件？哼，那是什么，搞得跟漫画书的标题一样。你们这些外行人都这样，稍微被人吹捧一下，就成了装模作样的所谓名侦探。调查可不是装模作样，是用血汗和双腿完成的。

"总之，我们需要那份资料进行正经的调查，这种常识问题你应该能理解吧？"

"照你这种说法，刑警最好由鞋匠的孩子来当啊。请问，你是否忘了更重要的东西？我是说这里啊。最重要的难道不是动脑子吗？根据你从出现到现在的表现，我感觉你在这方面不是很令人满意。

"这份手记到了你们手上才是暴殄天物。当然，我会还给你的。但我可以打赌，就算有了这份手记，你也不可能解决那起事件。我真想跟在你后面看看，你要怎么为那起四十年前的案子磨穿鞋底。那起事件跟你以前见过的案子不一样，必须用脑子才能解决。你想好了吗？可别丢人现眼了。"

"哼！胡说八道！只有经过训练和积累了经验的专家才能胜任调查工作，外行人哪里应付得来。"

"你一直在反复强调这句话，可我从未说过调查很简单啊。"

我也不记得御手洗说过。我很想帮腔，但是不敢开口，因为这个手持黑皮本子的人浑身散发着震慑他人的气息。

"你好像觉得脑力劳动比四处跑动更简单，其实大错特错了。"御手洗继续道，"随便走走，鞋底也会磨损。"

"就算是论脑力，我也不会输！"刑警不服输地吼道，"可我倒是头一次见到你这种没常识的人类之耻。没有一点社会地位，不过是个默默无名的占卜师，这跟乞丐有多大的差别？！别人说一句，你就顶一句，论顶嘴你比女人还厉害。毕竟你就靠这个吃饭嘛。

"但像我这种正经人可不吃你这套。我们要查清事实，不能胡言乱语。如果警察这么乱来，社会就乱套了。我们肩负着重要的责任。

"所以你到底想说什么？我就顺便一问吧，难道你已经查清案子了？嗯？"

御手洗这次竟无言以对。

他此前的态度绝非虚张声势,此刻也没有表现出一丝动摇,但是我能猜到,他心里肯定很不甘。

"还没有。"

竹越刑警越来越得意,甚至露出了笑容。

"哈哈哈哈哈,所以我才说你们在玩游戏啊。我本来就没指望你能查出什么,但是听你这么大的口气,还以为你胸有成竹了呢。哼,到头来只是个愣头青罢了。"

"你叫得再大声,也只是无能老头说胡话,我压根儿不在意。但有一点我很在意。你拿走那本手记,也只会像拿着计算器的黑猩猩一样不知所措,最后不得不带到警署跟同事凑在一起商量。你既然是公家人,肯定会忍不住那么做的。

"要是最终能解决案子,倒也算可喜可贺。然而,你那些同事的脑子说不定跟你一样迟钝,因此可以想象,最后的结果极有可能是令竹越文次郎羞耻的过往被公开,案子却一点进展都没有。这样做有什么意义呢?你妹妹正是考虑到这点,才会跑来找我。文次郎本可以烧掉手记,如果这件事最后变成那样的结局,证明他做了错误的决定。

"所以我认为,大可以根据手记上的线索解决案子,但隐瞒手记的存在。这也不算什么罪过。你恐怕也不打算今天把手记拿回去,明天就带到警署公开吧?那毕竟是你父亲毕生的耻辱,即使是白费功夫,你应该也会独自思索几天。你应该识字吧?你觉得这份手记能在你那里放多少天?"

"三天左右吧。"

"手记很长,光看完就要三天。"

"那就一周,不能再拖延了。除了我妹夫,署里还有一些人隐约猜到了手记的存在。我顶多只能独自保管一周。"

"一周？好吧。"

"喂，你难道……"

"我一周之内破案给你看！或者至少将调查推进到无须将手记公开的程度。"

"那你得查出凶手才行。"

"你不知道吗，破案一般就是指查出凶手。当然，我可能无法押着凶手送到你们警署门口。今天是五号，星期五，你能等到下周四，十二号吗？"

"我将在十三号，星期五，公开这份手记。"

"没多少时间了，麻烦你从哪儿来的回哪儿去，我就不送了！对了，你是十一月生的吗？"

"是的，我妹妹告诉你的？"

"她不说我也知道。顺便再说一句，你的诞生时间是晚上八点到九点之间。好了，拿上这份手记回去吧，可别弄丢了，因为下周四我得把它烧成灰。"

竹越刑警用力关上房门，沉重的脚步声又持续了好一会儿。

"说那种大话真的没问题吗？"我担心地问。

"什么？"

"下周四之前找出凶手。"

御手洗只是摆出一张苦瓜脸，没有理睬我。这让我更担心了。他这个人，自我意识超强，总会冲动行事。

"我知道你的脑子比刚才那个刑警灵光，但你目前有线索，或是有什么想法吗？"

"从你第一次介绍这起事件时，我就有一点想不通。但我现在还说不清那到底是什么……我记得以前有过类似的经验……或者说与之共通的什么东西。不像拼图那么直白,而且特别微不足道。但是只要能想起来……

"不过也可能是我多虑了。但这样一来情况就会变得很糟糕。算了,总之我得到了一周时间,还是可以试试的。对了,你带着钱包吗?"

"……带着。"

"里面有钱吗?"

"那肯定有啊。"

"多不多?够你生活四五天的吗?很好。我要立刻去京都,你来不来?"

"京都?!现在?!这怎么行!我什么都没准备,也还没有安排工作。你突然来这么一出,谁受得了啊。"

"是吗,那我们就要暂别四五天了,虽然很遗憾,但我不会强迫你。"

御手洗说完就背过身,从桌子底下拽出了旅行袋。不得已,我连忙大声喊道:"我去!我去还不行吗?"

3

我认为,御手洗直到这一刻才开始认真看待这起事件。但只要那家伙认真起来,行动就会快如闪电。我们(尤其是我)只带上了京都地图和《梅泽家占星术杀人事件》这本书,一个半小时后就坐在了新干线的车厢里。

"话说回来,那个竹越刑警怎么就找上门来了?"

"饭田女士本想瞒着丈夫,只给我们看那份手记。但想必她事后感到内疚，一不小心还是告诉了丈夫吧。她丈夫又是个耿直的人，心里同样内疚，便没好意思把这么重要的事瞒着大舅哥。"

"饭田女士的丈夫真老实。"

"应该是个老实人。不然就是那个大猩猩掐着饭田刑警逼他说出来的。"

"竹越刑警看着的确像是个很傲慢的人。"

"那帮人都这样，觉得只要亮出黑皮本子，所有人就都会摇尾乞怜。真把自己当成水户黄门了。这都二十世纪末了，他们还坚信不这么做的人就是不懂礼貌。

"不过我猜他多少也知道点手记的内容，所以才不愿意让一个跟乞丐差不多的陌生人看到家中丑事。这点倒是可以理解。但不管怎么说，那位大警官就是没改掉战前特高警察的做派，民主警察看到他可要羞哭了。"

"是啊，确实不好意思让外国人看到他那样的警察。说到底还是日本人太纵容警察了。"

"他那种日式警察其实多得很，不过他可以算是佼佼者了，不是随便能见到的。看到他那种人，日本人就不会轻易忘记战前受到的压迫。我恨不得他去当日本自然纪念物，得到国家的保护呢。"

"难怪竹越文次郎和饭田美沙子都不想让他看到手记，我很理解那种心情。"

御手洗转头看向我。

"哦……你很理解美沙子夫人的心情？那就赶紧说来听听吧。"

"啊？"

"她发现手记后，心里是怎么想的？"

"那还用说吗。万一让霸道的兄长看见了手记，父亲的秘密就会在整个警署曝光，所以她才选择过来找你商量，希望秘密地解决事件，并认为这样才能让亡父得到安慰。"

御手洗哼笑一声，接着叹了口气。

"所以说你啊，一点都没变。如果她不想让别人知道，为什么还告诉丈夫呢？她肯定是没告诉兄长，就给丈夫看了手记，希望他能解开谜题。但是她很快就发现，仅靠丈夫可能行不通。首先能力是个问题，其次以她丈夫的性格，不可能藏得住这么大的秘密。

"所以她才来找我了。因为她听朋友说过我很擅长做这种事，而且性格古怪，不招人喜欢，身边没几个朋友，不必担心消息会泄露出去。要是我真的解开了谜题，她还能独占那份功劳。我啊，其实就是下策中的下策，但至少可以保证父亲的耻辱不为世人所知，因为我不是那种人。如果我成功了，那就更好了，她可以把功劳揽过来放到丈夫身上。有了这么大的功劳，本来不起眼的丈夫搞不好也能走上直升警视总监的阳关大道。这就是她心里的算计。"

我无言以对。

"真的吗……你想多了吧？那位女士怎么会……"

"你看她不像坏人？可这样想也不是坏事啊，每个女人都会这样想的。"

"你怎么能说每个女人都这样呢，这样太冒犯女性了。"

"那些认为女人应该隐忍迁就，当个贤惠人偶的男人难道不比我更冒犯吗？"

"啧……"

"跟德川家康讨论空调，可能就是我现在的感觉吧。"

"你认为每个女人心里都在算计?"

"不是啊。我认为一千个女人里面总会有一个大方的吧,她们不仅会考虑自己的得失,还会考虑他人的利益,并且不计回报。"

"一千个人?!"

我翻起个白眼。

"一千个人里有一个也太夸张了吧。你不觉得至少十个人里面就有一个吗?"

御手洗哈哈大笑起来。

"不觉得。"

之后我们沉默了好一会儿,我不想再跟他谈论这个话题了,但是没过多久,御手洗先开了口。

"我们已经完全掌握了事件的全貌,得到了所有必要的线索吗?"

"还缺什么呢?"

"我已经了解了梅泽平吉的第二任妻子昌子,知道她来自会津若松,案发时父母还健在,不过兄弟姐妹和亲戚关系都不清楚,你应该也不知道吧?嗯,那些信息也许并不相关。不过,对于平吉的第一任妻子多惠,我也想知道她的家乡和家庭情况。这些你知道吗?"

"哦,我知道。多惠旧姓藤枝,老家在京都嵯峨野落柿舍一带。"

"那真是巧了。我正要去那里。"

"她没有兄弟姐妹,是家中独女。多惠长大后,一家人搬到上京区的今出川,开了一间卖西阵织的店。可惜的是,她的父母没有经营才能，店里的生意很不理想。后来她的母亲还一病不起。身边没有兄弟和亲戚帮衬，虽然她父亲有位兄长，但当时身在满洲。

"多惠的母亲患病不久就去世了，家里的店也经营不下去。她的父亲感到绝望，于是留下遗言，让她到满洲去投奔大伯，然后上吊自杀了。

"这个故事太惨了。不过多惠没去满洲，而是不知为何跑去了东京。不太清楚她家的店有没有欠债，总之当时多惠才二十岁。"

"也许是放弃了遗产吧。"

"放弃遗产？"

"嗯，那样也就不用继承债务了。"

"哦。多惠二十二三岁时，在都立大学，也就是当时的府立高等学校附近的和服店打工，店里包吃住。不知怎的，平吉的弟弟吉男就找到那家店的老板，给多惠说起媒来了。

"老板可能很同情多惠的遭遇，我猜多惠也是个勤劳能干的好姑娘吧，就劝她去相亲了。当时多惠已经二十三岁了，她一开始好像不怎么上心，但是耐不住对方一劝再劝。吉男也许觉得她与兄长很登对吧。"

"好不容易有点转运的迹象，结果又离婚了。"

"嗯，有的人真是天生不走运。我觉得多惠可能早就死了心，准备靠保谷的香烟店度过余生。所谓命格不好啊。"

"正是如此。从星相学的角度来看，不可能每个人都平等。大概就这些？还有别的信息吗？"

"大概就这些了。还有一个可能没什么关系的细节。多惠从小就喜欢收集信玄袋，你知道那个吧？一种小口袋，也叫'巾着'，用抽绳束口，用来搭配和服。据说到她老的时候已经收集了不少呢。

"多惠有个梦想，就是用西阵织制作信玄袋，并在长大的嵯峨野落柿舍开间小店，卖那种东西。她跟保谷的街坊邻居提过这件事。我猜她之所以想回到那个地方，是因为自从搬到今出川，就没遇到过好事吧。"

"案发后，尤其是'二战'结束后，多惠应该得到了一小笔遗产吧？比如卖画的钱，还有书的版税。"

"好像也没什么意义，因为她当时身子很弱，经常生病。不过至少有钱了，可以请街坊邻居过来照顾她，生活上倒是比较宽松。

"然而，她当时已举目无亲，就算有钱也没用。她甚至说过愿意把所有钱都送给找到阿索德的人。"

"既然有了钱，不就能在嵯峨野开店了吗？"

"嗯，话是这么说，但她毕竟身体不好嘛。加上跟街坊邻居相处得不错，大家都很同情她。所以我猜，她考虑到自己年纪大了，可能下不了决心到已经没有熟人的嵯峨野去重新开始，最终就没有去，而是死在了保谷。"

"这样啊……那多惠的遗产是怎么处理的？"

"这件事可神奇了。多惠快死的时候，不知从哪儿冒出来一个侄女还是什么，反正是多惠大伯的儿子的女儿，也就是她父亲叫她去满洲投奔的那个兄长的孙女。这个侄女适时地出现在日本，正好赶上继承遗产。多惠留下了遗书。我记得那个侄女应该挺早就出现了，还照顾过多惠。

"多惠还给街坊邻居也留了一些钱，所以她去世时，很多人都流泪了。"

"因为没拿到钱而哭了吗？不，开玩笑而已。嗯，好吧，这下我了解多惠了。那么，美第奇的富田安江，关于她还有其他信息吗？"

"关于安江的已知信息就那么多。据说她家世很好，仅此而已。"

"顺便也说说梅泽吉男的妻子文子吧。"

"她旧姓吉冈，上有一位兄长，老家在镰仓，经吉男的朋友，或者说恩人介绍，与吉男结识。她家好像是经营寺庙还是神社的。要再讲详细一些吗？"

"不，这样就够了，反正她没什么波澜壮阔的往事吧？"

"没有，文子是个很平凡的女性。"

"嗯，够了。"

接着，御手洗托着下巴，久久地凝视黑暗的窗外，似乎在想事情。由于车里的灯光很亮，窗户上的倒影就非常清晰，几乎遮盖了外面的夜景。从我的座位上只能看到御手洗的脸，外部则宛如黑洞。

"月亮出来了。"御手洗突然说，"还能看见一些星星。果然，只要远离那座世界文明的烟雾之城，就能看到灿烂的星空啊。你瞧，月亮旁边那颗不会闪烁的是木星。在天上寻找星星时，最好以月亮为基准，因为每个人都能找到月亮。

"今天是四月五日，月亮位于巨蟹座，但很快就要进入狮子座。木星位于巨蟹座二十九度，所以此时两个天体紧贴着彼此。我之前告诉过你，月亮和行星都会沿着同一轨迹移动吧？

"每天追踪星辰的轨迹，就会发现我们在这颗行星上的生活是何等渺小而空虚。

"最大的无谓之举，就是与别人争抢所得。对这种行为，我是无论如何都热衷不起来的。宇宙在缓慢地移动,就像一座巨大的时钟。我们这颗星球只是时钟角落一颗不起眼的小齿轮上的微小齿牙,而人类,不过是聚集在齿牙上的一群细菌罢了。

"可是,人类却要因为一些渺小的事情或悲或喜,喧闹地度过转瞬即逝的一生。人类过于渺小,无法眺望到时钟的整体,便自以为不会受到整体的影响。你说这多可笑啊。每次想到这里,我都会忍不住笑出声来。区区细菌,积攒一堆渺小的金钱能有何用?那是生不带来死不带走的东西,为何人人还都如此热衷呢?"

说完,御手洗哧哧地笑了起来。

"有一个细菌热衷于更可笑的东西。他为了教训一个叫竹越的人,跳上了新干线,要去京都。"

我也哈哈大笑起来。

"人的一生就是不断积累罪孽,然后死去。"御手洗说。

"可是,你去京都打算做什么?"

我很惊讶自己到现在才提出如此重要的问题。

"去见安川民雄。你也想见他一面吧?"

"嗯,我是很想见他一面。"

"昭和十一年,他还不到三十岁,现在应该是七十岁左右。时光飞逝啊。当然,前提是他还活着。"

"嗯,时代都变了。但你去京都单纯为了这个吗?"

"暂时就这个计划。不过我很久没去京都了,想顺便看看朋友。他是个好人,到时候介绍给你认识。刚才我打电话联系了他,他说要来接我们。那个人在南禅寺一家叫顺正的饭店当厨师,今晚我们就住在他家。"

"你经常去京都吗?"

"嗯,我还在那里住过一段时间。每次去京都,我都能获得灵感。"

III 追踪阿索德

1

下到站台上,御手洗突然大喊一声,把我吓了一跳。

"喂!江本君!"

闻声,一个靠在车站柱子上的高个男人猛地直起了身子,继而缓缓走来。

"好久不见。"江本君握着御手洗的手说,"你怎么样?"

御手洗咧嘴一笑。

"好久不见。我啊,不怎么样。"

说完,他就介绍了我。

江本君生于昭和二十八(一九五三)年,今年二十五岁。他个子很高,足有一米八五,可能因为是厨师,所以留着寸头,周身散发着难以捉摸的气息。

"行李给我吧。咦,怎么这么少?"

"嗯,因为是临时起意过来的。"

江本君闻言点了点头。

"你们正好赶上赏花的时候。"江本君对御手洗说。

"赏花?"御手洗反问一句,似乎从未考虑过这个问题。接着,他又说:"哦,赏花啊,石冈君一定想去。"

*　*　*

江本君住在西京极,如果按照平安时代的规划,那个地方位于棋盘的西南角。在地图上则位于左下角。

坐上江本君的车,我眺望着外面的夜色。本来我有点期待能看到古色古香的街道,然而沿途全是霓虹灯和高楼大厦,还有从数不清的方形窗户里透出的灯光。这是我第一次来京都,却发现这里与东京没什么不同。

江本君家是个两居室,我跟御手洗一起睡其中一间卧室。这是我们头一次这么做。

御手洗说明天会很忙,叫我赶紧睡觉,自己也早早钻进了被窝。江本君在门外说明天他可以把车留给我们开,御手洗则闷在被窝里回答不用了。

翌日,我们乘阪急电车来到四条河原町,时间还是上午。御手洗说竹越文次郎在手记中提到的安川民雄的住址离河原町车站很近。

"你知道京都的地址要怎么说吗?比如安川民雄住在中京区富小路六角上,你能找到吗?"

"这里跟东京有什么不一样吗?"

"不一样。京都也有东京那样的住址写法,但京都人一般都这么讲。因为京都的路基本都是棋盘格的,所以就用路名来表述位置,相当于坐标轴。

"例如我们要找的这个地方,前面的富小路是指那户人家所在的南北方向的道路,而六角,是距离最近的东西方向的道路。"

"嗯……"

"我示范给你看吧。"

我们走下站台，踏上楼梯。

"这一带叫四条河原町，是京都最热闹的地方，相当于东京的银座或者八重洲吧。相比车站附近，反倒是这边人气更旺，这跟广岛有点像。在京都爱好者中，这里是仅次于京都塔的第二糟糕的地方。"

"为什么说糟糕？"

"因为不像京都呀。"

我们拾级而上，很快就看到了外面的大路。周围都是砖砌建筑，没什么木制房屋，感觉跟涩谷有点像。不知照片和明信片上那些古色古香的旧都风景，要到什么地方才能看到呢？光看眼前的景色，这里真的不像京都。

御手洗大步走在前面，穿过十字路口后沿着浅浅的河水行走。这条河很浅，又十分清澈，一眼就能看见满是石头的河底以及悠悠摇摆的水草。

我认为这点就跟东京不一样。在银座和涩谷不可能看见如此清澈的小河。水面映射着上午的阳光，将粼粼波光打在岸边的石墙上。

"这是高濑川。"御手洗说。

他告诉我，这条河是商人为了运送货物开凿的运河。可是，水这么浅能运什么东西呢？恐怕装上三包米，船就得挨到河底了。莫非因为后来不用了，水量才变少了？

不一会儿，御手洗说："我们到了。"

"这是什么地方？"

"中华料理店啊。我们先吃顿饭吧。"

我边吃边想等会儿马上就要见到的安川民雄。他已经七十岁了，假如后来成家立业，现在应该也是个隐居老人了。他虽然有几分可疑，但没有被盖上罪犯的烙印，老年生活应该很平静。可我还是不由自主地想象他抱着酒瓶躺在肮脏的出租房里，像个流浪汉的样子。

我带来的《梅泽家占星术杀人事件》里也介绍了他，我们想必不是第一批找他的人。对他来说，我们肯定是不受欢迎的客人。尽管如此，我还是希望能从他口中套出梅泽平吉在案发后还活着的证据。御手洗又打算问些什么呢？

"这就是富小路，那边是六角路，所以应该在这一带。"御手洗站在大路上说。

"往这边走更靠近三条大道啊。"

他说着，走了两步。

"应该是这一带。周围有没有貌似公寓的房屋呢……应该是这个了。不过他也不一定是租房子住。"

他一路嘀嘀咕咕地走上了金属楼梯。那座公寓的一楼是一家名叫"蝶"的酒吧，这个时间当然没开门。有点掉皮的大门反射着上午的阳光，白得有些耀眼。

酒吧旁边还有一家小酒馆，中间的金属楼梯就像硬塞进去的一样。楼梯特别窄，一个人走上去都够呛。

上了楼便是邮箱，我们竞相寻找起安川的名字，但是没能找到。

御手洗露出了错愕的神色，但他毕竟对自己信心十足，很快又换上了"这不可能"的表情，敲响了离他最近的房门。

无人回应。也许住户还在睡觉。隔壁那间也一样。

"这可有点麻烦了。"御手洗说，"继续连着敲，住户可能会觉得是搞推销的人，就算在家也会装作不在。还是从另一头重新开始吧。"

说着，他已经到了走廊的另一头。

他敲了敲最靠边那户的房门，隔了一会儿，里面传来了动静。门打开一条缝，露出一张胖嘟嘟的女人的脸。

"不好意思打扰了，我不是来推销报纸的。请问，这里是否住着一位名叫安川民雄的老爷子？"御手洗问。

"哦，你说安川叔啊。他好久以前就搬走了。"

女人没嫌他烦，挺爽朗地回答了问题。御手洗露出果不其然的表情，看了我一眼。

"这样啊。那您知道他搬去什么地方了吗？"他又问道。

"不知道啊，都搬走好久了，他也没说。不过房东就在隔壁，你去问问他呗。哦！这会儿说不定没在家呢。要是没人，你们就去北白川的店里吧。"

"北白川的什么店？"

"白蝴蝶。房东要么在店里，要么在家里，就这两个地方。"

御手洗道过谢，关上了房门。再到隔壁一敲，房东果然不在家。

"看来我们得远征北白川了。房东叫……大川啊。好了石冈君，我们走吧。"

坐在公交车上，一路看见了不少瓦片屋顶的房屋，疑似寺院建筑。有时候还会出现一道土墙，延伸好长一段距离。不愧为古都，这正是我期待已久的风景，若能在这样的地方住上一段时间，感觉一定很不错。

我们在北白川下了车，无须寻找，白蝴蝶就在眼前。走过去一看，大门正好打开，一位四十岁上下的男人走了出来。

"请问您是大川先生吗？"御手洗喊了一声。

那人停下来，看了我们一眼。

御手洗说明了情况，表示想知道安川民雄现在的地址。男人沉吟了一会儿，嘴里嘟哝着："他说过吗，我想想……"

最后男人说道："我没法现在告诉你们，得回河原町查查，他应该告诉过我。你们是警察吗？"

我们恐怕是全日本最不像警察的人了。他之所以这么问，也许带着点讽刺的意思。

但是御手洗不为所动，而是咧嘴一笑。

"您觉得我们像吗？"

"让我看看名片。"

听到这话，我心里一惊。这回御手洗的心情应该跟我一样，因为他皱着眉，露出了万分为难的表情。

"其实……"他压低了声音，无奈地说，"我们这边的情况比较复杂，不能给您看名片。若是因为别的事情上门倒还好说……您听说过内阁公安调查室吗？"

男人的脸色顿时阴沉下来，接着答道："嗯，名字听过……"

我可没听过。

"啊，不是……"御手洗欲言又止，"糟糕，请忘了刚才的话吧。请问，您什么时候能查到安川民雄的迁居地址呢？"

男人露出了明显的紧张神色。

"今晚……不，五点，下午五点就能查到。我现在有事要去高槻那边，实在抽不出身。等办完事了我就马上回去，五点之前应该能查到。要不到时候你给我打个电话？"

我们记下电话，暂时撤退。此时刚到中午，离约定的时间还有五个小时。不过对方都这么说了，那也只能等待。

我们走到了鸭川边。

"你好像干什么都能成功啊。"我酸溜溜地说,"尤其适合当骗子。"

御手洗哈哈笑了几声,丝毫没有反省的意思。

"是他的错。"最终,他只反驳了这一句,"如果是前来调查相亲对象的信用调查社的,会留名片给调查对象吗?"

我们顺着鸭川往下游漫步,御手洗心里肯定也在想,没想到只是见见安川民雄,也要费这么大的功夫。今天是六日星期五,按照这个节奏,一个星期的时间肯定不够。

"情况怎么样?"我有点担心地问。

"难说啊。"御手洗回答。

我们默默地走了好长一段路,前方出现了一座桥,桥上车来车往。

桥周边的建筑物有点眼熟,看来我们走到了今早乘坐阪急电车来到的四条河原町。我有点口渴,也有点累了,便想找家咖啡厅坐下来喝点冷饮。可没等我开口,御手洗先说话了。

"我肯定忘了什么东西,那种谁都能发现的、特别琐碎的东西。"

接着他低下头,皱起了眉。

"这起事件乍一看像是用废铁扭曲成诡异形状的前卫作品,但其实是因为某个地方存在偏差,才让整体变得异常难以理解。

"只有一处,只需要将那一处楔子拔出来,所有碎片就会落到对应的位置,成为一幅清晰的、任何人都能理解的图画。我很清楚这点。

"最大的问题在于我一开始没有认真对待,肯定有重大疏漏。没错,就在一开始。后半部分我认真对待了。

"要不是基础部分存在重大疏漏,这起不可能犯罪就绝对无法成立。正因为漏掉了那块琐碎的楔子，才让整个日本的名侦探四十年来一直原地打转，找不到答案。现在，我也成了其中一员……"

2

我们走进四条河原町的一家和式咖啡厅坐了下来，捧着果汁小口啜饮，好不容易熬到将近五点，御手洗迫不及待地走向了公共电话。

他对着电话说了好一会儿，接着一副成竹在胸的样子走回来。他没有再坐下，而是直接说"休息时间结束"，招呼我立刻出发。

走出店外时晚高峰已经快开始了，御手洗拨开人群，没有走向今早下车的阪急电车站，而是过了桥，朝京阪电车站而去。

"在什么地方？"我问了一句。

"大阪府寝屋川木屋町四之十六，地方叫石原庄。说是要坐京阪电车到香里园下车。你瞧，要走到那边的京阪四条站坐车。"

跨过鸭川，御手洗向我指明了车站的方位。

"香里园是站名？"

"没错。"

"这名字还挺好听。"

京阪四条站就在鸭川边。我们在站台上等车时，能看到脚下的鸭川渐渐染上暮色。

到达香里园时天色已经有点暗了。此地的光景与其名字完全不符，放眼望去只能看到餐饮店的灯火。正是宾客临门的时候。

周围已经出现了醉态十足的男人。还有一些脚步异常稳健，一看就知道是做那种工作的女人飞快地超过了我们。

好不容易找到石原庄时，太阳早已下山了。我们敲了很久写着"管理员办公室"的房门，却始终无人回应。于是我们走到二楼，敲了离楼梯最近的房门。一名中年女性开了门，竟说这里没有姓安川的住户。

我们又敲开了另一户人家，这次应门的人说前不久搬走的人好像姓安川，但他与那户人家没有来往，不知道他搬去了哪里，建议我们去问问楼下的管理员。

御手洗的脸上渐渐浮现出失望的神色。目前能追踪的线索只有这个了。

我们又走到楼下敲门，这回总算有反应了。御手洗问起安川先生，管理员说他搬家了，于是御手洗又问搬去什么地方了。

"这我没听说。他好像不太想透露，我也就没多问。唉，毕竟老爷子去世了，他肯定也不好受吧。"

"去世了？！"我们同时喊道。

"您是指安川民雄先生吗？"

"民雄？哦对，是叫这个名字。"

安川民雄死在了寝屋川，我感到浑身脱力。

从东京柿木坂来到此处，中间还经历了战争，很难想象这四十年来，他究竟走过了怎样的人生，最后又是如何在这座满墙裂痕的老旧砂浆公寓里离开了人世。

最让我们意外的是，管理员提到安川民雄并非孤身一人，他有个三十多岁的女儿。他女儿嫁给了一名木工，育有两个孩子，并且收留了安川民雄一同居住。那两个孩子一个在上小学，另一个只有一两岁。

管理员室门前的荧光灯可能有些老化，不时闪一下。每次闪烁，管理员都会烦躁地抬头看一眼天花板。

离开公寓时，我又回头看向这座建筑。我当时的心情很难用语言描述——似乎在苦涩的同时，又有点小时候调皮捣蛋被逮住的感觉。也许，如此追踪一个人的生活轨迹有点像暗中偷窥，让我感到冒犯了那个人。

御手洗似乎也在犹豫，究竟还要不要继续寻找安川民雄的女儿。离开时，管理员说："他们没留下新家的地址，要是实在想知道，就得去问搬家公司了。他们上个月才搬走，那边肯定还留有记录。就是寝屋川车站附近的寝屋川运送。"

御手洗问我现在几点。

"差十分八点。"

"时间还早……那就去寝屋川运送看看吧！"

我们折返香里园，乘电车去了寝屋川。搬家公司倒是很快就找到了，不过这么晚了，恐怕打听不到什么消息。

御手洗站在门口，先记下了招牌上的电话号码。接着，他看见写有"欢迎咨询"的玻璃窗里面隐隐透出亮光，便叫上我一起冲里面喊了几声。很快，里面就传来了动静。

出来应门的是个大叔，他说的基本如我所料。他不太了解情况，但可以等明天一早年轻人来上班后再打电话询问，说不定他们记得。除此之外，他还告诉我们，负责木屋町那片的应该是佐藤或仲井。

我们道过谢，便乘车回到了西京极的住处。六日星期五就这么过去了，这么拖拉真的没问题吗？也许御手洗心里也有同样的担忧。

3

翌日早晨，御手洗在外面打电话的声音惊醒了我。江本君好像一大早就出门了。我爬起来，收拾好被褥，走进厨房打算泡一杯速溶咖啡。

待我捧着咖啡走进房间，御手洗正好放下电话。我把咖啡递过去，他一把撕下刚才用来做记录的纸，告诉我有头绪了。

"他们搬去了大阪东淀川区，具体地址不太清楚，只知道离丰里町的公交车站很近。那里是终点站，有个掉头的大转盘，旁边有一家卖御好烧和粗点心的店，名叫大道屋。从店旁边的小巷子进去，就是那家人住的公寓。

"那户人家姓加藤，新搬去的公寓靠近淀川河岸。去丰里町坐公交车的话要从梅田出发，我们也可以乘阪急电车到上新庄，再从那里换乘公交车。你要去吗？"

此时我们所在的西京极正好有阪急电车的车站，能直达上新庄。在那里换乘公交车来到终点站丰里町，下了车一眼就能看见一座貌似横跨淀川两岸的铁桥。

这一带属于郊区，随处可见遍布杂草的空地和废弃的轮胎。公交车刚才开过的那条路一直通向铁桥，随着河岸缓缓上升。

只有这条路是崭新的，水泥路肩白得发亮。放眼望去，周围稀稀拉拉地点缀着几座又破又旧、与残骸无异的建筑物，与脚下的崭新道路毫不相称。大道屋便是其中之一。看清招牌后，我们走了过去。

这排建筑物跟路边废弃的轮胎散发着相同的气息。我们顺着店旁的小路走了一段，回头一看，店铺背后竟是锈迹斑斑的白铁皮。

再往前走,路上有好几栋公寓,我们把邮箱看了个遍,没费多少工夫就找到了"加藤"。

走上一截老旧的木楼梯,来到二楼的走廊。不知为何,走廊上晾满了衣服。我们边走边躲闪那些衣服,好不容易找到了贴着"加藤"两个小字的房门。

门边的磨砂玻璃窗开了一条缝,从里面传出叮叮当当的声音,听着像是有人在洗碗。除此之外还有婴儿的哭声。

御手洗敲了敲门,马上就听见有人回应。尽管如此,门还是迟迟没有打开。我不禁想象,对方可能正在屋里慢悠悠地擦拭盘子吧。

门开了。从里面出来一个似乎不太讲究的女人,脸上没化妆,头发也没梳。御手洗啰啰唆唆地说明来意时,我发现她开始后悔开了门。所以,当御手洗提到"想问问关于令尊民雄先生的事情"时,她斩钉截铁地说:"没什么好说的!"

接着她又说:"父亲跟那件事没有任何关系。我们已经被纠缠了很多年,请别来烦我了。"

说完她就"啪"地关上了门。婴儿又哭了起来。

御手洗站在关得异常干脆、上锁声无比刺耳的房门前,翻着白眼念叨了好一会儿,但很快就放弃了挣扎,说要离开。这让我有点意外。

这个女人给我留下了很深的印象——一口东京口音,或者说至少听不出半点关西口音。自从来到这边,我仿佛被卷入到关西腔的洪流里。这种方言带着格外强烈的存在感向我紧逼,我总觉得身边的所有人都是相声大师。万万没想到,会在这个地方碰到东京口音的女人。

"其实我也没指望打听到什么。"御手洗不服输地说,"就算安川民雄还活着,可能也问不出什么有用的东西,更别说现在只剩下他女儿了。我只是想到竹越文次郎最终没能到京都来,决定代他看看而已。好了,这下再也不用追踪那个安川了。"

"现在你有什么打算?"

"我想想。"

我们返回上新庄,再次乘上了阪急电车。

"你之前说,只在毕业旅行的时候来过一次京都?"御手洗问道。

我点了点头。

"那你就在桂下车,换乘去岚山的车吧。我这里还有一本京都观光指南,你可以到岚山和嵯峨野一带逛逛。樱花应该开了。我们分头行动吧,我要一个人好好想想。知道怎么回西京极吗?"

走出岚山车站后,我随着人潮漫步,一路上都是盛开的樱花,何等美丽。

走着走着,我来到一条宽阔的河边,这就是桂川。散步道通向河面上的木桥,水宽而桥长。过桥时,我与一名舞伎擦肩而过,她身旁跟着一名挂着照相机的金发青年。舞伎脚上穿着松糕一样的木屐,每走一步都会发出轻轻的木块敲击声。除她以外,周围再没有人的鞋子有如此响亮的声音。

下桥后,我翻开观光指南寻找桥的名称,原来叫渡月桥。我展开了联想——原来我刚跨过了映在水面上的圆月。

桥下有座木制小房子,像是地藏的小社。我走过去细看,却发现那竟是电话亭。本想在这里打个电话,但是我想了想,京都好像没有认识的人。

这里距离落柿舍应该挺远的。我在岚山简单吃了顿午饭，接着乘上京福电车。京福电车是路面电车，在东京非常少见，我很是稀罕了一会儿。

我很喜欢的一本推理小说（想不起书名了）里提到，乘坐都电[①]最适合思考推理问题。我时常想，路面电车从东京消失后，秉承优良传统的推理小说也随之死去了。

我不清楚这趟路面电车通向何处，便一路坐到了终点。下车一看，车站叫四条大宫，旁边就是热闹的街道。我顺着走了一会儿，竟来到了有些印象的地方。是四条河原町。看来在京都，无论怎么转悠，最后都会到这个地方来。

我又多走了一会儿，去清水寺看了看。走下三年坂的石阶，总算有了身在京都的感觉，令我心中窃喜。我转了转礼品店，还走进屋檐低矮的茶馆喝了甜酒。

身穿和服的女子为我端来甜酒后，提着木桶往门口的石板上洒起了水。她很小心地控制动作，以免水花溅到对面的礼品店。

接着我又回到四条河原町，发现无处可去，又走得有些累了，便返回了西京极。

4

走进公寓时，江本君对我打了声招呼。

"回来啦。京都怎么样？"

"嗯，果然是个好地方啊。"

[①]都电：指东京都电车，由东京都交通局经营的轨道（路面电车）路线系统。一九六七年起开始分阶段进行路线撤除，由地铁取代其功能，一九七二年后仅存荒川线至今。

"你去哪儿逛了?"

"岚山,还有清水寺。"

"御手洗先生呢?"

"他啊,在电车上就把我甩了。"

江本君闻言,同情地看着我。

我们正忙着炸天妇罗当晚饭时,御手洗像个梦游的人一样回来了。于是我们三人一起吃了饭。

吃完饭,我发现御手洗穿着江本君的外套。

"喂,御手洗君,那不是江本君的衣服吗?都回到屋里了,你赶紧把外套脱了吧。我看着都嫌热。"

御手洗充耳不闻,继续一脸呆滞地看着墙角。

"御手洗君,去把外套脱了。"

我加重了语气,御手洗才慢吞吞地站起来。可是等他回来再一看,这家伙竟又换上了自己的外套。

天妇罗的味道很棒,江本君的厨艺不错,但我怀疑御手洗根本没吃出味道来。

"明天就是星期天了。"江本君对御手洗说,"我正好休息,想开车带石冈先生到洛北那一带逛逛,你觉得怎么样?"

我心里当然很高兴。

"大致的情况我都听石冈先生说了,你只需要动脑子对不对?那身体坐在车上也不碍事吧?除非你有别的计划。"

御手洗感激地点了点头。

"如果能让我默默地待在后座上,那就没问题。"

第二天,江本君开车带我们去了大原三千院。一路上,御手洗都严格执行昨晚的宣言,闷不吭声地盘踞在后座上,宛如一尊佛像。

我们在大原吃了怀石料理。江本君边吃边做了专业的介绍，而御手洗依旧处于梦游状态。

我与江本君很合得来。他开朗大方，带我逛了同志社、京大、二条城、平安神宫、京都御所、太秦电影村，几乎走遍整个京都。后来我们（其实只有我）都说不用去河原町了。他还请我们吃了一顿寿司，又到高濑川岸边的传统咖啡厅喝了餐后咖啡。

这一天我过得十分愉快。可是这样一来，八日星期日也过去了。

翌日早晨我醒来时，御手洗已不见踪影，江本君也出门了。

是饥饿催我起床的。于是我匆忙来到西京极街头，吃过饭后，边走边逛，经过车站，又过了一条小河，来到环绕西京极球场的小型运动公园。里面有几队身穿运动服的人正喊着口号慢跑，我与他们擦肩而过，试图思考这起案件。

自从与御手洗分开行动，我的推理就没有任何进展。尽管如此，我还是时刻惦记着这个案子。

它具有一种特殊的魔力。我不禁又想起在《梅泽家占星术杀人事件》里读到的故事：有的人过于热衷解谜，最终耗尽了家财；有的人深陷阿索德的幻影，竟纵身跳进日本海。梦幻的阿索德——只要是热衷于这个案子的人，的确都想一睹她的风采，这种心情不难理解。

等我回过神来，已经走到了车站背面。我已走遍了西京极，便打算再到四条河原町看看。昨天去的那家传统咖啡厅感觉不错，而且我发现那里有一家丸善，想去找找有没有美国插画家年鉴。

我坐在西京极车站的站台长椅上，等待开往河原町的电车。此时不是交通高峰期，周围没什么人，只有一位老太太独自坐在能晒到太阳的长椅上。我听见列车碾轧铁轨的声音，以为车要来了，抬头一看，发现站牌上的红字显示是一辆快速列车。

快车径直穿过站台，宛如一阵突如其来的疾风。被人丢弃的报纸在阳光下翻飞，跑到了我所在的背阴处。这一刻，我突然想起了丰里町公交车站附近的光景。

那里毗邻淀川，四周有许多空地，随处散落着废旧的轮胎，给人又破又脏的印象。接着我又想到了那个带有东京口音的女人——安川民雄的女儿。

我不知道御手洗正在哪里、在干什么，但不管那个女人，案子真的能调查清楚吗？想到这里，我猛地站了起来，跑下楼梯绕到对面站台，转而等待开往上新庄梅田方向的电车。

在上新庄下车时，站台上的时钟显示刚过四点。我想了想要不要坐公交车，最终决定在这片陌生的土地上随便走走。

上新庄只有车站周围还算热闹，稍微走远一些就冷冷清清。这里开了很多章鱼烧和御好烧店，很有大阪特色。

走了好一会儿，我总算来到了眼熟的地方，远处便是淀川上的铁桥。不一会儿，我又看见了公交车站的转盘和大道屋。

我并不认为这次换我一个人拜访她就会开口讲述，但我猜测，因为父亲的关系，她也许对梅泽家的案子也有点关心。若是道出竹越文次郎手记中的内容，她说不定会感兴趣。

我不是警方人士，就给自己编造了一个谎言。我决定谎称自己是饭田美沙子的好友，这样也就能解释为何能读到手记了。

只要不说出竹越的名字，应该就不会引发什么大问题。而且她之前说因为父亲的事被纠缠了好久,那么,她也有权知晓手记的内容。

话虽如此,我还是最希望找到梅泽平吉没有死的证据。就算没有确凿证据,只是有点暗示也好。另外,我也想知道在那些事件之后,安川民雄度过了怎样的人生。可是,安川民雄后来好像就没再跟梅泽平吉接触过了……

这次,我发现走廊上晾晒的衣物都消失了。敲门之后里面立刻传来了开门的动静,让我万分紧张。她探出头来,一看见是我,脸色就沉了下去。

我慌忙开口,透过门缝努力表明了来意。

"那个,今天只有我一个人。我偶然得知了战前那些事件的独家资讯,觉得应该让你也听听……"

也许我的模样过于严肃,她突然笑了,接着无奈地走出来,操着东京口音对我说:"我得去找孩子,能边走边说吗?"

她背上背着一个孩子走出家门,带我向淀川河堤走去。"那孩子平时都在这里玩。"她说着走上河堤。视野顿时开阔了不少,但是放眼岸边,没看见孩童的身影。

见她的步幅变小了,我慌忙开口,像竹筒倒豆子一般说出了打好的腹稿。她果然有点兴趣,但远没有我想象的那般好奇。她默不作声地听了好久,过了一会儿才说:"我从小在东京长大,但不是在柿木坂,而是在靠近蒲田那边的莲沼地区。从蒲田坐池上线一站就到,但母亲为了节省车费,每次都是从蒲田站走回家。"

说完,她露出了苦笑的神情。

"关于父亲以前的生活,也就是我出生以前的事,我都不太清楚,也不知能不能帮上忙……

"那起事件发生后,父亲被征兵入伍,之后在战场上受了伤,右胳膊不顶用了。战后刚跟母亲一起生活时他还非常温柔,但后来越来越堕落,整天到大森的赛艇场或是大井的赛马场赌博,领的那点生活保障金根本不够花,逼得母亲不得不出去工作。

"渐渐地,母亲无法忍受了。一家人生活在不足十平方米的小屋子里,父亲喝醉了还会动手打人,整天疯疯癫癫,还骗人说看到了早已不在的人……"

我突然一个激灵。

"是谁?他说看到谁了,是梅泽平吉吗?"

"我就猜你会这么说。父亲只说他在外面找人搞钱,虽然提起过这个名字,但也不过是酒后的醉话。而且我怀疑父亲那时沾上了冰毒和吗啡,很可能出现了幻觉。"

"但也有可能当时平吉还活着,他真的见到了平吉。毕竟如果平吉死了,这起案子有很多地方都无法解释。"

我一时来了兴致,对她说出了自己的想法。这些我已经跟御手洗反复讨论过很多次,信手拈来。我讲了平吉的尸体没有胡子,讲了一枝陷害竹越文次郎不久后便死亡,还讲了唯独平吉拥有阿索德杀人案的动机。

我讲得口沫横飞,她却越听越冷漠,还不时摇晃一下背上的孩子。河风徐徐吹来,不断撩起垂在她额头和双颊的发丝。

"民雄先生提过阿索德吗?比如解释阿索德是什么,或是在哪里见过阿索德……"

"我好像听他说过,但我当时还小……但是梅泽平吉这个名字我最近听说过。我对这些都不感兴趣,也不关心,而且我对那个名字没什么好印象,每次听到都没好事。

"有段时间,那起事件特别出名,好多来路不明的人都跑来找父亲。有一次我放学回家，还看见一个男人蹲在门边等我父亲。我家本来就小，只有一个房间，总感觉干什么都被他监视着，真的特别讨厌。我到现在都忘不了那种感觉。也是因为这样，我才跑到了京都。"

"是嘛……看来你受了不少苦啊……我都想象不出那是什么感觉。看来我也给你添麻烦了。"

"不，我不是那个意思。上次其实是我失礼了。"

"你的母亲已经不在了吗？"

"因为父亲实在太过分，母亲就跟他离婚了。她本来想带我走，可是父亲死活不同意。我又觉得父亲很可怜，便决定留下来照顾他。

"父亲对我很好，从来不打我。他受了伤，没法干自己喜欢的工作，真的很可怜。跟我们在一起生活他一定很痛苦吧。不过那段时间所有人都这样，有的家庭更惨……"

"民雄先生有没有关系特别亲密的朋友？"

"他有很多赌友和酒友，但是说到特别亲密的，应该只有一个。那人叫吉田秀彩，确切地说，是父亲单方面崇拜他。"

"他是什么人？"

"好像是搞四柱算命的，比父亲小十岁，以前住在东京，跟父亲在酒馆之类的地方认识的。"

"东京？"

"是的，东京。"

"民雄先生还对占卜感兴趣吗？"

"我也不清楚……应该不太感兴趣。父亲之所以跟吉田先生走得近，是因为那个人对制作人偶感兴趣。"

"制作人偶？！"

"是的，我猜他们是因为这个聊起来的。后来吉田先生搬到了京都，我觉得父亲后来搬到京都也是这个原因。"

吉田秀彩——又多了一个值得关注的人物。

"你向警方提过这件事吗？"

"警方？我从未对警方提过父亲的事。"

"那也就是说，警方并不知道吉田这个人？那些业余侦探呢？你对他们提起过吗？"

"我从来没理睬过那些人。今天是第一次。"

我们并肩走在淀川边，太阳渐渐西斜，她的面孔融入到阴影中，看不清表情。看来是时候结束谈话了。

"请容我再问一个问题，对于梅泽平吉的死，你有什么想法？你觉得他真的死了吗？他有可能制作阿索德吗？你父亲民雄先生对此说过什么没有？"

"我不太清楚，也不想考虑这些问题。

"至于父亲的想法，他当时已经是个无可救药的酒鬼了，实在看不出他到底是怎么想的。他好像不认为梅泽平吉已经死了。

"但我还是要强调一下，那都是父亲的酒后之言，你可不要当真了……要是你亲眼见过当时我父亲的样子，就一定能理解我的意思……

"如果你真的很想知道我父亲的想法，可以去问问我刚才提到的吉田先生。因为我一直没把父亲说的话当真。但在吉田先生面前，他应该会透露更多真实的想法。"

"他的名字写作吉田什么？"

"秀彩，优秀的秀，彩虹的彩。"

"你知道他住在哪里吗？"

"我只见过他一次，不知道详细地址和电话。但是听父亲说，他住在京都北区的乌丸车库附近。每个京都人都知道乌丸车库这个地方。父亲说他住在乌丸大道尽头，离车库的围墙很近。"

我郑重地道了谢，与她在淀川河堤上分别。走了一会儿再停下来看，只见她哄着孩子缓缓融入了夜色，一次都没有回头。

随后我便晃晃悠悠地走下了河堤，想走进河边茂密的芦苇丛看看。走近才发现芦苇比我还高，完全超出我的想象，恐怕有近两米。我找到一条别人踩出的小路钻进去，发现芦苇丛里面俨然一条小隧道，越走地面越潮湿，空气里弥漫着干枯芦苇的气味。

走着走着，脚下竟然渗出了水，看来到了坚硬的黑色黏质土壤与河水的交界处。淀川的铁桥在我左侧，在落日余晖的映衬下显得格外黝黑。上面还有往来交错的车灯。

我又开始思考事件。我感觉自己手上掌握了警方和御手洗都不知道的重要线索。

吉田秀彩——这人究竟与安川民雄聊过什么？他们的对话中会不会有平吉没有死的证据？我想，谁都无法否定这个可能性。

就在刚才，安川的女儿反复强调那都是安川的酒后之言。但可以肯定的是，安川认为平吉还活着，而我并不认为那是酒后之言。

现在几点了？我看了一眼手表，发现已经七点零五分了。今天是九日星期一，相当于过去了。离星期四的期限只剩下三天，不能再浪费时间了。这跟工作上的死限不可同日而语，到了星期五，竹越文次郎的耻辱就要被公之于众。想到这里，我连忙踩踏着芦苇丛原路折返。

我乘公交车回到上新庄，换乘电车后没有在西京极下车，而是坐到了终点四条河原町，然后又在那里坐上了前往乌丸车库的公交车。后来一问我才得知，其实那样有点绕路，应该在河原町上一站的乌丸下车。由于中途等车耗费了很长时间，等我来到乌丸车库的围墙边时已经将近十点了。

周围几乎没有人，我连问路的人都找不到。实在没办法，我只好沿着墙根绕乌丸车库走了一圈。路上见到的人家都没有"吉田"的门牌，最后我只好走上大路，找到警察岗亭进去询问。

问到地址后，我来到了吉田家门口。里面当然已是一片漆黑，屋里的人似乎都睡下了。由于没打听到电话号码，我明天还得再来一趟。

其实我也不是非要在今晚见到吉田秀彩，如果他还醒着自然好，但也没有过多期待。我只想趁今晚先找到正确的地方，明天一早再来拜访。如果能早点儿过来，就算他计划出门，说不定也能碰上。

我一路赶着末班公交车和电车回到西京极，御手洗和江本君都睡下了。御手洗还替我铺了床，但恐怕不是出于好心，而是不想被我半夜吵醒。我有点不好意思，便轻手轻脚地钻进了被窝。

5

翌日早晨醒过来，御手洗和江本君又不见了。我暗道不好，昨天从加藤女士那里打听到的新线索还没来得及告诉御手洗。由于昨晚太过兴奋，我一直睡不着，所以起晚了。

但我很快便释然了，毕竟没有哪条法律规定不能由我独自解决事件。只要当作是我和御手洗组队就好了。

我爬起身来稍作洗漱，马上出门去了西京极站，然后坐到乌丸站下了车。因为昨晚探好了路，很快我便来到吉田秀彩家门前。抬手看表，才上午十点刚过。

我推开玄关玻璃门，朝里面喊了一声"打扰"。不一会儿，一位穿和服的老太太迈着小碎步走了出来。这是吉田的夫人吗？我告诉她，我从大阪的安川民雄的女儿那里打听到了这个地方，请问秀彩先生是否在家。

"外子昨天出门去了，现在还没回来。"那位优雅的老太太回答道。我不禁大失所望。

"这样啊……请问他去什么地方了？"

"说是去名古屋。外子预定今天回来，傍晚应该就到家了。"

我打听到了电话号码，并与老太太约定傍晚联系，确定吉田先生到家后再拜访。

突然空出了一大段时间，这让我有点无所适从。漫无目的地走到贺茂川后，我决定沿河往南走走看。

京都的这条河很有意思。它在这里叫作贺茂川，再南下一些与自东而来的高野川合流，就改名叫鸭川。两条河的交汇点叫今出川，就是平吉的前妻多惠的父母曾经开过西阵织店，但是后来经营失败的地方。

就这样，我又联想到了正在调查的事件。御手洗对竹越刑警大放厥词，声称一个星期就能解决。可是，要怎样才算解决呢？破解机关（如果存在的话），指明凶手，算是解决吗？但那只是纸上谈兵，竹越刑警恐怕不会领情。而且很难证明真凶的身份。假设那个人没死，就要查明他的居住地，还要上门确认他确实还在那里生活，不是吗？

今天已经是十日星期二了。算上今天一整天，留给我们的时间只剩三天。如果今天之内不查出凶手，恐怕就来不及了。我们根本不知道凶手住在哪里，有可能压根儿不在日本。就算那个人没有离开这个国家，也有可能住在稚内或者冲绳那种偏远地区。因此必须留出明后两天的余裕，查找凶手的住处。

其实两天也很紧迫，实际可能需要更久，毕竟我们正在调查的事件发生在四十年前。不仅如此，还要赶在星期四回到东京，马上找到竹越刑警和饭田女士说明事件真相，并烧掉那本手记。所以最理想的节奏就是明天之内解决所有问题，明天晚上赶回东京。如果御手洗今天之内解不开事件的谜团，那就没希望了。

至于我这边，最理想的结果就是吉田秀彩能证明平吉还活着，这样就能判断真凶是平吉。然而没有人知道平吉如今生活在什么地方，只能向吉田打听他最后一次见到平吉的地点，然后明天赶去那个地方追寻他的踪迹，并赶在后天之内找到。

时间流逝得异常缓慢，好不容易熬到了下午两点。我走进电话亭，拨打了吉田家的电话。夫人接了电话，告诉我吉田还没回家，实在是不好意思。总往别人家打电话太没礼貌了，而且每次都听她这样道歉，我反而很不好意思，于是我决定等到五点再说。

我找到一个能俯瞰鸭川的公园，坐在栏杆上发了一会儿呆，又逛了逛书店，最后走进一间面朝大马路的咖啡厅，坐在椅子上打发掉了最后两个小时。店里的时钟显示离五点还有十分钟，可我已经失去了所有耐心，快步走向电话机。

秀彩刚刚到家了。我表示想立刻上门拜访，接着用力地放下了听筒。

加藤女士说吉田秀彩大概六十岁，但是前来应门的人满头银发，看起来像有七十多岁了。

我站在门口试图说明来意，但吉田秀彩很快便打断了我，叫我进去再说。我跟着他走进客厅,坐到沙发上,又迫不及待地开了口。我告诉他有个旧友的父亲去世了,她整理书房时发现了一本手记,然后简单介绍了手记的内容,当然略过了竹越这个姓氏。

接着我又告诉他我想解决这起事件,以告慰朋友亡父的在天之灵,并重申了我的理论:梅泽平吉一定还活着,否则事件中的很多问题都无法解释。

"于是我就找到了安川民雄先生的女儿,她提到安川先生也认为梅泽平吉还活着。她还说,安川先生应该跟吉田先生您详细讲过这些事情,我便意识到必须前来拜访一趟了。吉田先生,请问您对此做何感想?另外,您认为阿索德被制作出来了吗?"

吉田秀彩一直靠在颜色考究的沙发上听我说话,然后回了一句:"你说的这些很有意思。"这时我才有机会仔细打量他,发现他的银发富有光泽,脸颊略微凹陷,鼻梁细而高,眼神时而锐利、时而柔和,可以说非常吸引人。此外,他的身上几乎没什么赘肉,虽然年纪大了,却依旧挺拔。我虽不了解他的为人,但光看外表,他似乎很符合"孤高"这个形容词。

"我以前占卜过那起事件,但是在平吉的生死问题上,每次都只能得到模棱两可的答案,卜不出清楚的卦象。现在,我认为平吉应该是四分生、六分死。

"至于阿索德嘛,我平时的爱好就是制作人偶,这么说虽然有点极端,但假设凶手是我,既然已经犯下了如此可怕的罪行,那么肯定会制作阿索德。"

这时夫人端来了茶水和点心,我实在盛情难却,只好连连鞠躬。接着我意识到自己是空手来的,顿时感到汗颜。看来我被御手洗传染了。

"因为来得急，都忘了带点东西，真是不好意思……"

吉田秀彩闻言，笑着叫我不要客气。

我又四下看了看他家的客厅。刚进门时我心里激动得不行，像斗牛场内的牛一样气血上涌，顾不上参观。此时我才发现，客厅里放着好多貌似占卜类的书籍，还有应该是秀彩亲手制作的人偶作品，有大有小。其中一些是木制的，也有很多为合成树脂材质，基本上都是写实作品。

我称赞了一番他的精妙手艺（事实的确如此），跟他聊了一会儿人偶的话题。

"这是塑料的吗？"

"哦，那是 FRP[①]。"

"哦……"

听见老人家口中吐出英文字母，我有点惊讶。

"请问您喜欢上制作人偶的契机是什么？"

"嗯……这可不好说啊。其实我是对人类感兴趣。这样说你可能理解不了吧。对不同道的人解释自己的兴趣，实在太困难了。"

"刚才您提到，如果换成您，可能会制作阿索德，制作人偶真的那么有魅力吗？"

"可以说是魔力吧。因为人偶本身是人的化身。要解释这个有点困难……这么说吧，若制作人偶的过程很成功，就可以清楚地感觉到手指的每一下触碰，都在往那个人型物体里注入灵魂。我就体会过好几次那样的感觉。所以从某种意义上说，制作人偶是一件很可怕的事情，因为正在制作的也许是一具尸体。所以

---

① FRP：指纤维强化塑胶（fiber-reinforced plastic）。

说,单用'魅力'这个词来形容人偶的制作,恐怕有点不足。

"举个例子吧。日本人是绝对不会制作人偶的。只要纵观历史就很清楚了。我们古代有埴轮土偶,但那完全是用于代替人类的东西。虽然只涉及象征意义,但我认为,人偶和雕刻就是来自这种概念。

"日本的历史上甚少出现雕像,连肖像画都不常见。你看古希腊和古罗马,人们制作了很多执政者和英雄的雕像、浮雕和肖像画。可以说,只要是有点名气的人物,都有那种艺术品留存于世。但是你仔细想想,你知道日本古代执政者长什么样子吗?这么一想就很奇怪了对不对?虽然能看到那么几幅肖像画,但是到了雕像这个领域,就只能看见佛像了。

"这不是因为日本人没有掌握相应的技术,而是因为害怕。他们觉得雕像会抽取人的灵魂,甚至连肖像都很少去画。现在的人可能会想,不至于连画画像都害怕吧,可事实就是连肖像画都很少见。

"所以制作人偶在日本算是见不得人的工作。它也是一种超越了爱好,必须全身心投入,时刻保持严肃,甚至拼上性命的工作。直到进入昭和时代,人偶制作才成了一种普遍的兴趣爱好。"

"原来如此,那阿索德……"

"那东西就是彻头彻尾的歪门邪道。想法本身就不正确。制作人偶的前提是用非人体的材料啊,真的用人体怎么行。

"但是我刚才也说了,从历史角度来看,人偶制作这种工作本来就属于阴暗凄惨的精神世界,所以我也可以理解凶手为何会产生那种想法。因为我是日本人。

"我那个年代的人啊,只要认认真真做过一次人偶,肯定都能理解那种心情。但是要问我会不会那么做,就是另一个问题了。这跟道德观念什么的没有关系,我认为,凶手制作人偶的想法和创作的态度跟我们不一样。"

"原来如此。刚才您说可能有人制作了阿索德,但平吉应该没有活下来,请问那是什么意思?"

"是这样的,我作为制作人偶的爱好者,曾经十分好奇那起事件,再加上认识了安川君这个亲眼见过梅泽平吉的人。但是我对事件的具体内容倒是没那么感兴趣,所以我刚才说的只是自己毫无根据的想法。两者的确存在矛盾。既然你提出来了,我就得好好想想。不过我现在已经不太擅长逻辑思考啦,特别是要对你这样的年轻人展开有理有据的说明,实在是太辛苦了。

"假设平吉这个人还活着,并且活了很久,那么他难以避免地要跟街坊邻居打交道。虽说可以独自住在深山里,但那样的生活可没有嘴上说说那么简单,单是下山采购食材这一项,就容易成为人们谈论的焦点,反倒会形成传闻,比如哪座山上住着仙人。如果他住在人群密集的地方,那么不娶个老婆恐怕生活会很困难,而且为了融入人群,他必须保证跟周围的人行为一致。如此一来,老婆的娘家肯定会调查他这个人。日本那么小,本应死去的平吉想不着痕迹地活着,是很不现实的。

"他也有可能做好阿索德后马上自杀,但是非正常死亡的案例很容易成为话题,除非他有办法让自己的尸体彻底消失不见。这种事一个人可办不到,需要有个人替他善后,要么埋起来,要么烧了,否则肯定会被人发现。可那样一来他就没法死在阿索德身边了。总的来说,这就是我的想法。"

"原来是这样啊……您对安川民雄先生也说过这番话吧?"

"说过。"

"安川先生怎么说?"

"他不愿相信。他那个人，性格比较偏激，对梅泽平吉还活着这件事可谓深信不疑，怎么劝都没用。"

"那阿索德……"

"他说阿索德肯定就在日本的某个地方。"

"没说是什么地方吗？"

吉田秀彩大笑起来。

"啊哈哈哈，他还真提到过。"

"哪里？！"

"他说在明治村。"

"明治村？"

"你不知道吗？"

"嗯，我只听说过这个名字。"

"那是名古屋铁道公司在名古屋北部的犬山修建的村庄。说来很巧，我就是刚从明治村回来。"

"啊？真的吗？那可真是……他说阿索德在明治村的什么地方？是被埋起来了吗？"

"是这样的，明治村有个宇治山田邮政局，内部做成了博物馆，可以全景了解日本邮政的历史。这种展览很常见吧？先放一个江户时代飞脚信使的假人，接着展示明治时期的邮箱，然后是大正时期的邮递员，等等。"

"哦，那个我见过。"

"在场景的背后不知为何有个女性人偶，安川君说那就是阿索德。"

"啊……他为什么这么说？制作人偶和搬入的人应该了解情况吧？"

"这其实也是一个小谜案。制作那个人偶的人我很清楚，因为就是我。

"那批人偶其实是发给我和名古屋尾张塑料模特厂的订单。我一直往返于名古屋和京都,名古屋那边的人也会到我京都的工作室来,然后我们制作的人偶就被搬到明治村去展示了。但是博物馆开放后一看,里面竟多了一个,我问尾张的工厂,他们说不知道,他们也有点吃惊。

"订单里是没有女性人偶的,因为以前的邮局没有女性。可能明治村的哪位相关人员觉得都是男的不太好,擅自往里面加了个女性吧。反正是个谜。最诡异的是,那是个特别精致的人偶,所以也难怪安川君会那样说。"

"这样啊……那您这次去明治村,也是为了那个人偶吗?"

"哦,跟那个没关系。我有个老朋友住在明治村,跟我一样爱好制作人偶。而且我个人很喜欢那个地方,所以即使年纪这么大了,还是时常长途跋涉过去看看。一到那里,我就感觉整个人都放松下来了。

"我小时候在东京长大,很熟悉东京站的巡查派出所、新桥的铁道工厂这些地方。还有隅田川上的桥,帝国饭店,这些都能在明治村看到。

"只要避开节假日,人就不多。在里面走走心情会特别舒畅。我甚至有点羡慕搬到那里去的朋友。像我这种岁数的人已经在东京待不下去啦,京都这种偏僻地方最适合生活,若换成明治村就更好了。"

"明治村竟是个这么好的地方吗?"

"我很喜欢那里,就是不知道你们这些年轻人怎么想。"

"言归正传吧。吉田先生您对安川先生说的那些话做何感想?您认为存在那种可能性吗?"

吉田秀彩又笑了笑。

"那只是疯子的妄想。至少可以说，那不是经过谨慎思考说出来的话。"

"吉田先生搬到京都后，安川先生就跟追随您过来了，对吧？"

"嗯……是吗？"

"两位的关系很好吧？"

"他啊，经常跑到这里和工作室去找我。说死人的坏话可能不太好，但我还是要说，他早在去世之前脑子就有点问题了……

"可以说他是被梅泽家占星术杀人事件勾了魂的狂热分子，也算是牺牲品吧。整个日本可能有很多类似的人，都坚信解开事件的真相是上天赋予自己的使命。他对每一个走得比较近的人都会提起那起事件，还要求别人与他讨论。那已经是一种病了。

"他走到哪儿都揣着一小瓶廉价威士忌。我劝过他很多次，这么大年纪了少喝点酒，可他就是不听。不过有一点挺好，就是他不抽烟。可问题在于，他不仅自己整天小口小口地喝酒，还硬要跟我的其他朋友分享，所以大家见到安川君过来，都会纷纷离开。

"安川君死前，我已经对他没什么好脸色了，所以他也不常来了。但是他每次做了有意思的梦，第二天都会来找我，并把自己的梦仔仔细细说给我听。说到后来，我都怀疑他分不清梦境和现实了。

"后来也不知是不是得到了梦境的启示，他开始认定我的一个朋友就是梅泽平吉，而且特别笃定。每次那个人来，安川君都会跟前跟后伺候，恨不得给他下跪，还总说什么好久不见了。那个人眉毛上有烧伤的痕迹，安川君非说那就是他乃梅泽平吉本人的证据。"

"为什么烧伤能证明他是平吉?"

"这我就不知道了。也许是只有他一个人明白的原因吧。"

"那个人现在还跟您有来往吗?"

"有啊。他是我最好的朋友,就是刚才说的那个搬去明治村的人。"

"请问他叫什么名字?"

"梅田八郎。"

"梅田?!"

"安川君也是这个反应。可是他跟梅泽平吉只有一个梅字一样,不能算证据啊。大阪车站那一带就叫梅田,这个姓在关西很常见。"

我心里可不这么想。因为让我眼前一亮的不是"梅田",而是"八郎"。占星术杀人事件中的遇害者,平吉——应该是酷似平吉的人——加上六个姑娘,再加上一枝,不正好是八个人吗?

"梅田君应该没在东京住过,年纪比我小一些,这么年轻,不可能是平吉。"

"他在明治村做什么?"

"那里有个京都七条巡查派出所,也是模仿明治时期的建筑。他啊,就负责留着一脸络腮胡,整天挂着佩刀,扮演明治时代的巡查。"

那一刻,我认为应该到明治村看看。吉田秀彩似乎看透了我的想法。

"你可以去明治村看看,但我敢肯定梅田君绝对不是平吉。我刚才提到的年龄就是最大的证据。安川君可能觉得梅田君长得有点像他曾在东京见过的年轻时的平吉,却忘了算上时间的流逝。

"再说了,平吉是个内向且性格阴郁的人,梅田君则开朗活泼,喜欢逗人发笑。而且平吉是左撇子,梅田则惯用右手。"

我郑重地道了谢,然后辞别了吉田家。夫人从屋里走出来,冲我恭恭敬敬地鞠了一躬,还说款待不周,请我见谅。

吉田秀彩套上木屐把我一路送到大路上,还说现在明治村实行夏季营业时间,下午五点关门,但是总有从京都和大阪过去的人下午三四点才到,来不及参观完全程。他还提醒我注意,那里早上十点才开放,而且要把明治村全部逛完,至少需要两个小时。

我深深地鞠躬道谢,接着转身走向公交车站。太阳已经下山,车头黄色的雾灯特别显眼。十日星期五就这样过去了,只剩下两天时间了。

回到西京极的落脚处时江本君已经到家了,正听着唱片发呆。我走过去坐在他旁边,跟他聊起今天的事。

"御手洗君去哪儿了?"我问。

"我刚才在外面见到他了。"江本君说。

"他什么情况?"我立刻追问。

"他啊……"

江本君欲言又止。

"他特别凶地瞪了我一眼,说什么绝对要找到,然后就跑了。"

我听了不禁有点失落,这下真的要靠我自己了。于是我详细地说了一遍事情经过,表示明天想去明治村,问江本君能不能借车一用。从这里出发,应该先走京都立交,然后拐上名神高速,在小牧出口下去,继续往北开,就到明治村了。这一路应该花不了多少时间。江本君闻言，爽快地答应了。

我打算明天六点起床出发，而今天这么累，应该能很快入睡。我不太了解京都的交通状况，但是在东京，过了七点便是早高峰了。京都估计情况相似，所以六点出发准没错。

虽然找不到跟御手洗聊一聊的机会，但也没办法，他肯定也有事情要做。要是明天等他起床再走，我就会一头撞进早高峰的车流里，还是等回来再说吧。

我铺好床后又在旁边铺好了御手洗的床，然后早早钻进了被窝。

6

也许因为太紧张，第二天天刚亮我就醒了。醒来时，橙色的朝阳正好照亮眼前的纸门。

我好像做了个梦，但想不起来内容，只记住了梦里的感觉。

不是个好梦，却也不是噩梦或痛苦的梦。越想不起来我就越着急，越伤心，甚至还有点痛苦，但那些感觉都不算太沉重。梦境只留下一丝情绪的回响。

御手洗还在旁边睡着，我缓缓起身时听见他发出痛苦的呻吟。

我走下楼梯，来到户外。清晨时分，呼出的气息变成了白色的水雾。身体和头脑尚未完全清醒，但这种感觉反倒很舒服。我应该睡了近八个小时，睡眠时间肯定足够了。

果然如我所料，名神高速一路畅通。在上面开了快两个小时后我换到超车道超过了一辆大巴，正打算回到中间车道时，突然发现左手边的农田中央竖着一块大广告牌。是冰箱的广告，一个微笑的女子在上面，风撩起她的头发。看到她的瞬间，我想起了昨晚做的梦。

我似乎在海底，一个赤裸的长发女子在惨白的背景中轻轻晃动。她雪白的皮肤上——乳房下方、腹部，还有膝盖处，有一圈圈像是被绳索紧紧缠绕后形成的凹陷。

她似乎睁着眼睛在看我，但是下一个瞬间，她又好像失去了五官。她的唇间没有吐露任何话语，不一会儿，她就保持着招手的动作，沉进了幽深的海底。我总算想起来了。那是个说不清究竟是美丽还是恐怖的奇怪梦境。

那个梦也许在告诉我，她就在我此行的终点等待着。想到这里，我不禁感到浑身冰凉。我还想起了安川民雄，还有那个一头栽进日本海的狂热分子。莫非我已经上升到了那些人的境界？这个想法让我胆战心惊。

尽管一大早就出发了，我开进明治村的停车场时也已经十一点了。从京都开车过来花了将近五个小时，或许因为我在小牧出口离开高速后碰到了堵车。

下车一看，明治村的入口好像不在附近，还得再搭一趟专门用于往返明治村的摆渡车。

车一开出去我就意外地发现这是一条很长的坡道。路比较窄，两边的枝叶不时擦过车窗，有时还会打在上面。枝叶的另一端能看到蔚蓝的水面。

那是一个池塘，面积不大，应该不能称为湖。走在明治村的路上，随便在一个地方低下头，就能看见它。因为明治村就在这个名为"入鹿池"的上方。

明治村就像一座没有屋顶的博物馆。时间还早，我决定沿着观光路线慢慢参观。

走在一百年前的日本城镇风景中，我竟然有种身在美国乡间的感觉，真是不可思议。也许因为欧美地区的房屋这一百年来没有什么改变，日本则发生了很大的变化。

此时此刻，贝克街的居民依旧住着和福尔摩斯家一样的房子，房子里放着同样的家具。日本人则不一样。明治以后，日本人的生活环境发生了令人惊叹的变化，甚至没有停下来形成传统的时间。连这百年前的风景，都不是日本的固有之物。

我们现在的选择是否正确？砂浆墙壁、红砖围墙，还有抹杀了一切风情的窗户。日本人仿佛下定了决心，要一辈子生活在墓石颜色的房子里。

问题可能在于明治时期对欧美的直接模仿。在炎热且潮湿的日本，其实并不适合修建那种注重隐私的欧美式建筑。不过现在空调已经普及，日本人的家又一次回到了那种样式上。

日本人的家宅和城镇建设在走弯路。走在明治村的路上，我感到这里与现在的日本城镇截然不同，这里异常舒适。其中最大的原因就是周围没有砖墙。日本人的生活越来越富裕，几乎每个家庭都配备了制冷和制热设备，使得房屋风格又开始向明治时期靠拢。那么，是否也该拆掉那些砖墙了？环视周围的风景，我心中感慨良多。

经过大井牛肉店和圣约翰教堂后，我便来到了号称是森鸥外和夏目漱石宅邸的日式房屋前。介绍文字说这座房子是夏目漱石创作《我是猫》的地方。

走在我前面的四五个人坐在外廊上，朝着屋里大声喊："猫啊，猫！"在这种地方能想到的玩笑话恐怕也就这样了。如果御手洗在这里，恐怕也会说出类似的话来。如果躲在那座房子里睡上一天，应该能听见一批又一批的人走过来开同样的玩笑。

不过这一刻，我脑子里想的不是猫，而是《草枕》中知名的一段——

发挥才智，则锋芒毕露；凭借感情，则流于世俗；坚持己见，则多方掣肘。总之，人世难居。

锋芒毕露的典型恐怕就是御手洗了。找遍整个地球，都很难找到比他更符合这个词的人。

而我一定就是那个凭借感情流于世俗的人。我和御手洗目前都是一贫如洗的穷光蛋，可见对这两种人来说，人世确实难居。

竹越文次郎也是为感情所困的人。看过那本手记后，我怎么都无法对他等闲视之。如果换成我，站在他的立场上，结果可能会跟他一模一样。对那个人来说，连人世难居这个形容都有些儿戏了。

走过夏目漱石的房子，再下一段石阶，眼前竟然真的走过一只白猫，我不禁笑了起来。看来方才屋前那一幕也不全然是玩笑，兴许是明治村的什么人幽默感十足，将这只猫带了进来。

这只猫的生活应该很惬意，因为路上没有车，真不愧是明治村啊！

走完石阶便是一个广场，充满年代感的路面电车在上面慢悠悠地穿行。我听见一群小姑娘传出欢声笑语，便看了过去，只见一个中年人，穿着饰有夸张金色结绳的黑色套装，脸上的络腮胡用发胶仔细打理过，正被女孩子们围在中间拍照。他的腰上甚至挂着一把金灿灿的佩刀。

女孩们轮番负责按快门，而且不知为何，每次换人都会引发一阵欢笑。那名盛装的男人倒是很有耐心，一直站在那里配合。

看来那位就是梅田八郎了。我目测那边还要拍上好一会儿，决定先去别的地方逛逛。其实我也想看看宇治山田邮政局究竟是什么样的。

这里其实也算旅游名胜地了，但可能知道的人不多，因此没有挤满游客。在村里工作的老人（不知为何这里没有年轻人）态度都很亲切，而且个个活力四射。也许正因为干这份工作使他们活力四射，他们才会待人如此亲切。

乘坐京都路面电车时，老司机检票后，还会专门用村里的印章盖在上面，要给我留个纪念。我在东京生活了很长时间，一想到列车员，脑子里首先出现的就是电车满员时动用武力将你塞进车厢的人，所以当时非常吃惊。

没想到车上的列车员比司机还积极。车子刚起步，他就迫不及待地介绍起右手边的品川灯塔和左手边的幸田露伴旧居，一路上侃侃而谈。他的声音磁性十足，洪亮的同时还带着些沙哑的魅力。我猜这人以前可能是说书的，因为他显然对自己的嗓音充满自信。

遗憾的是，车上来了几个不怎么讲礼貌的中年妇女。她们跟着老人的节奏，像一群水牛似的在车厢里来回跑动，让这宝贵的古董电车像脆弱的火柴盒一般左摇右晃。

列车员老头让我惊讶的不仅是嗓音。电车开到折返点时，一直格外淡定的老人竟然脱兔一般跑了下去。我大吃一惊，慌忙贴在车窗上，想看看他要干什么。

集电弓上垂着一根绳索，小个子的老人宛如扑向柳叶的青蛙，整个人挂在了上面。集电弓被他拽得往下一沉，再看老人，竟绕着电车哒哒哒地跑了起来，将集电弓拉到电车前方，然后放开了手。原来他是下去换方向了，接着他又急急忙忙地跳上了电车。车子慢慢悠悠地行驶起来，速度显然与列车员的热情不太相称。

这里的电车不像东京那样排班密集，稍微慢一点应该不会有人抱怨（这里有没有排班都还是个疑问），可他为何如此积极？他的动作丝毫没有老人的迟缓，让我感慨万分。

同时我也有点担心，如果让老人的家人看到那副光景，他们会做何感想？每天做这种工作，肯定什么神经痛都不会发作，晚上还能一觉睡到天亮。话虽如此，万一工作中两腿一蹬就去了，那可怎么办？真的有必要如此努力吗？

转念又想，我又觉得其实这样很了不起。身为大男人，相比隐居在家麻烦儿孙照顾，倒不如拽着集电弓的绳子死在工作岗位上。原来如此，难怪吉田秀彩会羡慕这里的人。

下了电车，我又徒步参观了铁道寮新桥工厂和工部省品川硝子制造所。走着走着，前方突然出现一个黑色的大箱子，那应该就是邮筒了。就是它！我在内心欢呼道。那就是宇治山田邮政局！我激动万分，强忍住跑过去的冲动。

快步走上门口的几级台阶，脚下变成了油亮的褐色木地板。我的心跳越来越快。

不知为何，这里一个人都没有。午后的阳光透过高大的窗户洒进来，照亮了空气中的浮尘。

我看到了飞脚信使的人偶，接着是明治时代的第一号邮筒。后面还有几个形状各异的邮筒，排在最后的特别眼熟，就是那个最经典的红色圆柱形邮筒。邮筒旁边站着明治时期的邮递员，然后是大正和昭和时期的邮递员——阿索德呢？我焦急地寻觅着。

找到了！她就在午后阳光的另一边。由于双眼习惯了外面的光线，感觉那个角落特别昏暗。一个女性人偶身穿和服，额前垂着笔直的发帘，静静地站在那里。

这就是阿索德？！

我像个怕黑的孩子一般小心翼翼地走了过去。

她穿着红色的和服，双手下垂，没有特殊的动作。头发和肩膀上落了一层灰，仿佛昭告着四十年的时光，让人不寒而栗。发帘之下的双眼是一对空洞的玻璃眼珠，直愣愣地对着我的方向。她跟梦里的女人完全不一样。

我想起了小时候看过的讲海洋的电影。一盏潜水灯照亮了深海，前方突然闪过鲨鱼的眼睛，把我吓了一跳。

现在虽是大白天，但我突然有种偌大的明治村只剩我一人的错觉。我正独自与眼前的这个人偶（一样的东西）对视。我有种预感，此刻沉重的静寂很快就会转变为等量的恐惧。

我抓着围栏，拼命鼓起勇气探出了身子，尽量缩短与她之间的距离。我的身体越来越紧绷，当我意识到自己正下意识地绷紧身体以防人偶突然动起来时，心里不免吃了一惊。

无法再凑得更近了，但我离她仍有一个人的距离。不知是不是光线的原因，相距这么远看去，她的脸上似乎有细细的皱纹。可是她的眼睛明显是玻璃材质的。手呢？那不是真人的手。虽然看得不太真切，但我可以确定那就是人偶的手。可是脸呢？

她的脸是怎么回事？那些微妙的细纹是怎么回事？！

从这里实在看不清楚。我回头看了一眼入口，没有人，很好，我可以翻过围栏——就在我脚上用力的一瞬间，突然听见"咔嗒"一声，吓得我心脏都缩成一团。原来是清洁女工走了进来，手上拿着扫帚和长柄簸箕。金属盒子形状的簸箕随着女工的脚步叮当作响，特别吵。

她清扫起了地板，把烟头和碎石拢成一堆，粗鲁地放下簸箕，统统扫了进去。

没办法，我决定暂时离开。我不情不愿地下了坡，满心想着过后再回来查看。

走着走着，我看见左手边有间茶馆，突然意识到自己很饿。明治村里找不到饭馆和咖啡厅，入口处倒是开了一家，但得走到村外才能进去。我在茶馆买了面包和牛奶，坐在正对着吉田秀彩所说的帝国饭店中央大厅的长椅上填饱了肚子。这张长椅正好也在吉田说的隅田川新大桥的脚下。

这里是明治村的尽头了，走到这里就只剩下回头路了。前方有个池塘，上面架着名叫天童眼镜桥的小桥，水面上还有几只天鹅。池水通往入鹿池，水流平缓，气氛很宜人。周围视野开阔，一个人都没有。树顶上腾起阵阵烟雾，仔细一瞧，原来是蒸汽机车开来了。只有三节车厢的短列车突然掠过远处的高架桥。

照常理来思考，那个人偶应该不是阿索德。四十年前的真人肉身怎么可能装饰在那种地方？更何况它还要暴露在众人的目光之下，经过检验后搬入那座博物馆。这么多人都没看出那是真人的身体制成的，这也太不合常理了。

但是在否定这个可能性之前，难道不应该先查清楚人偶从何而来、是谁制造，又是如何搬运过来的吗？而且就算这些都有据可循，也不能完全排除搬入时被调包的可能性。因此，我应该彻底忘却那个人偶。如果一直纠结它的存在，只会白白浪费时间。

我站起来，匆匆浏览了一番其他建筑物，再次回到宇治山田邮政局。如果清洁工已经离开，我就翻栏杆过去看看。

可是走进邮政局的那一刻，我就感到大失所望。因为里面有好几名游客，后面又陆续来了好几个人。这下翻栏杆肯定是行不通了。

我又一次走到邮局中央,凝视那个人偶。她仿佛越过了好几名游客的身体,依旧直愣愣地看着我。

接着我走出邮局,径直前往京都七条巡查派出所。走到派出所门前的广场,我看到梅田八郎正拿着扫帚扫地。几个女孩子经过时对他说了声再见,他停下来敬了个礼,回了一句再见,看起来有模有样,像个真正的巡警。(但是仔细一想,我好像从未见过真正的巡警敬礼。)

我走过去,发现他的面容比我想象的要柔和,给人很好说话的印象。所以我搭话的心情也格外轻松。

"请问您是梅田八郎先生吗?"

"对,我是。"

被陌生人叫了名字,他却一点都不惊讶,可见这人在村里小有名气。

"您好,敝姓石冈,来自东京。是从吉田秀彩先生那里打听到您的。"

听到吉田秀彩的名字,梅田八郎总算露出了意外的神情。于是我像熟练的推销员一样,第三次说出之前对加藤女士和吉田秀彩说过的话。

他双手握着扫帚,穿着那身夸张的制服,不时应两声,听完了我的陈述。接着他就把我请进了屋里。

待我落座后,他就拖过自己用的灰色带轮办公椅坐下,打开了话匣子。

"嗯,我记得是有个叫安川的醉酒老爷子,原来他已经死了啊。要是他住到这边来,说不定能多活几年。真是太可惜了。这里不仅空气好,生活节奏还很舒服,连饭菜都比别处的好吃。要不是白天不准喝酒,这里简直称得上天堂了。

"我这身打扮很不错吧?小时候我可喜欢这副打扮了,只要能在腰上插一把刀,管他是街头艺人还是什么,我都愿意干。这不,果然等到梦寐以求的好机会了。其实我还能选择当电车司机或者乘务员,但我唯独看上了巡查的角色。"

我听了有点失望,梅田八郎这个人与我想象的知性人物相去甚远。他的言行举止看起来不像在演戏,而是真情流露。虽然这么说很没礼貌,但是像他这种缺乏知性、看起来像个老好人的人,绝对不可能策划那么血腥的连环杀人案,并冷血地执行下去。而且他很年轻,应该不到六十岁。也许是居住环境比较好,让他看起来显得很年轻。

我试着提了梅泽平吉的名字,想看看他有什么反应。

"梅泽平吉?哦,哦哦,那个大酒鬼不知上了什么头,硬说我就是那个人。无论我怎么否认他都不相信,也许我真的跟那人很像吧。

"那是个大坏人,对不对?被误认成那个人,我可一点儿都高兴不起来。要是说我长得像乃木大将或者明治天皇,我肯定高兴。哈哈哈哈哈哈!"

"请问,昭和十一年,也就是四十年前,您住在什么地方?"

"你在问那个什么吗?不在……不在……"

"啊?"

"不在这儿?不在……"

"啊,您想说不在场证明吧!我不是那个意思,就是有点好奇……"

"四十年前我才二十岁,那时候战争还没爆发……应该住在四国的高松吧。我在高松的一个酒铺里做帮工。"

"哦，这样啊……"

我这个普通百姓向一个明治时期警察打扮的人询问不在场证明，说起来也太令人奇怪了。如果再继续问下去，恐怕会有些失礼吧。

"您老家在高松吗？"

"是的。"

"但您已经满口大阪口音了。"

"那当然，我都在大阪住了好长时间了。我们这些退伍老兵啊，如果不到大阪这样的大城市来，就根本找不到糊口的工作。我一开始在大阪找了个酒铺干活，可是那里倒闭了。后来又换了好多份工作，做过各种各样的事情，比如摆摊做拉面，还做过塑料模特。"

"您跟吉田先生就是那样认识的吗？"

"不是不是，我很久以后才跟他认识，到现在也没过多少年呢。那时我还在难波当门卫吧，说起来也有十多年……将近二十年啦……我工作的地方有好多艺术家老师，也有雕刻人偶的工作室。我经常去坐坐，后来我提到自己也干过制作塑料模特的活儿，工作室的人就说，他有个朋友在京都搞了个人偶同好会，可以给我写介绍信，问我要不要去看看，我就去了。那个同好会的主持人就是秀彩先生。

"后来我就一边在京都当门卫，一边帮秀彩先生干点活儿。那人总说自己做人偶只是兴趣爱好，其实过谦了。可以说，他的手艺在日本数一数二。这可不是我一个人说的，好多老师也这么说。秀彩先生做什么都特别拿手，尤其擅长制作西洋人的脸，可以说全日本无人能出其右。我打包票。

"我们俩刚认识时，秀彩先生也是刚从东京搬过来，于是我也帮了他不少忙。

"不过我跟秀彩先生成为好朋友的最大契机，是世界博览会的那个活儿。那段时间啊，我们两个老头子整天熬夜赶工，苦是苦了点，却也得到了不少珍贵的回忆……"

跟安川民雄一样，梅田八郎也因为崇拜吉田秀彩，而搬到京都生活过一段时间。昨天跟吉田秀彩交谈之后，我发现那位老人身上的确散发着某种魅力，或者说风采。

梅田八郎讲述的人生经历听起来十分自在，莫非他没有家庭吗？

"家庭啊……我有过老婆，但那已经是很久以前的事情了，都很难想起来啦。打仗的时候我的家人死在了一场空袭中。我被征兵去了南方，好不容易活着回来了，留在故乡的老婆却死了，你说这算怎么回事儿。

"后来我就一个人过了，再也没想过娶老婆。一个人多轻松，而且一旦习惯了就回不去了。如果不是一个人，我也不会跑到这种地方来，恐怕还留在四国，成了个没意思的老头儿呢。"

原来如此，这话还挺有道理。当然，结果也不一定像他说的那样，只不过我这种小辈还是少插嘴为妙。

"吉田秀彩先生昨天来过这里吧？"

"来过。他很喜欢这里，经常过来走走。基本每个月要来一次吧。我也很期待见到他，要是一个多月不见，还会主动找上门去。"

吉田秀彩这个人的魅力究竟来自何处，肯定不是因为他的占卜工作。莫非因为他是个艺术家？对了，吉田秀彩又是从哪里学会如此高超的人偶制作技术的？他跟梅田八郎的交往时间好像也不算太久。

"我不太了解秀彩先生,也从来没问过他本人。倒是问过几个同好会的成员,但大家都不知道。听说他出身富豪之家,年轻时就有自己的大房子和画室了。可以确定他是东京人,但这种信息派不上什么用场。他有点像宗教教会的教祖,总之给人特别高大伟岸的感觉。我一见到他就特别安心,其他会员应该也一样。他什么都知道,做什么事都有经验。我还向他请教过好多将来的事情,他算得可准了,不对,应该说他是真的知道。那个人什么都知道……"

知道——听到这个词语时我突然有种醍醐灌顶的感觉。我怎么就没发现呢!有工夫怀疑梅田八郎,为什么没察觉到身边还有一个更可疑的人物!

媲美圣徒的魅力,丰富的知识,聪慧的头脑,制作人偶的精湛技术,占卜的才能——

吉田秀彩?!

一旦思路打通,灵感就源源不绝。听说他只有六十多岁,但是从外表判断,就算实际上八十多了也不奇怪。不,最关键的是秀彩说过的那句话。

"而且平吉是左撇子,他则惯用右手。"

连我反复熟读的《梅泽家占星术杀人事件》上都没有提过平吉是左撇子,吉田秀彩为何会知道?!

他还对我说,一个本该死掉的人要想偷偷摸摸活着,会遇到各种各样的问题。这话听起来莫名地真实,难道是他的亲身体验吗?

他还讲了日本历史上的人偶,这不正是平吉的手记中本应出现的后续内容吗?

还有那个安川民雄。他为何不惜从东京搬到京都也要追随吉田秀彩？

除了秀彩的人格魅力，会不会还有别的原因？

我忍不住兴奋起来，甚至感到胃部一阵绞痛。与此同时，感觉心脏也快跳到嗓子眼了。

梅田八郎似乎没有察觉我的兴奋，还在不断赞美吉田秀彩。我已经认定梅田八郎几乎不可能作案，现在最需要了解的信息就是宇治山田邮政局的人偶来自何处。于是我煞有介事地点头回应，等到他的话告一段落，马上提起了人偶的话题。

"宇治山田邮政局的人偶？那是秀彩先生和尾张的塑料模特工厂……哦，原来你知道啊。什么？有一个谁都没见过的人偶？这我可不清楚，还是头一回听说。秀彩先生不知道吗？真的呀？哦……

"如果你非常想知道，就去入口处的办公室问问吧。馆长应该在那里，他叫室冈。他应该知道。"

我郑重道谢，随后辞别了善良的梅田八郎。奇怪的是，有那么一瞬间，我竟然有些舍不得离开。当然，我们俩今后恐怕不会再相见，他似乎心甘情愿留在明治村，每天穿着夸张的金丝制服，挎着佩刀，扮演巡查度过余生。

我走进办公室，提出想找室冈馆长，于是被带到了馆长室。室冈递给我一张名片，然而我没有名片可以交换，一时有点尴尬。在馆长看来，我可能是个奇怪的访客，因为我没有名片，也不是去采访的，更对人偶制作没有兴趣。

我按照吉田秀彩的说法，向他提起了那个有点神秘的人偶，然后询问那究竟是怎么来的。

馆长大笑了几声，告诉我那个人偶的来历一点都不神秘。

"布置好现场后，我对一起查看的人说，光是男的感觉有点冷清啊。他正好是名古屋铁道的人，就说他们底下的百货公司正好有多出来的塑料模特，答应我第二天带过来，结果就有了那个。"

我顺便询问了那个人的姓名和所在地。馆长给了我一个靠近名古屋站的地址，但由于是工作地点，现在赶过去恐怕来不及了。最后我离开明治村时正好是关门时间。

开往名神高速的路上我一直在想，要不今天在附近住一晚，明天一早去找那个名古屋铁道的杉下？但明天就是十二日星期四了，也就是期限的最后一天。明天早晨如果见不到御手洗，事情恐怕会变得很糟糕。

仔细回想一下，自从七日星期六在阪急电车上分头行动，虽然我跟御手洗每晚睡觉只隔了不到一米，却没好好说过话。还是应该跟他交换一下手上的信息才对。明天那么重要，我一个人跑去名古屋瞎转悠半天可能不太好。

前方就是小牧的高速入口，我不再犹豫，轻打方向盘汇入了上高速的车流。我并不认为杉下能提供有用的信息，还是不去见他好了，他说出来的话应该跟室冈馆长大同小异。

吉田秀彩，他才是值得我赌上最后一天的对手，应该优先对付他。吉田秀彩散发着一股神秘气息，的确非常可疑，从他身上肯定能得到线索。

道路缓缓转弯，汇入高速公路。我没有驶入超车道，而是跟在中间车道的卡车后方，空出精力继续思考。

我一直在想，有没有什么办法能引诱吉田秀彩说出只有凶手才知道的信息呢？我要让吉田秀彩自己失言，证实他就是所有凶案的罪魁祸首，无论再找什么借口都无法补救。可是该怎么做呢？

平吉案是一场人间蒸发的把戏。如果秀彩就是平吉，那么在事件的终局同样因为一个把戏而束手就擒，也算是有始有终。我该准备点什么，才能靠诡计完成漂亮的追击？万一御手洗那边没有什么进展，我可以拉上他一起想办法。那家伙特别擅长这种戏剧化的东西，也许能想到好主意。

就算他不行，我也要一个人想办法。一旦判明吉田秀彩就是凶手，过后有大把时间调查宇治山田邮政局的人偶。

如此看来，今天的明治村之行也许没什么意义。如果我昨晚能意识到这点，今天就可以去见吉田秀彩，节约一天时间了。

但是这也没办法，安川民雄是我们手上唯一的线索，必须为他赌上一把。我甚至觉得安川很可能知道凶手是谁。花了这么多工夫好不容易找到安川，却得知他说阿索德在明治村，还坚称梅田八郎就是平吉，再仔细一问，梅田八郎竟然也在明治村。所有线索拼凑起来，有谁会不怀疑梅田暗中将自己的阿索德藏在明治村，并且每日在她身边生活呢？所以说到底，这一趟还是不跑不行。如果不去明治村，今后肯定会留下遗憾。

更何况，我是听了梅田八郎的话，才意识到秀彩可能是平吉。因为他说没有人知道秀彩的来历，我才得到了灵感。如果有人熟悉昭和十一年前后的吉田秀彩，并且能证明案发时他没有靠近过梅泽家，我就无法将他列为怀疑对象。至少，在得知与秀彩亲近的人完全不了解那个时期的秀彩之前，我无法怀疑他。今天听了梅田八郎的话，我终于有了定论。由此看来，今天的明治村之行并非白费力气。

高速公路上挤满了傍晚回程的车辆，星期三的阳光就这样渐渐消失无踪了。我决定到休息站吃点东西，顺便避开高峰时段。

刚一坐下我又开始想了，让吉田秀彩露出马脚恐怕很困难。一是因为他相当聪明，跟我今天见到的梅田八郎不可相提并论。二是如果我要引他讲出只有凶手才知道的事实，必须先亲自证明那就是除了凶手，其他人都不知道的事实。

可是，他有安川民雄这个认识平吉的朋友。我并不知道安川民雄有多了解平吉，如果秀彩坚称那些事是安川君告诉他的，我也无法反驳。可以说，安川民雄相当于吉田秀彩的盾牌。

用完餐后，我重新驶上高速公路，返回西京极时已经十点多了。御手洗还没回来，江本君在屋里看电视。我拿出在明治村买的小礼物，感谢他借车给我。

我跟他聊了一会儿明治村，感到睡意渐浓，勉强支撑着铺好两床被子，然后直接倒在了被窝里。

7

不知是不是早起一次就会形成习惯，第二天早晨，我又是六点就醒了。醒来的瞬间我便想起了昨日的决定——吉田秀彩！于是我没再睡回笼觉，翻身看向御手洗那边。如果他已经醒了，就能互相汇报进展。但是下一个瞬间，我彻底清醒过来。因为御手洗已经不见了。

他这么早就开始行动了？真了不起。但是我很快就发现事情并非我想象的那样，因为旁边那床被子显然没有动过，还保持着我昨天迷迷糊糊铺好的模样，盖被斜斜地歪在一边。这是怎么回事？我躺在被窝里思考。御手洗昨晚没回来。

也许他在追踪凶手的途中遇到了危险，所以回不来？莫非被关起来了？但是我很难相信自己生活的世界会发生那种电影里才会出现的情节。

接着我又想，这至少证明御手洗那边有点进展。如果他还停留在绞尽脑汁的阶段，大可以回来躺在被窝里想。他没有回来，证明需要待在外面，而待在外面的唯一理由，就是他的调查有进展了。何况今天是十二日星期四，期限的最后一天。面对真正的死线，他肯定会废寝忘食地行动。

也许他已经离开京都了。不，他绝对离开京都了，所以才赶不回来。想到这里，我多少放心了一些，同时也想尽快见到他询问进展。我这边也有很多新线索，必须早点告诉他。

我认为昨天的行动并非白费力气。如果御手洗得到的线索正确，那应该跟我调查到的事实多少有些关联。万一他还没有找到最终答案，只要结合我手头的线索再次展开分析，说不定就能立刻见到曙光。

不管怎么说，他应该会打个电话过来吧。我只需老老实实等着就好。我先在被窝里缩成一团，接着又摊开了。然而我的心情过于激动，已经不可能睡着。我只想起来做些什么，做什么都好。于是我坐了起来。

江本君好像还在睡，现在距离他平日的起床时间还有近一个小时。我轻手轻脚地起身，决定出去散步。如果御手洗打电话来了，江本君应该能接到，若是因为那通电话他要紧急出门，他也应该会留个纸条。

几天前，我第一次踏足西京极，现在则已经完全熟悉周围的大街小巷了。我一直走到运动公园，算好江本君快要起床的时间返回了住处。轻轻打开门时，江本君已经在刷牙了。御手洗还没有打来电话。

等到将近八点，江本君该出门了。离开时他问了我一句：

"要跟我一块儿走吗？"

"不了，御手洗君应该会打电话过来，我还是留下来等吧。"

"哦，也对，那就这样吧。"

说完江本君就关了门，留下一串下楼梯的脚步声。就在他的脚步声消失的时候，电话铃突然响起，吓得我险些跳起来。那阵铃声特别诡异，仿佛在刻意激发我的不安。

我拿起了听筒——

"石冈君……"

一个男人的声音。但我觉得那声音根本不像御手洗。毕竟我们好几天没正经见过面了，他应该会说个很冷的笑话才对。可是我听到的声音格外孱弱，还有点沙哑，几乎听不清他在说什么。我一下紧张起来，他果然出事了吗……

"你怎么了？！在哪儿呢？！遇到危险了吗？出什么事了？没事吧？"

我忍不住提高了音量。

"嗯……我好痛苦……"

中间隔了很久，他又说："我快死了……你赶紧来……"

我意识到，事态非常严重。

"你在哪里？出什么事了？"

这个问题问得不太好，我应该优先搞清楚他的所在地。御手洗的声音实在太微弱了，比耳语的声音还小，几乎难以分辨。背景中不时混入汽车的声音和貌似正要去上学的儿童的吵闹声，这些杂音比他的说话声还大，看来他应该在户外。

"出了什么事……我现在没法细说……"

"知道了，知道了！"我应声道，"那就不说了，快告诉我你在哪儿，我马上赶过去！"

"哲学小径……入口……不是银阁寺那边……是另……一头……"

哲学小径？那是什么地方？我从没听过。莫非御手洗精神错乱了在说胡话？

"有哲学小径这种地方吗，你确定？跟出租车司机说就行了吧？"

"是的……还有，路上买点面包牛奶……吧……"

"面包牛奶？！可以是可以，但你要这些东西干什么？"

"面包牛奶……除了吃……还能干什么？"

他都这样了还跟我抬杠，看来他的性格已经扭曲到根儿上了。

"你没受伤吧？"

"没有……受伤……"

"知道了，我这就过去，你待着别动！"

我扔下听筒便出了门，一路跑到西京极车站。途中，我想起了有关上一起案子的糟糕回忆。御手洗究竟怎么了？该不会已经奄奄一息了吧？他虽然无药可救，但也是我唯一的朋友。就算他还能跟我抬杠，也并不代表情况不危急。有的人死到临头还能留下"我随香火飘然散去"这种开玩笑的诗句，御手洗显然就属于那一类人。

我在四条河原町买了面包和牛奶，接着拦了一辆出租车。到达后司机告诉我，我要去的地方就在那条路尽头，于是我提着塑料袋跑了过去，果然看到刻有"哲学小径"的石碑。我在石碑跟前转头一看，附近有个小公园，但里面没有人。

穿过公园便是沿河而建的哲学小径，往前走一段有张长椅，上面躺着一个满脸胡楂、貌似流浪汉的男人。他旁边有条黑狗，正朝他使劲摇尾巴，所以我万万没想到那就是我的朋友，险些错过了。

我探头打量了一会儿,他发现我来了,便想撑起身子。然而他好像一点力气都没有,我不得不扶着他坐起来。

好不容易坐定,我仔细看了看御手洗,心里还是很惊讶。我也不是没见过他刚起床的样子,但毕竟四五天没见,会有这种反应也很正常。他一脸胡楂,顶着乱蓬蓬的头发,眼窝深陷,满眼血丝,神情憔悴,脸上的肉都没了。乍一看这就是个面黄肌瘦、大病初愈的流浪汉,或是饿倒在路旁的难民。

"你买面包了吗?"

御手洗开口就问这个,我急忙递了过去。

"我完全忘了吃饭。做人好不方便,又要吃饭又要睡觉。如果能节省这些时间,人肯定能变得更伟大!"

说完,他迫不及待地扯开袋子啃了一口面包。

我心中闪过一个猜测。眼前的御手洗完全没有游刃有余的样子,当他完成了想做的事情时总会给人那种感觉。于是,我有了不祥的预感,但我逼迫自己打消了那个想法。这不可能,他肯定是忙着行动,才会忘了吃饭。

看着御手洗狼吞虎咽的吃相,我突然觉得他好可怜。

"你一直没吃饭吗?"

"嗯,一不小心就忘了。好像从前天开始,还是大前天……总之我没有最近吃过饭的记忆……"

也就是说,御手洗只是饿到极限了,我真是白担心了。像他这种缺乏常识的人,如果没个人在旁边提醒他吃饭睡觉,恐怕都活不长。

不过,我很想汇报自己这边的进展,并认为应该听听御手洗怎么说。于是我等他吃完(期间几次提醒他吃慢点),尽量用不刺激他的语气询问进展如何。御手洗没有回答，反而哼哼了几声，然后突然喊道："早晨就是榨干了昨天剩下的渣滓！"

我愣住了。

"这是何等的欺瞒！"他继续道，"我像个蚱蜢似的跑遍了东海道，连日无法入眠，为何所有人在道早安的同时，都要分毫不差地牢牢记住遥远的昨日？！"

他两眼充血，越说越癫狂。

"不眠之夜也是好东西。随着身体抵抗力的衰退，总算能看清事物应有的真面目，那是一望无际的油菜花田。啊，这座城市就像千万本倒伏的书籍。还有那尖利的刹车声！来自四面八方！你应该也能听见。为什么？难道你不痛苦吗？

"不对！是大波斯菊。没错，那是大波斯菊花田，瞧瞧那挥舞木刀敲打茎叶的无赖模样。那一刀让我失去了自我，沦为人畜无害的模样。没有了棘刺，没有了爪牙，甚至忘记了怎样折断木刀。

"苔藓！我身上沾了苔藓！它就像霉菌一样，真是太好看了。要不要拍照？

"留个纪念吧。

"鼹鼠！鼹鼠……啊，对了！我得快去寻找！不能干坐在这儿了。你也来帮忙吧。如果不快点挖坑，就再也抓不住了！"

这可不行！直觉对我说。我慌忙按住了正要站起身的御手洗，他反复说自己累了，而他实际上确实已经筋疲力尽。我叫他先躺下来，于是他缓缓倒在了冰冷的长椅上。

看他躺下后，我才感受到一阵绝望从脚底升起，眼前变得一片漆黑。原来不只是口头说说，而是真的会发生。不会有错，御手洗一点进展都没有！

． ． ． ． ． ． ． ．

也许他不该在抑郁状态接受这种工作。但不管怎么说，假设这是御手洗跟竹越刑警的竞赛（虽然很不公平，但御手洗已经说漏了嘴，所以只能硬着头皮开始），那御手洗显然是落败了。

不过，这是一场从一开始就没有胜算的竞赛。因为对手只需站在原地，而御手洗要解开的，却是全日本的推理爱好者绞尽脑汁四十年都未能解开的复杂谜题。就算他此时此刻解开了谜题，也已经来不及了。可以说，就算我们知道凶手的身份，要在今天找到那个人，也是绝对来不及的。毕竟他可能在全日本，甚至全世界的任何角落。御手洗这回真的输了。

最后一丝希望恐怕就是我手上的信息。吉田秀彩有可能是平吉，这是我们的最后一根救命稻草。我对此有一定的信心。那个吉田秀彩一定隐瞒了什么。尽管如此，我们还是没时间了。我可能要扔下御手洗，马上展开行动。如果想要抓住那一丝希望，就必须赌上剩下的这几个小时。

话虽如此，面对这个状态的御手洗，我又有点犹豫该不该说出自己的发现。他听了也许会变得更糟糕。御手洗昨晚像是在这张长椅上过的，真够乱来。就算想惩罚自己的无力，可万一下起雨来怎么办呢？

我看了一眼手表，已经九点多了，不能一直呆坐在这里。要是御手洗不能独自待着，我就得打电话请江本君过来，再自己去找吉田秀彩。就在我左思右想时，御手洗再次张开嘴，说出了凡人能听懂的话。

"正如你说过的，我口出狂言批判福尔摩斯，遭到了天谴。你说得没错，我太不知深浅了。我还以为自己能马上解开谜题，事实上却没做到。我一直有种感觉，就差一根楔子了，只要能抽出那根楔子就行啊。可恶！解谜解得太投入，反而弄得一团糟了！我需要一个契机，只需要一点点微小的契机就够了！"

接着御手洗抱住了头。

"痛痛痛……不愧是你，又说中了。我的嘴唇真的肿了，说话都痛。我丢失了自己的节奏，一蹶不振。据说你很积极啊，说来听听吧，你都去什么地方大显身手了？"

今天的御手洗意外地老实，看来人还是需要经历一些挫折啊。不过，这个挫折的代价太大了。此时此刻，我竟无法眼睁睁看着朋友败倒在那个蛮横的警官脚下，我甚至想把御手洗藏起来，独自与竹越刑警对峙。

总之，我把再度去东淀川拜访加藤女士，从她口中打听到了吉田秀彩这个人，然后到乌丸车库去找他，昨天又专门赶去明治村，找到了被安川民雄说成是平吉的梅田八郎，以及据说藏在那里的阿索德这些事全都详细说了一遍。

御手洗枕着手臂躺在石头长椅上，双眼直愣愣地盯着虚空，完全没有浮现出好奇的神色。我认为他这个状态果然很有问题，仿佛在思考完全不相关的事情。御手洗已经放弃了努力，也几乎放弃了这个案子，我感到由衷的失望。

不过他已经平静了许多，看来扔下不管也没什么问题了，于是我决定独自去找吉田秀彩。虽然还是没想到什么好主意诱他开口，但总归要去见他一面，说不定见到就自然有办法了。不管怎么说，今天是最后一天，我没工夫陪疯子玩耍。

"若王子快开了……"

疯子坐起身来，用呆板的声音说。

"若王子？是寺庙吗？"

"嗯，是神社……不对！是那个。"

我顺着他手指的方向看去，发现小径下方有座西式钟塔，从枝叶间探出头来。

我们所在的哲学小径沿河而设,而这里的河堤很高,周围的建筑物都建在低于道路四五米的位置。那座钟塔便是其中之一。再仔细一瞧,小径边缘有扇门,进去右手边是一段台阶,似乎直通连接钟塔的西式公馆。

"是咖啡厅?"

"嗯,我想喝点热的。"

御手洗现在身体这么虚弱,他说想喝点热的,我实在无法反驳。于是我们站起来走进门去,跌跌撞撞地下了台阶,走向西式公馆。

据说这是某著名演员在自家院子里搞的店铺,进门就是一个用玻璃围起来、貌似阳光房的空间。我们选了个座位,能看到庭院里的西班牙式石砌水井和各种雕像。晨光落在我们的桌子上,店里没有其他客人,倒也挺舒适的。

"这个店真不错。"我们静静地坐了一会儿,差不多喝完了咖啡,我才开口道。

"嗯。"

御手洗还是很呆滞。

"我打算去找刚才说的吉田秀彩,你要一起来吗?"

御手洗想了好久,然后说:"嗯,倒也可以……"

"那就得抓紧时间了。我们必须在今天之内搞清楚事情的真相。"

我抓起杯子一饮而尽,然后迫不及待地站了起来,一把攥住了桌上的小票。就在这时,透过大片玻璃窗洒进室内的阳光突然暗了下去。我心中一惊,发现刚才还很晴朗的天气就要转阴了。

御手洗摇摇晃晃地先出去了。我掏出钱包结账,但是正好用完了零钱，只剩下一万日元的大钞。由于刚开店，收银台似乎没有足够的零钱，只能到里屋去拿。这么一来二去，我就比御手洗慢了许多。

我习惯性地把店员匆匆翻出来的九张千元钞票对好方向、归拢整齐，然后踏上了通往哲学小径的台阶。九张钞票中有一张从中间撕开了，又用透明胶带粘起来，伊藤博文的右半边脸被盖在了胶带下面。

御手洗又回到了长椅上，刚才那条狗也不知从哪儿又冒了出来。御手洗好像特别招狗，也许狗都把他当成了同类。我催促御手洗起身，跟他一起前往乌丸车库。接下来将是最后的赌局，我心中燃起了熊熊斗志。

我把九张钞票塞进钱包时，漫不经心地说了一句。

"你看，咖啡店找给我一张用胶带粘起来的钞票。"

"哦？该不会用了不透明的胶带吧？"御手洗说，"嗯，原来是透明胶带，那就没问题了。"

"什么没问题？"

"其实千元钞票不太可能出现那种情况。如果是万元钞票，而且用了不透明的胶带，就有可能是假钞。"

"为什么用了不透明的胶带就有可能是假钞？"

"那当然是因为……解释起来太麻烦了，画图反倒更好懂。而且也不能叫假钞，也许应该叫……钞票……诈骗……"

看来他又失去了说话的力气，最后几个字压根儿听不清。御手洗有时会这样，且基本都是抑郁症发作的征兆。

我无奈地看向他，却发现了意想不到的表情，顿时感到全身好似通了电。我头一次看到他有这样的表情——只见御手洗双目圆睁，连眼中鲜红的血丝都能看得一清二楚。而且他浑身散发着疯狂而强烈的能量，嘴巴却无力地张开着。

这个瞬间我吓坏了，不知道该怎么办才好。他肯定已经发展到无药可救的状态了，我只能在混乱和无力感中等待那个瞬间的到来。

那个瞬间很快就来了。御手洗双拳紧握，肌肉震颤，还向前伸直了双臂。

"哦哦哦……"他竟然号叫起来。

正好路过的情侣忍不住回头看着他，连那条狗都惊讶地盯着御手洗。

我虽然对他有诸多怨言，但从未怀疑过他那优秀的头脑，甚至对其敬佩有加。然而正因为他的大脑过于精密，才会迎来毁灭的瞬间。我强忍绝望和悲伤，注视着他头脑死亡，即陷入疯狂的过程。

"御手洗，你怎么了?！振作点儿！"

我无法甘当旁观者，还是忍不住高喊着毫无意义的问题，做出了普通得令人绝望的举动（我还能怎么办呢），也就是双手置于他的肩上，用力摇晃起来。

但是当我看清他的面容时，心中突然涌出奇怪的感动，不由得停下了动作。他凹陷的脸颊上布满了胡楂，瘦削的身体拼命迸发出毫无意义的吼叫。御手洗是个自尊心极强的人，此时他宛如一匹快要饿死了却要用尽最后一丝力气高声嗥叫的瘦狼。

然后这匹瘦狼突然停止嗥叫，拔腿就跑。

人一旦癫狂起来，就具有抗拒一切的气势。我慌忙追了上去，心中迫切地想着，一定是谁家的孩子快要掉进河里了，他才会突然跑过去救人。一定是这样，希望是这样！仔细想想就会觉得不对，因为我明明能看见，周围没有任何人掉进河里。

御手洗还没跑出去三十米就猛然刹住，继而调转方向继续狂奔，险些跟我迎头撞上。站在一边的情侣吓得拔腿就跑。我拼了老命追上去。御手洗瞬间就超过了情侣，再次猛然停下，抱着脑袋蹲了下来。聪明的黑狗早已躲藏到安全的地方了。

他到底怎么了？我小心翼翼地走过去，吓了一跳的情侣则轮流看着我和危险的御手洗，目光中还带着谴责。御手洗正好蹲在他刚才发出号叫的地方。说白了，其实我只需站在原地等着就好。

我走过去时御手洗抬起了头。他已经恢复了那种常见的、游刃有余又带一丝狡黠的表情。

"哎，石冈君，你去哪儿了？"他竟然问了这么一句。

尽管现在还不能完全放松警惕，但我此时的释然还是无法用语言形容。此时此刻，我几乎无法思考别的事情。

这下我知道你跑得比兔子还快了——我正要感慨疯子的速度，他却抢先一步开了口。

"我真是个笨蛋！"

我深表赞同。

"简直无药可救！我这辈子都不能笑话戴着眼镜满屋子找眼镜的人了！我们得从头开始认真分析，还好这不是那种耽误了时间会导致受害者增加的案子，真是太好了。"

"什么太好了？有我在真是太好了？如果刚才只有那对情侣，这会儿估计救护车都开过来了……"

"楔子！石冈君，我找到那根楔子了！终于找到了！果然如此，正如我所料。只要拔出这根楔子，你瞧，答案自然而然就成型了。

"这也太厉害了，简直令人钦佩！是我太蠢了。要是能认认真真思考，我应该听完你的介绍就能解开这个谜题的！这也太简单了！我之前都在干什么啊，哼！这不就像偷根萝卜还要从地球另一头挖洞的鼹鼠一样吗！

"石冈君，你在干什么呢？你应该笑话我，大家都应该笑话我。那边那位，你也可以笑话我。我就是个小丑。这才是整起事件最让人惊讶的地方，没想到我竟然栽在如此简单的谜题上了！这是小孩子都能解开的谜题。不行，我得赶紧行动了！石冈君，现在几点？"

"啊？"

"啊什么啊，问你时间呢。你左手戴的那个不是手表吗？"

"……十一点，怎么了？"

"十一点！不好，没剩多少时间了。我们很忙。去东京的最后一班新干线几点钟开？"

"好像是八点二十九分……"

"很好，我们就坐那一班。石冈君，你回西京极去等我的电话。没时间了，再见！"

"哎，等等啊！你要去哪儿？"

御手洗早就跑远了，于是我提高了音量。

"还用说吗？去凶手那里！"

我愣住了。

"你说什么？！你还没恢复正常吗？你还想继续查？凶手到底在哪儿啊？"

"我正要去找，不过你放心，天黑前一定能找到。"

"天黑前？！喂，你知道自己要找什么吗？这可不是找丢失的雨伞啊。吉田秀彩怎么办？不去他那里了吗？！"

"吉田什么？他是谁？啊！是你刚才说的人吗？不用去啦，

没有意义。"

"为什么?"

"因为那个人不是凶手。"

"你怎么知道他不是?"

"因为我知道凶手是谁。"

"那啥……凶手……"

我话还没说完,御手洗就拐过弯看不见了。

从起床到现在只过了两三个小时,我却已经筋疲力尽。我究竟是造了什么孽,竟跟这种半疯子当了朋友,莫非我前世做了罪大恶极的事情?

御手洗离开后,我意识到自己面临着紧迫的选择。我该拿吉田秀彩怎么办?御手洗说不用去找他,可是他说的话究竟有几分能信?

事件太简单了?太简单?究竟哪里简单了?!是简直太复杂了吧。连小孩子都能解开?恐怕是连小孩子都能看出他有病吧。

御手洗究竟发现了什么?最关键的是,他真的有所发现吗?无论怎么看那都像疯病发作。突然拔腿就跑、号叫、大吵大闹——怎么看都不像正常人。肯定是他产生了幻觉,以为自己解开了谜题吧。

退一万步说,假设他真的抓住了关键线索,也绝不可能在天黑前找到凶手。毕竟别人花了四十年都没能找到,要是他能在短短几个小时内,像找到落在电话亭里的雨伞一样找到凶手,我就可以倒立着走遍整个京都。我可以断言,他的话绝对是痴人狂语,而且他已经疯到了无可救药的程度。哪怕是对邮筒是红色这个事实持怀疑态度的人,也会毫不犹豫地认定他就是个疯子。只要我这么说,十个人里有十个人都会点头赞同。

说到底，御手洗脑中的信息就没有我齐全。他完全不知道还有吉田秀彩和梅田八郎这两个人存在，信息量远不及我。就这样他还想今天之内找到凶手，简直是痴人说梦！

他叫我回去等电话，如果我真的这么做了，就证明我相信这个重症病人的吹嘘，认为他能在今天之内找到凶手。

照常识判断，他吹的牛皮一点都不可信。可就算当他是在痴人说梦，这位疯病晚期的仁兄此时已经跑远了（字面意义的跑远了），恐怕过不了多久就需要我的协助。仅仅为了这一点，我也有必要回去等他。到底该怎么办呢？

期限就是今天，如果御手洗失败了该怎么办？我是否应该有备无患？

说到底，就算时间紧迫，御手洗也不该什么都不说就跑了。就因为他这么做了，我才会如此烦恼。如果他愿意说说自己的想法，我又觉得有点道理，也就老老实实回去等他联系了。只不过看他那个样子……我忍不住仰天长叹。天上已经乌云密布，正如我的思绪。

我决定先想一下御手洗是否有可能查清了事件的真相，这种可能性真的存在吗？他为什么突然号叫起来——对了，是看到透明胶带粘贴的钞票之后。也就是说，那张钞票给了他灵感。

我连忙从钱包里抽出那张钞票。乍一看没什么特别之处，不过是贴着一道透明胶带而已。这东西能激发出什么灵感？我翻过来看了一眼，发现背面也有透明胶。但是御手洗刚才没看背面。

莫非上面有字？我仔细看了看，没发现字迹。颜色？也没什么奇怪之处。莫非伊藤博文这个名字给了他灵感？恐怕不是。那么是"千"这个单位吗？有可能。但我想不出这跟事件有什么关系。

也许是钞票，也就是钱这个概念跟事件有关。比如事件牵扯到金钱——但这是理所当然的，现在考虑这个未免太晚了。

不对，不是这些。我灵光一闪。是假钞！他刚才提到了假钞。没错了！

事件跟假钞有关？莫非这是一起打着占星术杀人的幌子，实则与假钞相关的凶案？平吉是艺术家，也许……

可是目前为止得到的线索与假钞有关联吗？我觉得丝毫没有涉及假钞的迹象或征兆。

但是我认为，御手洗刚才的癫狂与假钞这两个字绝对有关系。假钞肯定给了他灵感，但究竟是什么？！

他好像还说，若是用不透明的胶带粘贴起来，那就可能是假钞。而且不太可能出现在千元钞票上面，万元钞票则有可能……为什么？难道因为万元钞票纸质比较好吗？

哦，我知道了，肯定是因为制作千元的假钞得不到什么利益，换成万元假钞就能赚到十倍的利益。若是有十万元钞票，肯定就会做那个面额的了。应该就是这个道理。

那么为何用不透明的胶带就是假钞？假钞应该是直接制版印刷做出来的新钞票，不需要贴胶带吧。御手洗说的话真奇怪。

我左思右想，最后还是决定回去等他。他说天黑前会打电话联系我，如果他失败了，我马上赶去找吉田秀彩应该还来得及。不是说笨蛋与天才只有一纸之隔吗？我虽然很不情愿，但还是想在那张纸上赌一把。

给读者的挑战书

这封信来得稍晚了一些,但这么做一是为了保证完全公平,二是为了让更多读者解开这个谜题。

在此,我决定鼓起勇气,写下那句著名的台词。

"诸位读者,请接受这个挑战。"

无须赘言,解谜的线索已经完全呈现在读者面前,解谜的关键也已经赤裸裸地摆在了诸位的鼻子底下。

岛田庄司

IV 春　雷

1

我刻意停止了思考。在我看来，事件远没有到达最后的冲刺阶段，因此只要稍作思考，我就有可能扔下一切，去找吉田秀彩。

我把电话放在身旁，甚至恨不得将它抱在怀里，精神处在极不自在的状态。但御手洗原本好似漏了气的气球，如今好歹恢复了正常状态，我身为朋友当然要为他感到高兴。

返回西京极的路上，我满脑子想着等电话时如何打发时间，因此回去之后先慢悠悠地吃了一顿有些早的午餐。然而我的担心都是多余的，等我回到电话旁边躺下，还没过去二十分钟，电话就响了。这通电话来得太早，我甚至不觉得是御手洗打来的。于是我接起电话，说了一句："你好，江本家。"

"你不是叫石冈吗？"

对面竟传来了御手洗的调侃。

"是你啊，怎么这么快？忘东西了？要我带去给你？"

"我在岚山。"他说。

"哦，真不错，我很喜欢那个地方，尤其喜欢那里开满了你讨厌的樱花。对了，你的脑子还好吧？"

"这辈子都没这么灵光过!你知道岚山的渡月桥吧?还记得桥下有个地藏小社一样的电话亭吗?"

我记得很清楚。

"我就在这里打电话呢。电话亭对面有一家店叫琴听茶屋,那里的樱花饼很好吃,没有馅儿的。快过来吃吧。我想带你见个人。"

"可以啊,见什么人?"

"见了就知道了。"

凡是涉及这种问题,他都不会爽快地回答我。

"你一定也很想见这个人,要是我独占了,可能要被你恨一辈子。但是你得快点儿,因为是个大名人,很忙的。不快点来人家就走了。"

"明星吗?"

"差不多吧,前面还要加个'大'字。还有,外面变天起风了,可能要下雨,你帮我带把伞来吧。住处门口有江本君的折叠伞,还有两把白色的塑料伞,是很久以前我碰到下雨天时买的,你把那两把伞带过来。就这样,要抓紧哦!"

我跳起来披上外套,快步走到门口,在鞋柜旁边找到了白伞和黑伞,够我和御手洗用的了。

接着我又一路小跑去了车站,边跑边想,今天一直在跑步,肯定对身体很好。不过御手洗为何要在这十万火急的时候带我见什么电影明星?如果是著名女星,我倒是很想见见,但这跟事件有什么关系吗?

走出岚山车站,时间其实还早,天空却因为阴云笼罩而变成了灰黄色,宛如夜幕将至,不时还会刮一阵强风。我一路小跑走过渡月桥时,天空突然一亮,似乎掠过了一道闪电。但是我等了好久也没有等到第二道闪电,莫非那是春雷?

走进琴听茶屋,里面客人不多,我一眼就看见御手洗坐在铺着红色桌布的靠窗桌边。他也发现我了,抬手跟我打了个招呼。同时我看见他对面坐着一个背对着我、身穿和服的女性。

我拿着伞走过去,坐在御手洗旁边,转头看了看窗外的河与渡月桥。"请问来点什么?"听见声音,我才发现女服务员已站在我身后。"樱花饼。"御手洗问也不问就替我点了,并递给她几枚百元硬币,看来这里要先付款。

我正对着坐在桌子那边的女性,正好能看清她的模样。她一直低垂着双眼,浑身散发出贵族气质,想必年轻时是个大美人。

此人应该有四十多岁,不到五十。假设她五十岁,那么案发时她只有十岁左右。如此一来,她应该算不上很有价值的涉案人物。御手洗究竟想问什么?

她一直没碰面前的樱花饼和茶,那杯茶恐怕早就凉了。我不禁想,她为何总低着头呢?

而且,我对她的面容没什么印象,好像没在电视和电影里见过啊。

我本以为自己一落座,御手洗就会介绍我与她认识,可此时周围却充斥着尴尬的沉默。我默默暗示御手洗赶紧做点什么。御手洗虽然缺乏常识,但似乎看懂了我的暗示,便说:"等你的樱花饼来了再说。"接着又沉默了。

好在我不需要忍耐太久,因为服务员很快就端着小碟和茶水走了过来。待她放下茶和点心转身离开,御手洗就开了口。

"这位是跟我一起来的朋友,石冈和己。"

对面的女人微微一笑,这才抬头看了我一眼,随即颔首致意。那不可思议的笑容让我非常难忘，我这辈子还是头一次见到五十岁的女人露出那样的笑容。含羞带怯，这样形容可能很老套，总之，那是不带一丝虚伪的少女似的笑容。我霎时以为这就是成熟的魅力，但是转念又想，不，绝对不是这样。

御手洗缓缓看向我，道出了梦呓般的奇怪话语。

"石冈君，这位是须藤妙子。也就是制造了梅泽家占星术杀人事件的令人敬佩的凶手。"

那一瞬间，我觉得意识好像飘远了。仿佛我强忍着与他们对坐了很长很长时间，也许这段时间足有四十年之久。

就在此时，一道春雷划过，瞬间照亮了昏暗的店内，为这段长短不明的对峙画上了休止符。店里传来女人的尖叫，紧接着是隆隆的雷声。

那仿佛一道信号，外面骤然下起大雨，河与桥都顷刻被水雾笼罩，几乎看不见了。大雨拍打屋顶的激烈响声充斥茶屋，需要发出很大的声音才能交谈，所以我们都一直没有说话。

雨随风而动，开始拍打窗户，隔着仿佛晕开了水墨的玻璃，勉强能看到外面的人在匆忙逃窜。几个人慌张地拉开店门跑了进来，他们的喧哗声在我耳中也好像遥远世界的声音。

我的内心在渐渐萎蔫下去，眼前不知为何浮现出熊熊燃烧的纸片。

我开始觉得御手洗可能在开恶劣的玩笑，便想瞪他一眼。可是看那女人的模样，我又觉得这不是玩笑。

可是，为什么……我心中总算冒出了疑问，兴奋的情绪得到了一丝缓解。

须藤妙子？我头一次听说这个名字，莫非她是从未登场过的陌生人物？！

这个女人顶多五十岁，那么昭和十一年还不到十岁。就算她有五十五岁，当时也才十五岁。那样一个小孩子能做什么？！

御手洗说她是凶手，难道她以女子之力，接连杀害了平吉、一枝，还有那六个姑娘？！而且她当时还只是个十岁的孩子？！

写信威胁竹越文次郎也是她一人所为？！

她还独自切割了六个女人的尸体，试图制作阿索德？

凶手不是吉男，不是安川，不是文子，也不是平吉，而是这个女人？！只有她一个人？！

动机呢？

再说了，她跟梅泽家有什么关系？我们手头的资料都不曾提示有这么一个孩子的存在。她究竟躲到哪儿去了？我们……全日本的人都漏掉了她？！那么小的孩子如何杀死六名成年女性？她要怎么把她们召集起来下毒？而且，她是从哪儿搞来的毒药呢？

不，还有更大的问题。如果这个女人就是四十年来让全日本的关注者遍寻不着的凶手，御手洗又是如何在这么短的时间里找到了她？除去从哲学小径来到这里的路程，他顶多只有一顿饭的时间。

今天早晨我赶到哲学小径时，整起事件还是一个巨大的谜团，与昭和十一年时无甚差别。离开若王子后，御手洗才得到了启发。为什么？怎么回事？！

雨还是很大，不时电光闪闪，店里充斥着傍晚骤雨独有的闷热气息。在其他客人眼中我们恐怕跟石像无异。过了一会儿，雨声渐渐平息，看来势头已经过去了。

"我一直认为，总有一天会有人来找我。"

对面的女人似乎看准了时机，突然开口道。

令人意外的是，她的声音异常苍老，让我很难将其与眼前的女性结合在一起。光从声音判断，她的年龄也许比我想象的更大。

"其实在我看来，那么简单的谜题竟能持续四十多年，反倒很不可思议。只不过……我也一直在想，最后来找我的人肯定是像你们这样的年轻人。"

"我想问个问题。"御手洗彬彬有礼地说，"您为何一直待在轻易就能被人找到的地方，为何不搬到别的地方去呢？像您这么聪慧的人，要想掌握一门外语，恐怕也并非难事。"

窗外的天空依旧是灰黄色的，雨还在不断飘落，闪电不时照亮阴云。

"这……解释起来有点困难。也许……是因为我想在这里等。我一直独身，始终没有遇到意中人。我认为，能找到我的人，也许会是我的同类……啊，并不是说像我这样罪大恶极。"

"当然，我明白您的意思。"御手洗严肃地点点头。

"能见到你，我真的很高兴。"

"我更高兴。"

"你拥有超乎常人的才能，将来一定会有所作为。"

"我已经有所作为了，今后恐怕再也碰不到比这更困难的案子了。"

"这只是一个小小的谜题，你可千万不能这么说。你还年轻，未来可期。虽然你拥有超乎常人的才能，但绝不可因为解决了我的事件就心满意足，从而松懈下来。"

我在内心细细品味着这句警示的话语。

"哦，这您不用担心，前期我白费了不少时间，已经收获了很多教训。"御手洗说，"好了，您再说下去，连我都要陶醉于这小小的成就了，还是结束话题吧。说来遗憾，出于种种原因，我今晚就要返回东京，明天告知警方您的身份。这位警方，就是您很熟悉的竹越文次郎的儿子竹越刑警。他这个人啊,就像一头穿了西装的大猩猩,而我不小心跟他做了个约定。听我说明理由后您应该也会赞成的。

"如果没有这个约定,我就会与您道别,回到东京,继续一周前未完成的工作。我深知,恐怕再也不会在这类工作中获得超过与您见面的成就感。

"明天我就要去见那头大猩猩了,所以明天傍晚,那家伙可能会带着一群人冲上门来找您。在此之前,如果您想离开,大可自由行事。"

"虽然案子已经超过了诉讼时效,可是你说这种话,依旧有可能构成包庇之罪呀。"

御手洗转过头笑了。

"哈哈哈!我活到现在,经历了很多事情,但不幸的是,至今都没见过牢房长什么样子。此前我也偶尔有机会与罪犯见面,却始终无法向他们描述牢房的模样,正感到为难呢。"

"你还年轻,所以无所畏惧。我虽是个女人,但年轻时也跟你一样。"

"本以为这是一场骤雨,现在看来还要再下一会儿呢。请收下这把伞吧,虽然有点简陋,但总比淋湿要好。"

御手洗将白色塑料伞递了给她。

"但我没法还给你呀。"

"您别在意,反正不值几个钱。"

我们同时站了起来。

须藤妙子打开提包,把手伸了进去。我有好多话想问她,都已经堆到嗓子眼儿了,但是唯恐破坏了气氛,就始终没有说出口。这种感觉就像小学生去听大学里的专业讲座。

"我不知该如何感谢你,请收下这个吧。"

须藤妙子拿出一个小口袋,递给了御手洗。那个口袋由红色和白色的丝线织成,花纹繁复而美丽。

御手洗丝毫不顾及现场气氛,干巴巴地说了声谢谢,然后拿起口袋欣赏起来。

走出茶屋后,我们合撑那把黑伞朝渡月桥走去,那位女士则撑着白伞,朝相反的落柿舍方向而去。道别时她冲御手洗鞠了一躬,继而对我行了一礼。我慌忙躬身回礼。

我和御手洗挤在伞下走到桥头,不经意间回头一看,那位女士也正好回过头来,接着又颔首致意。我们也齐齐低下了头。

直到此时我还是无法相信,那个渐渐远去的柔弱背影,竟然就是在全日本掀起惊涛骇浪的凶手。她缓缓地走在路上,许多人与之擦肩而过,却没人注意到她。

天空中不再有电闪雷鸣,骤雨也渐渐平息了。走向岚山车站时我对御手洗说:"你会跟我说清楚的吧?"

"当然了,只要你想听。"

一听这话,我的火气就上来了。

"你觉得我会不想听吗?!"

"不是不是,我只是认为你有可能不愿意承认你的脑子不如我。"

我沉默了。

2

回到西京极,御手洗立刻往东京打了一通长途电话,似乎是打给饭田女士。

"嗯……已经解决了。是的……当然找到了。还活着。我刚去见过她。你问是谁？嗯，这样啊……如果你想知道，那就明天下午到我那边去吧。你兄长叫什么来着……文彦？他叫文彦啊，哦，原来如此，这名字还挺可爱呢。请告诉文彦先生，劳烦他也来一趟。对了，务必让他带上文次郎先生的手记，就说是我强烈要求的。如果没有手记，我就什么都不说。嗯，我明天一整天都在，几点来都可以。来之前请给我打个电话。那就这样……"

接着我又听见拨号声，这回好像是打给江本君的。

我在厨房找到扫帚，开始打扫借宿了一个星期的房间。御手洗打完电话就呆坐在屋里一动不动，非常碍事。

大雨已经变成毛毛细雨，打开窗子雨点也不会飘进屋里来。

我们提着寥寥无几的行李走上京都站的站台，江本君已经在那里等候多时，还塞给我们两个便当。

这时雨已经停了。

"这是饯别礼物。下次再来啊。"江本君说。

"我们给你添了那么多麻烦，还又吃又拿，实在太不好意思了。请你一定要到东京来玩。这几天辛苦你了，我玩得特别开心。"

"别这么说，我也没做什么。反正总有很多人跑到我家来住，没什么大不了的。下次也别客气，随时过来。听说你们解决了事件？那真是太好了。"

"是啊，我很想说托你的福，但其实我自己都还没搞清楚状况，感觉像中了邪……现在只有这位满脸胡楂的仁兄知道真相。"

"哦？他肯定又不愿告诉你吧。"

"正是如此。"

"这位仁兄以前就这样，满屋子藏东西，然后自己忘了，大扫除的时候就很伤脑筋啊，因为总是在奇奇怪怪的地方扫出各种零碎。"

我叹了口气。

"唉……他果然有点问题……如果不逼他快点说出事件的真相，搞不好也会转头就忘了。"

"那你最好抓紧时间了。"

"你说，为什么算命的性格都那么古怪？"

"因为算命本来就是怪老头做的事情。"

"可他还年轻啊……"

"太可怜了……"

"两位！道别的话就打住吧，让我们天人永隔，驶向五百年后那个深夜的列车马上就要进站了。我们必须身披罗曼的甲胄，骑上高大的白马，即刻出发！"

"他做什么都这样。"

"你肯定也疲于应付吧。"

"等我搞清楚事件真相，就给你写信。长长的信。"

"那就拜托你了。真的还要再来哦。夏天过来看大文字五山送火吧。"

新干线悄然启动，挥手道别的江本君渐渐看不到了。待列车驶出夕阳照耀的平原，我看向御手洗。

"御手洗君，给我点提示如何？你先告诉我也没什么呀。"

因为事件解决得比较痛快，御手洗又很缺觉，想早点回家睡觉，我们就定了更早出发的车次。

"提示……就是透明胶带。"

"钞票上的透明胶带,这算什么提示?!你是认真的吗?"

"我从来没有这么认真过。透明胶带已经不算是提示,而是事件的全部真相了。"

我无言以对。

"……那大阪的加藤小姐,还有安川民雄、吉田秀彩、梅田八郎,这些人都和此事件毫无关系吗?"

"嗯,也不是一点关系都没有,但没有他们,我也照样能解开谜题。"

"总之,我已经得到了所有解开谜题所需的线索了是吧?"

"当然啊,特别完整,一点都不缺。"

"可是……凶手……那位须藤女士?我不知道她在哪里呀。"

"其实你知道。"

"凭手头的线索就能找到?"

"没错。"

"那不是你调查出来的吗?我应该不知道吧。我忙着在大阪和名古屋到处跑呢。"

"其实我一直在鸭川边上睡觉!早在我们乘坐新干线到达京都之前,手头就已经拥有完整的线索了。我完全可以一下车就去找须藤妙子,没想到中间竟浪费了那么多时间。"

"那个须藤妙子究竟是谁?那是她的真名吗?"

"当然是假名啊。"

"她是我知道的人物吗?没错吗?她是谁?!案发时她叫什么?御手洗君,你就透露一点吧!阿索德呢,做了还是没做?"

御手洗不耐烦地说:"阿索德啊……嗯,她的确存在,而且活蹦乱跳的。一切都是这个女人干的。"

我险些从座位上跳起来。

"真的吗？！那东西能活？能获得生命？！"

"毕竟是魔法嘛。"

我的兴头一下子就被浇灭了。

"原来你是在开玩笑啊。也对……怎么可能呢……可是今天那个人是谁？她究竟是什么人？"

御手洗眯着眼，笑而不语。

"快告诉我啊！你是不是也不知道啊！我已经不行了，快死掉了，浑身难受，恨不得挖开胸口，真的不行了。"

"不用客气，你请便吧，我先睡了。"御手洗靠着车窗，一脸悠然地说。

"御手洗君……"我长叹一声，"你睡得倒是舒服，可我呢？我很痛苦啊。只需要一句话就好，我觉得你有义务告诉我这个忠实的朋友。我这一路都跟着你呀。假设我们之间存在友情，那么它就维系在你的一句话上。你说还是不说？"

"太过分了！你怎么能说出这种话？竟然威胁起我来了。我又没说不告诉你，但不能随便告诉你。既然要说，就该按照正确的程序，做最完整的说明。这是其一。

"其二，我现在太累了。身心俱疲。如果光顾着回答你的问题，我怎么休息呢？

"还有一点，如果我现在回答了你，过后又要对竹越文彦君重新解释一遍，那就成了同样的话要说两遍。更何况这里也没有画图用的黑板。要解决这些问题，就得等到明天，在我的屋子里一次性解决。你也是这么想的，对不对？好了，别任性了，赶紧睡觉，再等一天不就行了。"

"我睡不着。"

"我可是两天没睡觉了，现在困得很。还想尽快刮掉这一脸胡子，否则胡楂压在窗玻璃上扎扎的，很难睡啊。石冈君，你说男人为什么要长胡子？……好吧，我就再告诉你一点吧。你猜那位须藤女士多少岁？"

"不到五十吧。"

"你这眼神也算画家！不久前她刚过了六十六岁生日。"

"六十六？！那四十年前就是二十六……"

"四十三年前。"

"四十三年前啊……那就是……呃，二十三岁……

"我知道了！她是那六个姑娘里的一个！那么故意深埋令尸体腐烂，就是因为其中有一具是别人的尸体！对不对？"

御手洗打了个大大的哈欠。

"今天的预习就到此为止吧。怎么可能恰好找到年龄相仿，又练过芭蕾舞的死人呢。"

"什么？！难道不是吗？！骗人！不过你说的也有点道理……以前我也想过……可恶！今晚真的睡不着了。"

"就算睡不着，你也只需熬一个晚上，明天就知道答案了。只是一个晚上，不如就听我的吧，看在我们之间貌似存在的友谊的份上。"

御手洗说完，又懒懒地闭上了眼睛。

"……你很享受这种感觉吧？"

"不是啊，我只是很困。"

御手洗说完这句话，又睁开眼睛在包里摸索起来。他摸出须藤妙子送给他的小口袋，拿在手上看了一会儿。

窗外一片晴朗，仿佛几小时前从未下过那场雨。地平线随着车辆缓缓移动，暗幕之上突然打开一道裂缝，透出了橙红色的夕阳。

我回想起在京都度过的一个星期。在大阪淀川岸边与加藤女士的交谈，到乌丸车库拜访吉田秀彩，梅田八郎那身夸张的巡查制服，我还逛遍了犬山的明治村。短短一个星期，我似乎经历了很多事情。

最后是岚山的须藤妙子。我实在难以相信，就在今天，而且是短短几个小时前，刚与她见过面。我忍不住觉得那天色昏暗、春雷炸起的午后，比此时还接近深夜。

"那我在大阪和明治村都是白费力气了？没想到竟然白跑一趟……"

我心中充满了挫败感。

御手洗把玩着小口袋，心不在焉地回答："不会啊。"

莫非我的行动，或者我查到的信息，对御手洗来说有一定的参考价值？想到这里，我重新振作起来。

"为什么这么说？"

"因为……你逛了明治村啊。"

御手洗倒过口袋，晃了晃，两颗小小的骰子落在他的掌心。他用另一只手推着骰子说："那个人说过，最后找到她的人，肯定是像我们这样的年轻人，对吧？"

我点点头。

"像我们这样的年轻人，真的就够了吗？"他又说。

"什么意思？"

"没什么意思。"

御手洗又玩了一会儿骰子，窗外的夕阳渐渐没入地平线。

"魔术表演的大幕落下了。"御手洗说。

第二封挑战书

　　御手洗的话毫不夸张。我大可以在二人刚抵达京都时写下第一封挑战书，可是那样做解谜难度还是过高，所以我一直等到了重要提示出现之后。

　　我不仅给出了赤裸裸的提示，还让凶手登场了。不过我猜测，这对于大多数读者来说还是太困难了。（毕竟这是四十年都未能解开的难题！）于是我做了个大胆的行动，写下第二封挑战书。

　　须藤妙子是谁？她当然是大家熟知的人物。

　　她用了什么犯罪手法？故事发展到现在，读者们应该能看出来了……

岛田庄司

V 时与雾的魔法

1

须藤妙子今后将面临什么？我缺乏法律知识，因此无从知晓。按照御手洗的说法，公诉的时效为十五年，此案已经过了追诉时间。所以我猜，她至少应该不会被判处死刑。

英国和美国的法律不对谋杀（有计划的杀人）设置时效，追诉奥斯维辛的纳粹分子也永远不设时效。须藤妙子虽然是日本人，但今后恐怕无法继续过平静的生活了。

十三日星期五，我走出纲岛车站，穿过街道。因为时间很早，连平时治安不怎么好的旅馆街也一片静悄悄。

正如我所料，昨晚我压根儿没睡着，整夜都在思考那起事件。然而，我还是不知道突然出现的须藤妙子究竟是谁，而且越想越乱，甚至比以前读《梅泽家占星术杀人事件》时更不明所以了。那时我至少还觉得自己能解开事件的真相，但是昨晚，我深深意识到了自己的头脑是何等平庸。

路过以前光顾过几次的咖啡厅时，老板走出来挂上了正在营业的牌子，我就进去点了晨间套餐，为接下来的大戏做好准备。

可是等我来到御手洗的事务所，发现他还在呼呼大睡。于是我只好坐在沙发上，打发掉好几个小时的时间。

考虑到今天至少要来两位客人，我事先洗好了咖啡杯等器具。御手洗那种人，如果放着不管，他肯定什么都不会做。接着我又放上唱片，调小音量，躺在沙发上休息。正有点昏昏欲睡的时候，被御手洗打开房门的声音惊醒了。

他站在门口，一边挠头一边打哈欠。脸上的胡子已经刮干净了，昨晚他好像还泡了个澡，看起来很清爽。

"休息好了吗？"我问。

御手洗咕哝着应了一声，然后说："你来得好早啊，是不是整夜没睡着？"

"因为今天有一场大戏啊。"

"大戏？何出此言？"御手洗说。

"今天不是四十年的谜团终于被解开的日子吗？你也能发挥一下最擅长的演讲才能了。"

"对着大猩猩演讲？那能算什么大戏。对我来说，最戏剧性的瞬间已经过去了，今天不过是庆典过后收拾残局的日子。不过我确实有必要对你说明案情，所以还是有一定意义的。"

"但今天也是公开真相的日子呀。"

"公开收拾残局的日子。"

"随你怎么说。今天要来的那两个人相当于麦克风和扩音器，他们背后也许还有一亿听众呢。"

御手洗干巴巴地笑了两声，然后说："哦，是嘛，那真是可喜可贺啊，我就刷个牙以示重视吧。"

看御手洗这副模样，好像没什么热情。洗完脸坐在沙发上，他也没有一点紧张的情绪。再过不久，他就要为今天这个日子赋予纪念意义，不过御手洗已经见过凶手，也许正为不得不向警方告发她而感到心情沉重吧。

"御手洗,你今天将成为英雄。"我试着劝慰道。

"我才没有兴趣!我解开了谜题,这不就完事了吗,还需要干什么?如果凶手是恶贯满盈的杀人狂,置之不理就会杀害更多人,那倒是另外一回事。但今天要处理的事情与之相去甚远。

"换作是你,画了一幅好作品,自己很满意,之后还会做什么吗?好画家画出了好作品,工作就到此为止了。为作品标价,找有钱人兜售,这些都是画商的工作。

"我不需要勋章加身。勋章很重的话,反而会影响我奔跑。真正好的画作也不需要华丽的画框。其实我一点都不想帮那个大猩猩,如果不是因为那本手记,我才不在乎什么约定。"

刚过正午,饭田美沙子打来了电话。御手洗告诉她随时欢迎,那边表示再过一小时才能到达。御手洗也不怎么在意,干脆走到屋子边画起了图。

好不容易,等待已久的敲门声终于响起。

"来啦,快请进吧!"

御手洗高高兴兴地邀请饭田女士进了屋,然后请她坐下,接着露出了略显意外的表情。

"哎,文彦先生怎么没来?"

那位高个子刑警不见踪影,却来了个又瘦又矮的男人。

"家兄前几天竟然说出那种话,真是太失礼了。他就是那种性格,我实在不知该如何道歉……

"他今天工作很忙,抽不出空来,所以换成我丈夫替他来了。外子也是警方人士,同样能完成工作。"

饭田女士的丈夫对我和御手洗各点了两下头,然后坐了下来。我对这个人印象还不错,就是感觉他不太像警察,更像是和服店的掌柜。

御手洗好像有点遗憾,但很快就重新振作起来。

"这样啊。如果我这次失败了,不知兄长大人是否还会有抽不开身的工作呢?算了,大人物都忙,这也可以理解。哎,石冈君,你不是要泡咖啡吗?"

听到他的话,我嗖地站了起来。

"今日请两位过来……"御手洗紧接着就开了口,显然是强迫我加快速度,"是要讲讲四十三年前的梅泽家占星术杀人事件,并揭开凶手的身份。哎呀,差点儿忘了,请问你带来了令尊的手记吗?很好,麻烦交给我吧。"

御手洗嘴上说差点儿忘了,但我可以肯定,他心里时刻惦记着那本手记。你瞧,他一接过来就紧紧攥在手心里,手背都现出了青筋,显然不准备放开。其实,御手洗就是为了这本手记,才会如此热情地投入事件调查的。

"要说明凶手的身份很简单。她叫须藤妙子,在京都经营一家小店,销售一种小口袋。地址位于新丸太町大道清泷街道,在嵯峨野地区,靠近清凉寺。店名是小袋店'惠屋',嵯峨野没有同名店铺,应该很容易找到。店主就是须藤妙子。

"这样够清楚了吧?反正我说完了……啊,不行吗?那就没办法了,我详细讲讲吧。可能要花点时间,请做好心理准备。等石冈君泡好咖啡我们就开始吧。"

御手洗侃侃而谈的演讲真应该配上一千位听众。他这间小教室有时会用于占星学讲座,因此配备了小黑板和长椅。不过这次到场的学生加上我只有三人,个个都端着咖啡,认真听讲。

"其实案件本身非常简单，你们听完肯定就明白了。须藤妙子只是凶手目前使用的名字，案件的真相就是这名女性先后杀害了梅泽家的所有人，仅此而已。

"那么，如此简单的案件，为何过去了四十多年仍悬而不决？那是因为须藤妙子宛如透明人，谁也看不到她。石冈君曾经说过，这是一个戏法。只不过他认为这个戏法是梅泽平吉用于抹去自身存在的。而事实上，是须藤妙子利用戏法抹去了自己的存在。

"正如石冈君所说，这一连串案件的凶手无从寻觅。不仅是他，整个日本关注此案的人前前后后寻觅了四十年，都没有走出困局。其实这也难怪，因为凶手使用戏法隐身了，而这个戏法的核心，就是西方占星术。

"整个案子的关键就是这个戏法，对此，我在后面会详细说明。让我先从平吉案的密室开始，按照顺序解答吧。

"平吉案现场的所有窗户都安装了铁栏杆，活人绝对无法出入，而且画室内不存在暗门，厕所也走不通。大门不仅牢固，还安装了门闩，挂了锁头，可谓十分棘手。除此之外，当天东京下了一场三十年不遇的大雪，每位来访者都会留下足迹，因此构成了双重密室。

"被害者平吉在遇害前服用了安眠药，还用剪刀剪短了胡子，或者说被人剪短了。如果是剃光倒还好理解，但为何要用剪刀，而且剪得如此之短？另外，画室里没有发现剪刀。

"屋外的积雪上留下了两种足迹，分别是男性和女性的足迹。男性足迹离开时间较晚。雪是深夜十一点半停的，平吉的推测死亡时间是零点，前后误差不超过一小时。当时在场的模特直到现在都无人知晓其身份，因此这个案子着实充满谜团。积雪上没有男鞋和女鞋前往画室的足迹，由此可以推断，二人必定在画室里见过面。

"结合足迹来看，平吉案有几种可能性呢？

"平吉的推测死亡时间最早是十一点。第一，可以假设十一点零一分有人来到画室，迅速杀死平吉后马上离开，这个人离开后雪又下了二十九分钟，此人往返的足迹都有可能消失。

"第二，可能是穿女鞋的模特独自杀死平吉后离开。

"或者男鞋的主人独自杀死平吉后离开。

"也可能是两人合谋。

"还可以将足迹视作诡计，其实只有一个人离开画室，但有人制造了男鞋和女鞋两种足迹。

"可以假设这个人是模特。

"又或者模特是在雪停之前离开的，之后男鞋的主人到达，并用事先准备好的女鞋制造了两种足迹。

"差不多就这些吧？还有吊床杀人的说法，但根据常识可以排除。好了，我一共列举了几种可能性？嗯……六种对吧？

"足迹诡计固然有趣，但这不是严格按照逻辑推理就能解答的简单谜题。我可以列出好几个理由，证明刚才说的六种理论最终都会走进死胡同。全日本的名侦探历时四十多年都没找到正确的道路，就是因为入口处设置了这个迷宫。

"但是反过来也可以说，它提示了正确答案。

"先来探讨一下这六种可能性吧。首先是十一点一分作案，虽然并非完全不可能，但着实有点奇怪。

"为什么呢？因为现场痕迹证明，案发之后，有男鞋的主人和女鞋的主人，或者说至少有一个不是凶手的人来到并看见了案发现场，也就是平吉尸体倒下的地方。然而并没有人站出来提供证词。那个人也许有保持沉默的理由，但怎么说呢？他完全可以写匿名信啊。毕竟自己是无辜的，只因为留下了脚印就有可能背上犯罪嫌疑，任何人都会试图澄清吧。因此，这个可能性可以排除。

"第二，穿女鞋的模特独自作案。这个可能性近乎零。因为结合雪停的时间，男鞋主人和女鞋主人应该在画室里碰过面，难道女鞋主人是当着男鞋主人的面作案吗？这就意味着男鞋主人不仅当时没有上前阻止，事后也没有站出来作证。因此这个推论可以排除。

"第三，男鞋主人独自作案。这个可能性比上一个大，但同样意味着女鞋主人案发时就在现场，这对男鞋主人来说无疑是个很麻烦的情况，因此他作案的可能性也几乎等于零。

"第四，二人合谋。比前两个说法都靠谱，但也有一个问题，就是平吉服用了安眠药。抛开一男一女的性别，再怎么说也是两个活生生的人在面前，哪怕平吉跟他们十分亲密，恐怕也不会当面服用安眠药吧？当然，这两个人可以强迫平吉服药，可是这么做有什么必要呢？唯一可以想到的就是方便实行吊床诡计。

"可是如此一来，后面的一枝案和阿索德案就也有可能是二人合谋。人一多就容易起内讧，不像是这位冷酷的凶手会做的事情。这一连串事件极有可能都是单独作案。如果有两个人，那么一枝案和阿索德案就会呈现出另一种形式，而且不会将竹越文次郎卷进去。

"第五，女鞋主人独自作案，并制造了足迹。这也有问题。因为模特在二十五日下午两点，也就是下雪之前就进入了画室。而且当时完全没有要下雪的征兆，更没有人知道那会是一场三十年不遇的大雪，因此很难想象她会事先准备男鞋。

"倒是可以使用平吉的鞋子，但他只有两双鞋，而且全都摆在画室门口。根据足迹判断，凶手绝不可能再返回画室，归还平吉的鞋子。

"具体来说，她要先穿着自己的鞋子从画室门口走到后门，再用踮脚之类的方式返回，并且要加大步幅。接着她要在画室里换上平吉的男鞋，覆盖刚才踮脚返回的脚印。然而雪地上不存在其他脚印了，凶手无法将男鞋放回画室门口。

"另外，如果是这样的话，凶手为何要不嫌麻烦地在雪地上多留一串足迹呢？这无法解释。只留男鞋一种不就足够了？这是最让我想不通的地方。

"最有可能的解释，也许就是扰乱调查了。

"调查最有可能走上的歧途有两种，一是吊床诡计，还有就是结合一枝案，误将凶手认定为男性。因为文次郎留下的体液，警方会理所当然地认定一枝案的凶手是男性，而真凶或许试图用足迹来与之呼应。但即便如此，也不需要留下男女鞋两种足迹，只需有男鞋的足迹就够了。

"第六，男鞋主人独自作案。当时雪已经下了很久，可以预测到会有足迹问题，于是凶手有机会准备女鞋。各位也许认为这个说法的可能性最高吧。

"然而这个说法也存在同样的问题，就是凶手大可以只留下女鞋足迹，而且其动机比第五种说法更强烈。因为女鞋足迹有可能被认为是模特留下的，如果换成男鞋，人们立刻会联想到凶手。还有一点，平吉并没有关系亲密到会当面服用安眠药的男性朋友，因此这个说法也可以排除。

"如此一来，就把六种可能性都排除了。但是再进一步考虑就会发现，正确答案只可能是第五种。刚才列举的六种可能性，也可以说是推理的六个阶段。

"否定了第一种可能,就得出两种足迹中至少有一种属于凶手的结论。没错吧?

"否定了第四种可能,也就是男女合谋之说,可以推导出凶手是单独作案这一重要条件。

"否定了第二种和第三种可能,是因为两个人在画室内碰过面,由此只能得出一个结论,即两种足迹中,有一种是凶手制造的诡计。如此一来,自然就能推导出第五种或第六种可能。

"正如刚才所说,既然要留下女鞋的足迹作为诡计,同时又留下男鞋的足迹就显得很矛盾。如此一来就否定了第六种可能,结论自然变成第五种可能。

"方才否定第五种可能的理由有两个,即凶手无法归还平吉的鞋子,以及留下了多余的女鞋的足迹。然而,这两点反倒是让我们逼近谜题真相的强大武器。

"正确答案是女鞋主人单独作案,并制造了足迹诡计,但还有一个问题,就是能否将女鞋主人认定为模特。当时的模特直到现在都身份不明,原本我认为女鞋主人很有可能是富田安江,但又从作案动机层面排除了她。综合这两点考虑,将女鞋主人认定为模特并不会显得牵强。

"那么这就意味着,模特与平吉的关系十分亲密,甚至让平吉可以当着她的面服用安眠药。而且,那名模特还可以在利用平吉的鞋子完成足迹诡计后,成功回到画室门口将其归还。这可是很严格的限定条件。

"她事先想到了伪装出吊床诡计的样子,将罪行嫁祸给昌子和几个姑娘,所以才会提前打破画室的天窗,诱导平吉重新安装玻璃,可谓准备周全。然而她万万没想到,实施计划当天竟然下雪了。可以想象，凶手当时心中非常惊慌。不过，她生性冷静，肯定在完成模特工作时抓紧时间想好了补救计划，也就是试想合力完成'吊床杀人'后，那几个女人会如何行动。她们应该不会在雪地上留下足迹——

"彼时，她已经想好了杀害一枝的计划，也许她灵光一闪，想着既然要把一枝被害案伪装成男性作案，不如这起案子也用男鞋吧。虽然缺乏连贯性，但她的目的只有一个，就是让人们无法怀疑到自己身上。为了让平吉呈现出头部落地的致命伤，她还准备了平底锅状的凶器，怎么能因为下雪就轻易变更计划呢？

"打死平吉后，为了进一步伪装成跌落在地的状态，她可能还从地上捡了些砂石和碎屑嵌进平吉的头部伤口。接着，她用剪刀剪短了平吉的胡须。她为何要这么做，这点我还想不明白。

"硬要说的话，可能因为她知道吉男与平吉外貌酷似，想通过这个举动让世人更迷惑。可是既然如此，干脆剃光不是更好吗？她肯定是料想到事后会有人提出平吉未死的猜测，所以才会做这种事。你们不觉得，这种异想天开的思路，正是凶手很年轻的佐证吗？

"世人普遍认为凶手做了缜密的计划，并且极度冷静而完美地实施了凶杀计划，才会导致事件几十年悬而未决。但我认为事实正相反，因为仔细一看，到处都存在微小的失误。

"比如接下来的一枝案，凶手明明想要伪装成一枝被粗心大意的男人杀害，却没做多想就抚平了尸体身上的和服下摆，这是年轻女孩才会有的失误。还有，刚才的足迹诡计其实是最好的例子。

"我认为，那明显是第一次杀人手忙脚乱，想得太多导致出现错觉的典型例子。其实凶手完全不需要留下男鞋和女鞋两种足迹，只需男鞋就够了，那样能使吊床诡计更有效。另外，让调查的人相信凶手是在模特离开后爬上画室房顶的，远比以为是在模特离开前爬上房顶的更有说服力。

"雪停以后，平吉可能已经睡下了，所以让模特在下雪时离开更自然。正因为有两种足迹，我才十分笃定地否决了吊床杀人之说。

"凶手还有一个疏忽，就是没想到平吉竟在她面前服用了安眠药。这个举动也许打乱了她的思绪，但是最后她还是只能照计划执行。

"没错，眼前还有两个大问题，一是如何将鞋子放回去，二是如何制造有挂锁的密室。不过这两个问题不需要单独拿出来解释，只要听我说下去，你们自然就明白了。用窗栓制造密室是不是就很简单了？只要带一根绳子到足迹凌乱的那扇窗边，就能轻易完成密室了。将绳头做成套环套住窗栓，过后还能轻易松开，收回绳子。

"接下来讲讲一枝案吧。这个案子并不难，只是大家有个根本性的认知错误。刚才说了那么多，各位想必听烦了吧，我也厌倦了细致入微的讲解，所以直接说结论吧。

"文次郎被带到一枝家的时间是七点半，离开是在差十分九点，而推测死亡时间是七点到九点。可能会有人觉得很不可思议，其实很简单。因为一枝早就被杀害了，就躺在隔壁房间。如果文次郎当时拉开隔扇，恐怕会看到与警方检查现场时完全一样的光景。凶手有意替换了一枝与文次郎性交，以及一枝被害这两件事的前后顺序。

"诱骗竹越文次郎的人，也就是与他发生性关系的人并非一枝，没错，她正是须藤妙子。她这样做当然是为了要挟文次郎，利用他把尸体搬运到全国各地。其实还有一点，就是她需要得到文次郎的精液。如此一来，就能将一枝案伪装成男性作案。

"她已经在杀害平吉时留下了男鞋的足迹，此举能够与之相呼应。万一昌子和几个姑娘被证实无罪，也可以诱导警方认为这些都是男性作案，从而保证她自己的安全。

"我一开始还很困惑，不知道凶手要从何处得到精液，没想到竟是直接从体内取出，转移到隔壁房间的尸体身上，难怪会那么新鲜。除此之外，凶手可能还做了一些手脚，伪装出奸尸的迹象，由此可见女性的怨念可以深到什么程度。竹越文次郎是与活人性交，警方得出的结论却是奸尸，造成这个矛盾的原因就在这里。"

"既然要把先后发生的两起事件都伪装成男性作案，那就不应该再做是入室盗窃杀人的伪装了吧？"我指出道。

"不是这样的。如果不伪装成入室盗窃杀人，警方就有可能将此案与平吉案联系起来，然后频繁出入一枝家。为了不让他们发现藏在杂物间的尸体，凶手才做出了这层算计。

"而且伪装成男性作案不过是补救计划，以防昌子被证实无罪。

"但这里有个疑问：难道只要伪装成入室盗窃杀人，警察就绝对不会找上门了吗？虽然犯罪性质不同，但毕竟死了人啊。

"也许是出于这种担忧，她才会极力催促竹越文次郎去抛尸。但我认为此举非常危险，只因为当时上野毛算城郊，当地的警察没什么紧张感，才让她的计划最终成功了。

"如果换作现在，那种诡计恐怕骗不过司法鉴定技术。

"更何况，现在报纸上的照片比那时的清晰多了，也许文次郎一眼就能看出那不是他遇到的一枝。不过话说回来，现在报上刊登的人物照片也倾向于使用年轻时的，还会做些修整美化，可能结果不会有太大变化。

"如此一来，很多问题就变得清晰易懂了。首先是玻璃花瓶上的血迹为何被擦除，那是为了让文次郎看到花瓶不沾血的状态。

"也许有人会说，凶手大可以过后再沾上血迹，而且也不是特别需要让文次郎亲眼看见那个花瓶吧。其实不然，只有让文次郎看见那个花瓶，才能令他过后认出来时恐惧感倍增。最关键的在于，她要尽量避免文次郎想到，自己来之前，一枝就已经被杀害了。

"还有坐在镜前遇害这一细节。这点会透露出一枝与凶手关系十分亲密，她为了掩盖这一事实，仔细擦掉了镜子上的血迹，试图将杀人现场移至别处。我觉得这也是她的一处失误，因为她完全可以直接在别处动手。

"不过，女性对镜自顾时也许是最容易放松警惕的时刻。假设果真如此，凶手身为女性，自然也十分清楚这一点。

"另外，兀自端详自身容貌的女人，也许带有某种激发杀意的气质。凶手有可能还考虑到了这一点——但我不是女人，只能凭空想象。

"除了前面提到的理由，杀害一枝的动机还有两种可能。首先是对一枝的怨恨。这也是所有凶案共通的动机，我放到后面再详细解释。其次，就是为阿索德案埋下伏笔。

"一枝的房子应该就是阿索德案的现场，也就是凶手毒杀那几个姑娘的地方。那里不仅能成为召集姑娘们的理由，还能提供暂存大量尸体的空间，同时具备切割尸体的场所和位置条件。因此，杀害一枝是为这些打下基础。好了……"

御手洗停下来，我们全都屏息静气，等待最精彩的部分。

"终于轮到阿索德案了。这正是凶手上下挥舞白色手帕，制造出的四十年来无人能破解的终极魔术！我第一次听闻事件的概况时，凭直觉觉得这里有问题。可惜正如跨栏赛跑，只要第一个栏没跨过去，后面就会屡屡失败，怎么都矫正不过来。

"昨天，我想起了一个类似的问题，才终于解开了这个谜。接下来的过程堪称行云流水，短短两小时后，我就站在了凶手面前。由此可见，事件的结构就是如此简单。不过它简单得过于露骨，使得所有人都没能往那方面想，才形成了四十年的困局。这算是我字斟句酌想出的谦虚的说法。

"说到那个类似的问题，因为涉及另一起犯罪，警方人士应该有所听闻。听我讲解完那起案子，你们自然就能理解阿索德案的核心结构。

"我所说的案子，就是三四年前，以关西为中心热闹过一段时间的、构思极为巧妙的万元钞票诈骗案。当时我在一家餐馆吃饭，无意中看到电视上的新闻节目正在报道此案。事情过去那么久了，我已经记不清主持人具体是如何报道的了，总之，大致如下：

"'今日，警方在某区某町发现了中间缺了一部分的一万日元纸钞。纸钞由胶带贴合，贴合的地方缺了一部分，因此长度略短于正常纸钞。'

"接着，电视屏幕上展示了涉案钞票和正常万元钞票的对比照片，还比较了二者的长度。主持人又说：'该纸钞的缺失部分又被用于制作另一张钞票，目前关西地区已经出现了几起类似案件，但在关东地区是首次发现。这类纸钞有一个特征，即左右两边的编码不一致。'

"大致情况就是这样，乍一听可能搞不太清楚状况。新闻播出时，坐我旁边的那桌学生都在议论：每张钞票切下来一点，能拼成新钞票吗？那不就变成贴满胶带，宛如手风琴风箱一样，能用吗？

"只有如此粗略的解释，也难怪他们会这么想。那个诡计确实很难用语言来表述，画图会更好理解。应该是考虑到解释得过于详尽的话，搞不好会引发模仿犯作案，所以新闻只是粗略地介绍了情况，并指明真假钞票的辨别方法。

"因为新闻提到左右编码不一样，我就并没像邻桌的学生那样思考，但一时半会儿也没想出那究竟是个怎样的诡计。后来回到家里，我又重新展开了思考。其实只要画个示意图就一目了然了。饭田先生肯定知道是怎么回事，石冈君和美沙子女士也许不太清楚，所以我还是演示一下吧……"

说着御手洗转过黑板，画上许多钞票形状的示意图。（图六）

"假设这里有二十张钞票。其实十张也可以，不过缺损部分会很大，容易被识破。如果有三十张的话风险会更小，但利益也随之变小。十五到二十张应该最合适。

"现在，将这二十张钞票分别沿虚线切开。虚线的位置是这样设定的：将完整钞票的长度除以二十一，逐张叠加计算结果，就是虚线的位置分布。于是，二十张钞票就切成了四十小张。

"请看，我给这四十张切片分别编号……就像这样。如小数字所示，2与2、3与3、4与4相拼，用胶带贴起来。但用透明胶带的话，必须拼得严丝合缝，就会导致整体长度变短，所以需要用不透明的胶带拼接，在接口处留出一点缝隙。

"各位请看，这张是1号，这张是2号，这张拼成了3号，依次拼到最后，就出现了21号钞票，对不对？很神奇吧？只要

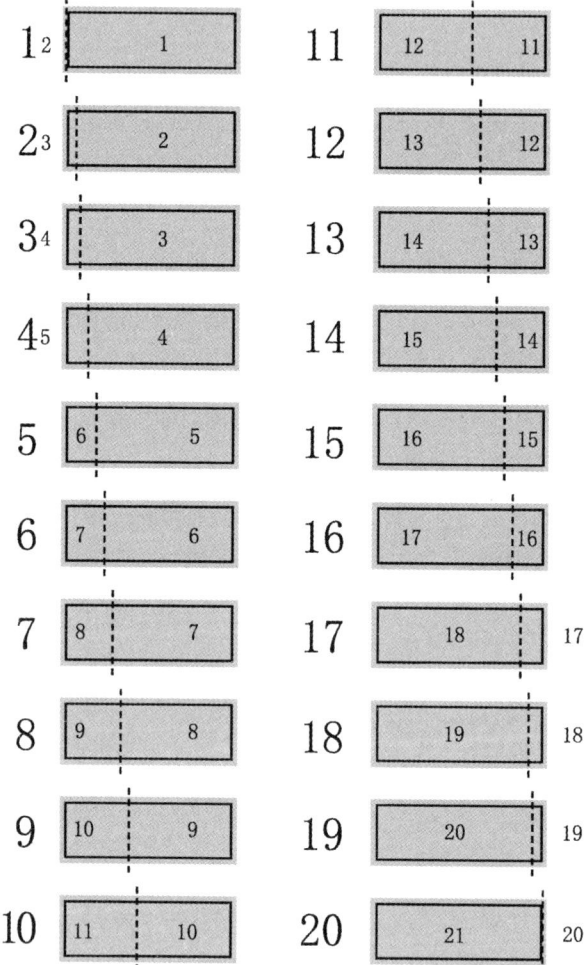

图六

有剪刀和胶带,短短三十分钟,就能凭空造出一万日元,很有意思吧?!

"1号和21号这两张都是边缘有缺失的,不过只要付钱时折起来,就能蒙混过去。我们小时候总能见到一些用和纸补了破口的钞票,跟它们看起来差不多。

"好了,接下来进入正题。这二十一张钞票流入到了市面上,但实际上只有二十张。

"现在各位明白我想说的意思了吧?这起钞票诈骗案,其实是我看清事件本质的契机。阿索德案和万元钞票诈骗案之间相隔了三十几年,但二者的本质是相同的。

"我们一直坚信阿索德案有六具姑娘的尸体,实际出现在我们眼前的也的确有六具尸体。可是,真正的尸体只有五具!"

2

我大吃一惊。

凭空消失了!像海市蜃楼一样!

原来如此!那是海市蜃楼啊!

不光我,饭田夫妻显然也兴奋起来了。

这是蜃气!我在心中高喊。

我感到突然眼前一亮,仿佛有人把探照灯打在了我脸上,霎时间什么都看不见了。我感到脖子后面起了一大片鸡皮疙瘩,惊讶于自己还能保持站姿,同时对御手洗敬佩不已。

"不过跟钞票不同,切开的尸体无法用胶带粘起来。"

御手洗丝毫不理睬兴奋的我们,平淡地继续道:"因此,需要用到另一种强力黏合剂,那就是起到了不透明胶带作用的阿索德幻想。这种幻想，或者说理论，实在过于引人注目，充满了猎奇色彩，以至于没有人想到那仅仅是将尸块错开的排列组合。每个人都坚信六具尸体都有一部分被切除，用来制作阿索德了。

"嗯？对，正是如此。阿索德没被做出来，而且凶手从一开始就不打算做这个东西。接下来应该不需要我多做解释了，各位都能想到完整答案吧……"

"再说详细些！"我忍不住大喊。

我们三人坐在听众席上，个个心跳如雷，兴奋不已。而御手洗听到这句话时只是咧嘴一笑，随即便露出不耐烦的样子。

不知为何，此刻我脑中竟浮现出"远近法"这三个字。它们就像铁道口的红灯，在我的脑海里忽明忽灭，太阳穴处的血管跟着震颤不已。

宛如文艺复兴时期的大师描绘的阿索德"错觉画"，那微笑太神秘，导致这四十年来人们一直受其迷惑，走错了路。

"单点透视"，远近法的这项功能简单得可笑，阿索德却正是利用这种手法绘制而成的。这一刻，我的双眼被迫凝视的，就是这幅画上凝聚了所有线条的"消失点"。

阿索德的消失点。此时此刻，围绕阿索德的大量虚像正以惊人的速度远去，化作针尖大小的黑点，最终消失。

然而，我还是有种立于问号丛中的感觉。那种感觉渐渐化作强风，继而成了耳边的风暴。

凶手是谁？！

为何尸体有的深埋，有的浅埋？！

将尸体遗弃在全国各地，不是为了实践占星术理论吗？！

青森和奈良等地的具体地点究竟是怎么算出来的？

东京一百三十八度四十八分呢——

发现较晚的尸体和发现较早的尸体意味着什么？

动机是什么——

从世间抹除掉自己的存在后，凶手藏身于哪里？

平吉的手记又是怎么回事？难道那不是平吉写的吗？那是谁写的？！

"你好奇的点都很偏啊。"御手洗说，"每次我讲到有价值的话题，你都会开小差，完全听不进去。

"今天的这场演讲，带有浓浓的称赞凶手的色彩。其实我一直觉得解说应该由凶手来完成，如果我是凶手，肯定不会假手于人。各位，你们还想继续听我说下去吗？"

饭田刑警老实地点点头，我当然也点了点头。美沙子夫人则瞪大了眼睛，使劲点了好几下头。

不知御手洗是认真的还是在开玩笑，只见他叹了口气，无可奈何地说："没办法，这段延时赛算是我特别提供的出血大甩卖吧。"

接着，他继续开始了解说。

"这是将六具遗体按照发现顺序排列的图。"

他把刚才画的图交给我，让我分发下去。（图七）

"这样看比较难理解，应该说，凶手是故意安排了这个最难理解的发现顺序，所以我们换成从上到下排序吧。也就是按照头部缺失、胸部缺失、腹部缺失这个顺序。这么一来，就成了牧羊座的时子、巨蟹座的雪子、处女座的礼子这样排序。"

说着，御手洗擦掉刚才画的钞票图，在黑板上画下了人体图。（图八）

"回想一下，警方是如何确定这些尸体的身份的呢？第四个、第五个和第六个被发现的雪子、信代和礼子都已经遇害近一年

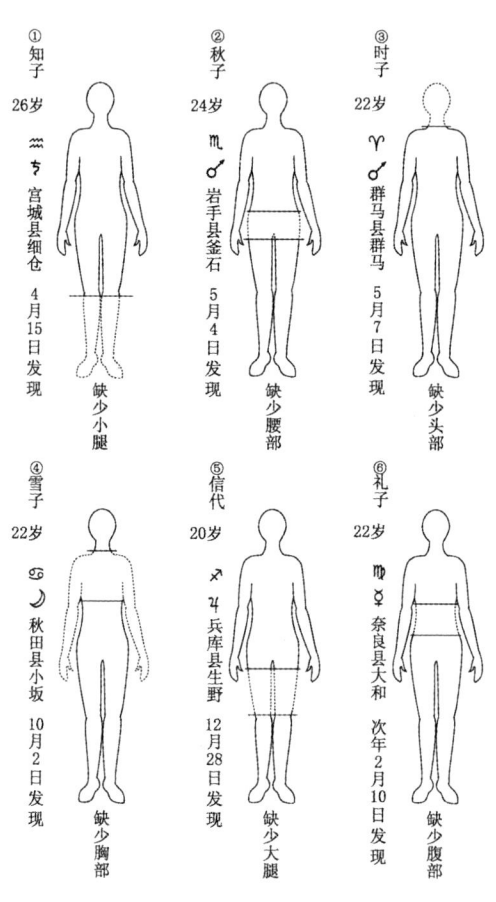

图七

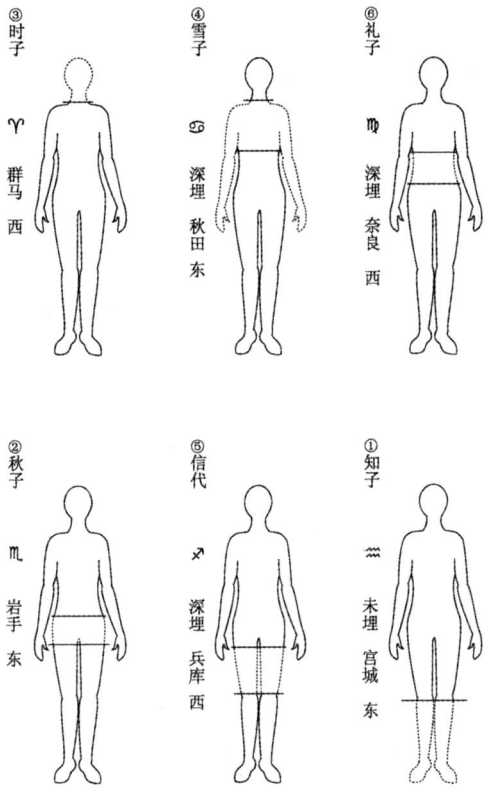

图八

了，腐烂程度严重，应该分辨不出面容。但其他几位都是遇害两到三个月后被发现，应该可以根据长相，也就是头部，以及身上的服装进行判断。已经化作白骨的尸体，也许是参考了手记的内容判断身份的。

"现在我为尸体的上半部分和下半部分标注名称，结果就是这样（图九）。按照箭头方向彼此拼接，就能组成一具完整的尸体。

"如果像刚才的钞票那样，差不多就是这样吧……五具尸体这样被切断，接着只需错开拼接即可。（图十）

"这里还有一个盲点。得知凶手是个女人时，我们可能会特别惊讶。那是因为迄今为止，我们一直认为凶手对四具尸体进行了两次切割，剩余两具尸体进行了一次切割，也就是共计十次切割。除此之外，我们还额外想象凶手要将六块身体部件搬运到某个地方进行拼接，这是极其庞大的体力劳动，无疑只有男性才能完成，而且很花时间。

"然而，现在这样一看就会发现，凶手要进行的操作其实非常少。遗弃到全国各地的工作她丢给了别人，切割尸体变为五具尸体各一处，共计五次。处理完尸体之后，她只需将各部位与旁边的对调。当然不能免去换衣服的麻烦，但也就仅此而已，一个女人完全有能力完成。

"就这样，凶手拼出了六具尸体。可是，这六具尸体不能同时被发现。阿索德幻想的混淆效果再怎么强大，六具尸体齐刷刷摆在眼前，人们还是会想到这有可能是错位拼接得出的产物。所以，凶手必须把尸体分散弃至全国各地。这才是抛尸的真正理由。我认为，她并非真心相信尸体所在位置关联的咒术意义。尸体的遗弃地点以东京为中心，大致分为东西两边，然后缺失部位相邻的两具遗体都被她分配到了一东一西两个方向。

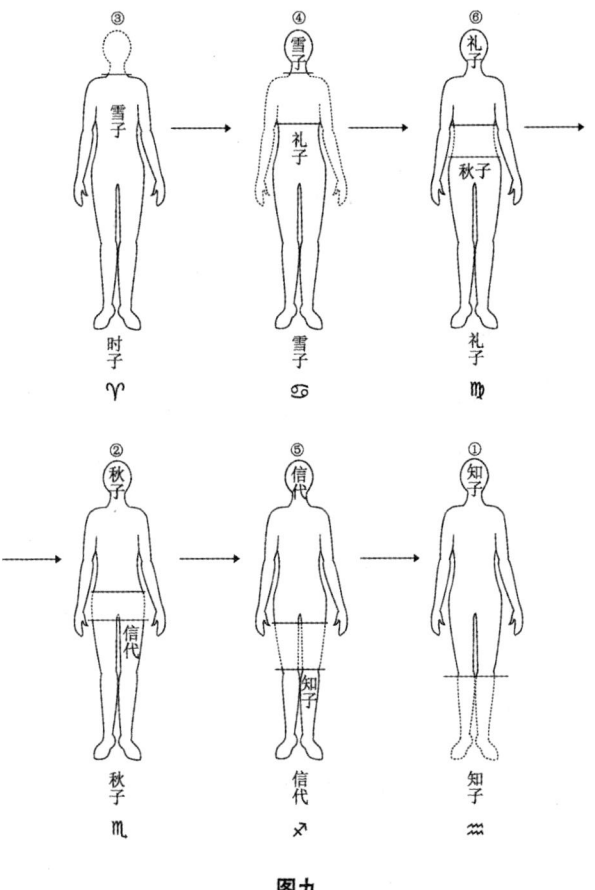

图九

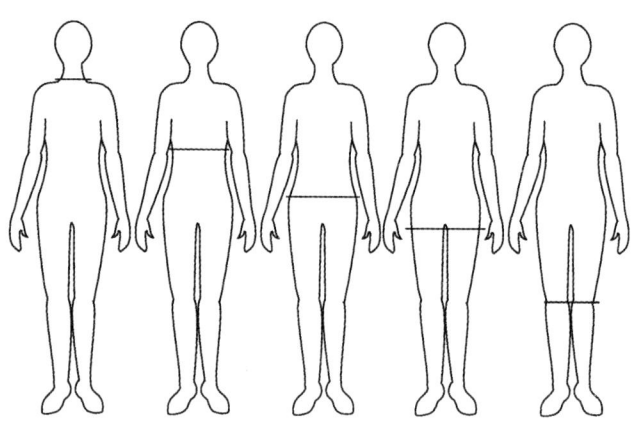

图十

"凶手自然就是六个女人中的一个。就算身体能够蒙混过关，头部，也就是面容，也肯定糊弄不过去。换言之，没有头部，没有脸的人，就是凶手。各位一看图就知道了，时子的尸体没有头，所以时子就是凶手。"

御手洗停了下来，我们三个都一言不发。

过了好久，我才挤出了声音。

"那须藤妙子是……"

"就是时子。"

又是一阵沉默，我们各自忙着整理混乱的思绪。

"好了，还有什么问题吗？"

三位听众中，除我以外都跟御手洗不太熟悉。饭田刑警甚至是今天初次与他见面，所以难免有点顾虑。于是，对御手洗发出连珠炮似的提问成了我的任务。

"从第四具尸体开始……雪子、信代和礼子的尸体都是整整半年后才发现的，这是因为她们都被深埋了，对吧？那么，为什么要将她们三人深埋呢？"

"这个啊，你看黑板上的图就知道了。缺失部位相邻的两具尸体，比如知子和信代，二者的发现时间必须隔开很久。毕竟无论扔得再怎么远，发现后都有可能被统一搬运到东京或别的什么地方。一旦将尸体并排摆放，就会很危险。万一有人发现切口能完美拼合，错位拼接的诡计就暴露了。虽说尸体身上还裹着衣服，警方恐怕不太容易产生那样的灵感。

"但只要相邻的两者之一相对发现得晚，另一方的尸体就可能不会保存到那个时候。这是个很好的主意，而且前半段的三具尸体都在春天被发现，接着便是夏天，尸体最容易腐坏的季节，所以那三具尸体在入夏之前都要火化掉。如果换成欧洲那些习惯土葬的国家，那就危险了。

"知子是最先被发现的，而且尸体没有被分成两段，只是小腿缺失，不存在鉴定断面或血型之类的麻烦，能保证绝对安全。

"时子的尸体也没有被分成两段，但她缺失的是头部，而且死者的真身并非时子，所以凶手应该不敢让她最先出现。想控制哪具尸体第一个被发现很简单，别埋就好了。

"总之，凶手先让人们发现了知子的尸体，接着是秋子和雪子，让信代、礼子和时子的尸体拖到很久以后才被发现，最好等到她们完全腐烂，成为白骨。如此一来，就算第一组被发现的尸体一直保存着，也不用担心被人看出切口一致。换言之，彼此相邻的两具尸体分别被分到第一组和第二组，到第二组尸体被发现时，第一组尸体早已被处理了，规避了被人对照切口的危险。

"而同组的三具尸体不相邻，即使被并排摆放，也不用担心被人看出错位拼接的手法。正因如此，凶手才会将第二组的信代、礼子和时子深埋。

"嗯，没错，我知道，事实上时子的尸体没有被深埋，反倒是雪子被深埋了。换言之，时子跟雪子的分组对调了。为什么呢？我猜是因为时子对用来顶替自己的尸体不太放心。即使能通过双足和趾甲变形判断死者生前练过芭蕾舞，但仅有这些，还不足够。因为尸体没有头部，就很可能被怀疑是替身。就算没有人明说，单单因为没有脸，警方也可能会重点追查。

"于是，她为尸体准备了另一个鉴别标准，那就是胎记。我记得平吉在手记中提到过，时子的腰部有胎记。但其实那是雪子的身体，所以时子知道雪子身上有胎记。然而一旦尸体腐烂，胎记就无法识别了，连芭蕾舞者的特征都有可能消失。别的尸体都无所谓，唯独这具尸体，一定不能让其腐烂。所以呢，时子就没有深埋这具尸体。

"可是这种做法会招致好几个问题。首先,'时子'的尸体有可能被放在雪子的尸体旁边。虽然群马和秋田相隔甚远,但也不能过于乐观。万一二者被放在一起,雪子的脑袋又意外地滚到了'时子'那边,就凑成了雪子的完整尸体,计划会就此失败。

"其次,时子之所以用了雪子的身体,正是因为雪子身上有胎记。雪子是昌子的亲生女儿,母亲不可能不知道女儿的腰部有胎记,因此她必须避免昌子看见'时子'的尸体,同时还要让'雪子'的尸体充分腐烂。另外,保谷的多惠要去确认'时子'的尸体,所以时子必须让多惠知道自己腰部长出了后天性的胎记。

"虽然问题众多,但时子还是要迎难而上。她可以在身上画个胎记并让多惠看到,以此解决最后那个问题。至于前两个问题,也可以轻易解决,办法就是深埋雪子。所以,'雪子'和'时子'的尸体被调换了分组。

"可是调换之后,又有可能产生新的危险。我刚才说了,第一组的三具尸体万一被存放在同一个地方,就有可能出现相邻两者被并排观察的情况。

"幸运的是,这种情况出现在了第二组,但没有出现在第一组。秋子与时子并非相邻,而且第二组的三具尸体都彻底腐烂了,因此不存在问题。

"之所以将信代、礼子、雪子分到第二组,其实还有一个意义。昌子当时因杀人的嫌疑遭到逮捕,精神状态肯定不稳定,所以就算她发现异常并说出来,警方也很有可能不予采纳。另外,第二组尸体的腐烂程度很严重,就算是血亲也极难分辨。考虑到昌子正被羁押,警方极有可能不会带她去确认尸体。于是,雪子也极有可能不被亲生母亲看到，直接被送去火化。

"然而，梅泽吉男的老婆文子就是另外一回事了。她没有被羁押，一旦听说有人发现了女儿的尸体，肯定会立即前往确认。毕竟是亲生女儿，她一定会仔细观察。这就是为人母的执念。如果文子发现了可疑之处，警方就有可能纳入考量。因此，凶手必须让文子女儿们的尸体高度腐坏，甚至化为白骨。

"出于以上种种理由，时子才将尸体分成了浅埋和深埋两组。"

我万分震惊，没想到凶手有考虑得如此周到的犯罪计划。

"原来如此……真是太令人惊讶了。不过……既然如此，不需要单独对调分组，直接将用雪子顶替的'时子'那一组改成浅埋组，也就是第一组不就好了？那样就不必——"

"呵呵！我刚才都说了，警察发现第一具尸体时，肯定会因为震惊而深入调查。时子害怕的就是这点。

"假设凶手通过浅埋的手段，将'时子'安排到第二个或第三个被发现，那么信代或礼子就要成为第一具被发现的尸体。那两具尸体的上下两段分别来自不同的人，无论让谁当第一，如果像知子那样直接不埋，其母亲文子都必然会发现异常。我可以打赌，为人母者在这方面的观察力非常惊人。而且我认为，时子在实施计划时最警惕的不是警方，而是姑娘们的亲生母亲。

"再说了，将两个人的尸体拼成一具，并且在新鲜的状态被人发现，就算是乡下警察也有可能发现异常。而且尸体的状态那么夸张，再不济，警方也会全力以赴进行调查。

"那么，是否应该把身体部位无缺损的无头尸放在第一位呢？我刚才也说了，这么做更有问题。

"无论怎么想，为了最先让人发现而露天抛弃的，都必须是知子的尸体。"

"那干脆——"

"全部埋起来？那就没有导火索了。警方一直不怎么重视平吉的手记，搞不好要过个十年才能找到全部尸体。到时候别说胎记了，连芭蕾舞者的特征都会消失得一干二净。

"而且能被发现都算好的了，一个搞不好，那六具尸体永远都没人发现，或是发现了五具尸体，偏偏漏掉了无头的那个，这也不是绝对不可能。如此一来，这个'巧合'反而会暴露凶手。辛辛苦苦准备的替身，到头来却是白忙活一场。

"对时子来说，必须六具尸体全都被发现，才能保证她的安全，而且中间不能隔太久。这不仅因为太晚发现，芭蕾舞者的特征可能会消失，更因为这是一起找不到凶手的疑案，越是拖延时间，尚未发现尸体的涉案人就越容易被怀疑是凶手。于是，在警方发现全部的六具尸体之前，她要一直隐藏身份，四处逃窜。那样的生活时子肯定也不想过太久吧。"

"哦……原来如此……"我长叹一声，"可是，上段和下段真的是不同的人吗……这样真的可行？万一警察测了血型怎么办？她是怎么骗过去的……"

"那几个姑娘正好都是A型血，只是星座各不相同，也许正因为这样，时子才想到了这个犯罪计划。

"不过你说的没错，换成现在，这个诡计肯定行不通。首先是血型，饭田先生是专业人士，应该非常清楚，现在对血型的分类已经不再是简单的ABO，还有MN型、Q型和Rh型。简而言之，就是发现了越来越多的抗体，将其排列组合起来，人类的血型就足有一千多种。

"其次，不光是血型，如果尸体被切割成了上下两段，警方调查时肯定会进行DNA采样和骨骼及组织分析。这么做基本不可能骗过警方。"

"连乡下的警察也骗不过?"

"现在全日本哪个乡下地方开车两三个小时还不能到有大医院的城市啊?就算有这种地方,当地警方肯定也配备了法医学专家,肯定不会只检测ABO血型的。

"不过,MN型和Q型都要等到'二战'结束后才被人们发现。饭田先生,请问警方是何时将这几种血型纳入查案领域的?哦,果然是更久之后啊。昭和十一年案发时,只有ABO血型的检测。"

"通过血液可以检测DNA吗?"

"提取DNA的方法多得很,可以从血液中提取,也可以从唾液、精液、皮肤,甚至骨头碎片上提取。所以现在即使将尸体烧成焦炭,或是尸体已腐化成白骨,也无法完成那样的诡计。正因为当时是昭和十一年,诡计才能成功。换成现在,恐怕要挫骨扬灰才行了。毕竟现在的调查对象可以小到显微镜级别,除非彻底破坏到无法分辨血型、DNA和骨骼组织的程度,否则无法蒙混过关。从这个意义上来说,现代可谓犯罪者的噩梦啊。"

"到目前为止我都理解了,难怪你在京都会嗷嗷大叫。可是,你又是怎么找到须藤妙子,或者说时子的藏身之处的?"

"哈哈!那还不简单吗?只要结合动机一想就知道了。"

"没错,我还不知道动机。她为什么要作案?"

"你不是有一本《梅泽家占星术杀人事件》嘛,借我用用。

"嗯……你瞧,这儿有份家谱。只有时子是平吉和前妻多惠的孩子,而多惠这个人,在家谱中属于比较不幸的。时子作为她唯一的孩子,决心要为母亲复仇。

"接下来只是我的想象。时子的父亲平吉是个花心大萝卜,碰到更外向的昌子就抛弃了老实的多惠。所以,昌子和她的三个女儿无疑都是时子的敌人。时子虽然跟她们一起生活,但平时多多少少免不了被排挤。

"在时子眼中,礼子、信代和雪子这几个姑娘虽然没有直接的血缘关系,但她们都跟令自己的母亲痛苦万分的平吉有关系。这六个人——不,还要包括昌子和时子自己在内,八个女人齐聚一堂时,时子可能时不时地,也可能频繁感到被排挤。也许还发生过让恨意发展成杀意的事情。

"昨天我没仔细问,所以不太清楚。但毕竟是促使时子制订了如此详尽且庞大的计划的事,就算我问了,她可能也无法在短短几十分钟的时间里讲清楚。

"不管怎么说,时子虽然对那些人怀有私怨,但更多的还是为了替不幸的母亲多惠报仇。

"自从父母创业失败,多惠就经历了诸多苦难。后来好不容易碰到平吉这个还算有钱的人,总算能过上幸福的生活了,最后却被昌子偷了家。如果是现在的女人,肯定会想方设法不让昌子霸占自己的家庭。然而多惠是那种旧时代的消极女性,没有那么大的本事。无论在金钱方面还是感情方面,她都太可怜了。这一系列犯罪的动机,可能就是想让多惠至少在金钱方面不再发愁。

"按照这个思路想下去,就会发现一个非常明确的地点。多惠一直想在嵯峨野开一家卖小口袋的店,因为她只在京都的嵯峨野有过美好的回忆。然而她最终死在了保谷,始终没能实现这个梦想。那么,时子完全有可能代替母亲实现梦想。尽管那个地方可能已经人去楼空,但考虑到时子的犯罪动机是对母亲多惠的同情和爱,我认为还是有必要去嵯峨野看看。

"结果,我真的找到了时子。时隔四十年,她依旧在那里安安静静地生活。我猜测她可能会用与母亲名字相关的文字作为店铺的名字,便去警察岗亭询问附近有没有名叫妙屋或惠屋的口袋店,还真让我找到了。店名叫惠屋,而且时子把自己的名字改成了妙子。"

"那之前号称梅泽平吉手记的东西,原来并不是平吉写的?"

"那当然是时子写的。"

"二月二十五日下大雪那天,平吉的模特就是时子?"

"没错。"

"平吉让亲女儿给自己当模特啊……对了,顺便讲讲那个挂锁密室吧。"

"都讲到这份上了,那个还有什么好讲的?还有平吉的鞋子问题,这些都太简单了。

"时子当模特期间,外面下起了雪,于是她想到了足迹的诡计。这个之前讲过了吧?

"平吉只信任时子一个人,所以才会当着她的面服用安眠药。时子肯定在旁边装出了自己马上就要离开的样子。

"突然,时子杀死了父亲,然后把床斜过来,挡住死者的双腿,假装床被吊起来过。接着她剪掉了父亲平吉的胡子,最后她走出画室,来到足迹凌乱的那扇窗边,将系成环扣的绳子套在窗栓上。当然,此时还没办法扣上挂锁。

"然后她穿着女鞋走出后门,再踮着脚大步返回,到画室门口换上平吉的鞋,再次走到窗边,覆盖掉刚才留下的足迹,随即顺着刚才踮脚走过的地方再一次走出后门。

"我不知道她后来去了哪里,也许去了保谷的母亲家,但是当时已经没有公交车和电车了,叫出租车又会留下行踪,所以她很有可能找了个地方一直躲到天亮。也就是说，下着三十年不遇的大雪的夜晚，她是独自瑟缩着度过的。我猜凶器也是那个时候处理掉的吧。

"天亮后她回到了梅泽家。当时她肯定提着包或袋子，里面装着平吉的鞋。

"然后她做好早饭，送去给平吉，假装透过窗户发现平吉遇害，并趁机从窗外把鞋子扔到门口。就算鞋子落地不够整齐也无所谓，因为过后她会跟其他人合力撞开大门。

"随后，她叫来所有人撞开大门，趁其他人跑向平吉时独自扶着房门靠到一边，并在那一刻扣上了挂锁。

"如果撞门之前所有人先一窝蜂跑到窗口查看画室内部的情况，搞不好就会有人发现门没上锁。但是时子以不可破坏窗边的足迹为理由，成功阻止了其他人走到窗边。"

"原来如此……这样一来，万一警察问门是不是锁着的，时子只要回答是就好了。毕竟只有她一个人见过画室内部的情况。"

"正是如此。"

"那么，保谷的多惠为时子作了伪证？"

"是的。"

"后来在上野毛杀了一枝，然后诱骗竹越文次郎的人也是时子？"

"如果只是梅泽家的一连串事件也就算了，我最看不惯的地方在于，她把竹越文次郎这个完全没有关系的人也卷了进来。因为她，竹越文次郎的后半生过得异常痛苦。今天虽然为时已晚，但我们总算能够稍微减轻文次郎先生的痛苦了。石冈君，那个房间里还有一桶冬天烧暖炉剩下的油，帮我拿过来好吗？"

我提着所剩无几的油桶回来时，御手洗已经在铺了瓷砖的水池前站定。他拿起竹越文次郎的手记扔进水池，泵出一点儿油浇了上去。

"美沙子女士，你有火柴或打火机吗？哦，有啊，那太好了，借我用用吧。咦，石冈君，你怎么也有？不过你还是收起来吧，用饭田女士的更有意义。"

御手洗一点着火，手记就熊熊燃烧起来。

我们四人站在水池边，盯着宛如迷你篝火般燃烧着的手记。御手洗手拿一根棍子，不时撩上两下，带起片片黑灰。

我隐约听见饭田美沙子的呢喃："太好了。"

3

事件的确算是解决了，我心里却还有许多疑问。御手洗亮出答案时，我实在过于吃惊，有好多问题没有问出口。等有了独自思考的机会，我脑中被搅浑的泥水渐渐沉淀下来，又冒出了几个不明之处。

最大的疑点在于，时子当年才二十三岁，她是从哪儿弄来亚砷酸、氧化铅和氧化铁这些药品的？如果只是水银，还可以买一把体温计，逐个敲碎收集。然而硝酸银和锡这些东西，除非是经常出入药科大学的人，否则应该无法搞到。

第二个疑问是，世人都觉得她已经死了之后，她躲在哪里生活？四十年后她住在嵯峨野，但是案发之后，她马上改名换姓在嵯峨野展开新生活，这样未免太危险了。吉田秀彩曾对我说过，死了一次的人，其实很难不着痕迹地活着。

还有一点疑问，时子在画室为父亲当模特时，很难保证其他姑娘不会突然跑过去玩，她会甘愿冒这种风险吗？

不过平吉应该有不希望女儿和昌子发现的秘密，时子只要锁上窗户、拉起窗帘，突出平吉希望不被打扰的意愿，也许就不成问题。

会不会有这种可能？这个犯罪计划并非时子制订的，而是她的母亲多惠制订的，或是母女二人合谋。

按照这个思路，多惠心甘情愿地为时子作伪证，还有多惠前去确认伪装成"时子"、实为雪子的尸体时没有表现出一丝怀疑的行为就都能说得通了。而且这样一来，时子杀害了平吉那晚也有地方可去，无须在大雪之夜瑟瑟发抖地等待天明。我认为这是极有可能的。

我的最后一点疑问是，吉田秀彩为何会知道平吉是左撇子？这一点我怎么都想不通，就干脆给他打了通电话。其实我对答案早有预料，他果然是听安川民雄说的。

饭田夫妇走出御手洗的教室，准备将这惊人的真相公之于众。御手洗则好像什么事情都没发生过，又回到了之前那种懒洋洋的样子。我待着也没趣，便早早地回了家。只不过我好像陷得太深，迟迟找不回正常的生活节奏。

发生在昭和十一年，中间经历了战争，到今年昭和五十四年一直悬而未决的梅泽家占星术杀人事件尚未完全终结。因为御手洗解开谜题的第二天早晨，我满怀期待地翻开报纸，却没有发现"梅泽家占星术杀人事件时隔四十年真相大白"的标题，反倒看见了一则让我心中一惊的报道。

第四版的角落登有一篇不长不短的文章，报道了须藤妙子自杀的消息。我不知道御手洗对此做何感想，但我其实曾预料到了这个结局。尽管如此，我还是深受打击。

报纸上说，十三日，星期五晚上，有人发现了须藤妙子的尸体。发现者也许是饭田刑警联系的警方人员吧。她的死因与阿索德案时一样，是服用了砷化物中毒致死。整篇报道只讲到须藤妙子死在惠屋的后堂，仅用最后一句话提到这件事也许与战前的梅泽一家灭门惨案有关。

报道上说死者留下了遗书，但内容只是对在店里工作的两个女孩子表示歉意，并答应给这两个即将被迫失业的女孩子一小笔补贴。我把报纸揉成一团，转身走出公寓。显然，我要跟御手洗再见一面。

看完报道，我脑中突然有了主意。须藤妙子用于自杀的砒霜，恐怕是几十年前犯下凶案时剩下的。四十年来她都随身携带，从不曾抛弃。想到这里，我似乎多少能够理解须藤妙子的孤独了。可是，她为何一句话都没有留下呢？

走到车站我才发现，我订的那份报纸是比较不会找事的那种。因为报亭里摆满了印着"占星术杀人事件真相大白""凶手是女人"这类醒目大标题的报纸，而且卖得那叫一个快。卷成圆筒的报纸堆眼看着迅速变矮，我赶紧趁卖光之前抢购了一份。

然而报纸上并没有附图讲解遗弃尸体的诡计，只简单介绍了一下发生于昭和十一年的事件，最后得出的结论是，四十年来警方锲而不舍地调查，终于查清了真相。对知晓实情的人来说，这样的报道似乎略显偏颇。当然，文章中压根儿找不到御手洗洁这个名字。

御手洗还没起床。我大步流星地走进他的卧室，告诉他须藤妙子死了。御手洗猛然睁开眼，说了一句："这样啊。"

然后他就一直枕着胳膊保持沉默。我等了好久，以为他还会有什么惊天动地的发言，然而御手洗接下来说的话，竟是让我去泡咖啡。

他捧着咖啡，认认真真地读了我买来的报纸，接着往桌上一扔，露出笑容。

"你看过了吗？这上面说全靠警方锲而不舍地调查呢。"御手洗说，"那个竹越刑警再怎么锲而不舍地调查一百年，恐怕也查不出什么，倒是卖鞋的要发财了。"

我想趁此机会提出疑问，就说起了六种药品的事情。

"我也不知道，毫无头绪。"

"你在岚山不是单独跟须藤妙子坐了挺久嘛。"

"嗯，是呀，但我们没说几句话。"

"为什么？！你好不容易才找到她的啊。"

"问多了就容易产生感情。而且我又不是踏破铁鞋才找到答案的，所以看见她时，心里并没有我好辛苦的感慨。"

骗人——我不禁想，也不知是谁想破脑壳也想不出答案，都快疯掉了。

御手洗这个人很怪，就算已经狂奔得喘不上气了，在我面前他也要屏住呼吸，强装自己是天才，做什么事都不费力气。

"而且我不用问，关键部分都清楚了，跟她讨论细节问题没什么意义。"

"那你告诉我，那些药品从哪儿来的。"

"你怎么还在纠结这个！看来你也想试试踏破铁鞋的感觉。实话说吧，那些药品，还有东经一百三十八度四十八分，都不过是雕梁画栋的装饰罢了。她的确有点本事，把这些装饰做得栩栩如生，让人们忘了去关注建筑物的整体。尽管如此，最关键的部分还是骨架，我也只对这个最感兴趣。光顾着分析装饰，就无法把握建筑物的结构。说到药品,假设你现在必须弄到某种药品,没有就会威胁到自己的生命,那你肯定会想方设法弄到手吧?就算最后查出来是须藤妙子假扮成保洁员混进了某所大学的实验室,又有什么意义呢?"

"那我换个问题。犯罪计划我觉得不是时子一个人制订的,而是与母亲多惠合谋,甚至有可能就是多惠制订的计划,时子只是听其指挥行事。你说有这个可能吗?"

"我觉得不可能。"

"你认为是时子独自制订的?"

"是的。"

"但我觉得合谋的可能性也存在啊,你确定吗?"

"我很确定,但是没有证据。只是我这么认为而已。"

"你这样说我无法接受。就算没有证据,也说说你的想法吧。"

"这不是摆事实讲道理能说清的问题,我是从她们的感情中推测出来的。

"时隔四十年,时子改名叫妙子,在嵯峨野开了一家名为惠屋的口袋店。如果多惠是主谋,时子恐怕不会这么做。就算她真的这么做了,也不会冒着巨大的风险一直坚持到昨天。我看啊,她已经决心与事件的真相共沉沦了。没错,她是与事实殉情了。

"另一个是金钱的问题。如果是合谋,那么多惠在拿到钱的那一刻,或者说一段时间后,就会分出去至少一半。至少多惠无法随自己的心情自由处置那笔钱。虽然我没有实际调查过,但应该不存在那样的事。

"再回到前一个观点,计划成功、遗产到手后,如果时子陪在多惠身边,多惠应该会立刻搬去京都嵯峨野,并且实现自己的梦想。然而多惠很孤独，正因为孤独，才会在得到大笔遗产后仍无所作为，连自己小小的梦想都没去实现。因此，时子虽然完成了计划，却还是没什么成就感。于是她才甘冒如此大的风险，一直待在嵯峨野。"

"原来是这样……"

我多少有些消沉。

"但这不是有理有据的论证，如果你想反驳，大可以借其他事实提出相反的主张。反正时子已经死了，真相永无大白之日。"

"太可惜了……就这么错过了千载难逢的机会。"

"是吗，我觉得这样更好。"

"过两天会不会有遗书寄到你这里来啊？"

"不可能。我不仅没告诉她地址，连姓名都没有透露。因为我的名字实在不适合在那种戏剧性的场合大声说出来。"

"嗯，这个嘛……"

我很想说此话在理，但没有说出口，因为我还是有点同情御手洗的。

"可是须藤妙子……不对，时子她……案发后究竟躲在哪里呢？"

"关于这件事，我跟她聊了两句。"

"她去哪儿了？"

"去中国满洲了。"

"满洲啊……原来如此，就像英国罪犯逃到美国一样。"

"她还跟我讲回日本时，在火车上看着窗外的群山是什么感觉。我们平时坐车看山，都会觉得很遥远，对不对？可她坐在火车上看日本的山，却感觉山要往她怀里扑，于是感叹日本真的很小。是不是很有诗意？我对这番话的印象特别深刻。"

"哦……"

"以前真好啊。现在的日本人，可能从出生到死去，都没亲眼见过地平线长什么样子。"

"生活圈子越来越小了嘛……不过话说回来，一个二十三岁的年轻女人竟然独自策划了如此大胆无畏的犯罪，真让人惊叹。"

御手洗的目光飘远了。

"嗯……很了不起，她一个人把全日本的人糊弄了整整四十年。我从未见过这么了不起的女人，真是太佩服了。"

"是啊……可你究竟是怎么想到答案的？我知道钞票上的胶带给了你灵感，但实际上不只那个吧？你是怎么看穿如此复杂的诡计的？光凭我的说明，很难突然想到拼接尸体的诡计吧。"

"哦，你说那个啊。因为在介绍案情时，你一直把制作阿索德当成了大前提。

"但是，关于这个阿索德，无论我怎么想，都不觉得凶手有制作她的场地和时间。

"其实这些都不重要，关键在于平吉的手记。里面的疑点实在太多了，越看越不可信。"

"比如什么？"

"真要说起来那可就多了……首先有个最基本的矛盾之处。作者说手记是阿索德的附属品，他要将其放置在日本的中心，不让任何人看见。接着转头又说如果他的作品产生了价值，希望把钱都留给多惠。这显然是有意要让别人看见才写下的内容。

"而且，手记里的内容过于危险，凶手应该拿走才对，可它却跟平吉的尸体一起出现在了现场。如果那不是凶手自己写的东西，她就要随时将它带在身边参考，否则怎么指定尸体的遗弃地点？那可是别人，是平吉写的东西，如果不复制一份，凶手难免会忘掉细节吧。

"当然，凶手也许并不是在杀害平吉时头一次看到手记，也有可能之前就看过好几次。但不管怎么说，肯定是随身带走最好。可是手记偏偏留在了现场，这不摆明了想让别人看到吗？如此一来，手记就极有可能不是平吉写的。

"另外，手记中还提到'假如阿索德将来能为我创造财产'，这也太奇怪了。如果制作阿索德是为了挽救大日本帝国，为何要拿她去创造财产？能说出这句话的人，肯定了解计划的全局。而且手记中还指名要把财产留给多惠，这就足以看出真相了。凶手的意图再明显不过。

"另外，手记里还有很多琐碎的疑点。比如……你说平吉烟瘾很大，手记上却说由于香烟呛鼻而不怎么去酒馆，这应该是时子的想法才对。

"还有……对了，还有音乐。手记里平吉说他喜欢听《卡布里岛》和《月下之兰》这种音乐，那可是昭和九年到十年的流行音乐。我曾研究过那个时期的音乐，所以比较了解。这两首曲子都很不错，当时卡洛斯·加德尔唱的《耶拉伊拉》也很流行……不对，跑题了。昭和十年可是平吉遇害的前一年，他应该在画室里隐居很久了，为何会如此熟悉当时的流行歌曲，甚至下意识地哼唱呢？画室里既没有收音机也没有电子留声机。但是换成时子，她肯定听过这些曲子，因为昌子喜欢音乐，经常在主屋的客厅里播放各种歌曲。"

"原来如此……"

听他这么一说，我发现自己的确漏掉了很多细节。

接着，我仔细分析御手洗的话，想从中了解须藤妙子为何一言不发地自杀，但没有找到答案。

"须藤妙子的自杀……"我问道,"她为什么一句话都没说就死了?惊动了这么多人,到最后却一句解释都没有,这到底是为什么?"

"我要如何回答才能让你满意呢?"御手洗仿佛在回应针对自己的质询,"看看报纸吧。上面说犯罪事实暴露,凶手畏罪自杀。我觉得这样就够了。一个考生自杀,人们就说是受不了应试压力,不管这个学生成绩好坏,只要死了,就立刻会被理解为应试压力过大。你觉得问题真的如此简单吗?简直是无稽之谈!这无疑是投了普罗大众之所好。这群名为大众的人,只会用这种粗暴的归类来打消因为平庸而产生的危机感和自卑感。

"自杀的人狠心抹杀了自己一辈子几十年的时光,其中当然有数不清的复杂缘由。可是大众只愿接受简单粗暴的解释,你说这要怎么解释?真的有必要解释吗?干脆嘴巴一闭死掉算了!你觉得自己就是例外吗?既然都能讨论别人的死法了,肯定也很清楚自杀的理由吧?"

……

4

御手洗始终不愿说他对须藤妙子之死的想法。但从他说的那些话猜测,御手洗显然不认为她是畏罪自杀,而是因为一些只有死者自己清楚的事情。

我至今都想不明白究竟是因为什么。后来我好几次抓住机会追问,都被御手洗搪塞过去了,只笑着说是因为那个骰子。

说到骰子,我觉得"梅泽家占星术杀人事件"跟小时候每逢过年玩的双六游戏有点像。吊床诡计、东经一百三十八度四十八分、四·六·三的中心，还有阿索德，这张棋盘上布满了各种各样的陷阱，我和御手洗就像一对滑稽组合，每扔一次骰子都要一惊一乍。而我则在走完全局的前一刻搞错了道路，独自跑到名古屋的明治村白忙了一趟。

但是，这一切也不算不堪回首的记忆。我去了很多地方，见了很多人，让我心生厌恶的恐怕只有竹越刑警而已。讽刺的是，凶手反倒给我留下了最好的印象。我该从这件事里总结出什么教训呢？

如果非要说不好的经历，恐怕就是最后那段时间的感觉吧。

真相公开后果然引发了骚动，到处都有人谈论"梅泽家占星术杀人事件"。报纸上整整一周都在刊登相关报道，周刊杂志则竞相推出案情特辑，电视上也搞了好几个特别节目，连内向腼腆的饭田刑警都露面了。也许因为竹越刑警的面孔实在不适宜老幼共赏，因此上电视抛头露面的痛苦没有降临到他的头上。

曾经针对这起事件提出食人族论和外星人论的大胆出版社，仿佛为了最后再捞一笔，又飞快编辑了好几本书接连出版。

我不知在哪里读到，饭田刑警因为此案的功劳得以晋升。御手洗却只收到了美沙子夫人寄来的一张内容空洞的感谢明信片。

哪怕用放大镜一行一行找，我也没在相关出版物中找到御手洗的名字。换言之，我的朋友彻底被世人忽视了，为此，我忍不住感到愤慨。

不过这样也好。因为御手洗没有露面，整起事件的解决就成了警方孜孜不倦调查的成果，竹越文次郎的存在以及他的手记都得以不为世人所知。

这是最让我感到欣慰的事情。我们做出的小小努力，最终获得了莫大的回报。御手洗想必也有同样的心情。不，他肯定比我更高兴。尽管如此,我还是愤慨于朋友被埋没,没办法真的高兴起来。

不过在御手洗看来那好像根本不算什么问题。他现在全然不顾外面的喧哗,整天哼着歌,过自己的生活。

"你不会感到不甘心吗?"我忍不住问过一次。

"不甘心什么?"御手洗天真地反问。

"事件究竟是谁解决的?不是你吗?可现在根本没有人知道你!本来你应该上电视,变成大名人,还能赚很多钱!

"不,我知道你不是那种人。可是在这个世界上,有点名气凡事都会容易一些。包括你的工作也是。有了名气,你就能换个好一点的地方,在这里放一张更好的沙发。"

"如此一来,这间屋子就会充满只知道凑热闹的低能人士,把仅有的脑细胞挤出门外。每次开门进屋,我都会找不到你混在什么地方,必须大声呼喊才行。你可能还不知道,我很喜欢现在的生活。我不希望那些出门不带大脑的人扰乱我的生活节奏。

"现在这样,只要第二天没工作,我就能想睡多久睡多久。可以穿着睡衣走出卧室看报纸,可以搞自己喜欢的研究,还可以只为感兴趣的工作出门。除此之外,我还可以对讨厌的人说'你很讨厌',可以黑白分明,不需要照顾任何人的心情。这些都是我敢于当某位刑警口中默默无闻的乞丐,才好不容易换来的财富。现在我还不打算放手呢。我寂寞了有你陪伴,并非孤单一人。所以啊,我可喜欢这种生活了。"

听了这番话,我的胸口顿时热乎起来。原来他这么看重我啊。既然如此,我也应该做点什么证明我们的友情了。想到这里,我不禁由衷地露出了微笑。

"那御手洗君——"我说,"要是我想把这些天的事情写下来寄给出版社，你会惊讶的吧？"

御手洗立刻露出了逃出家的丈夫半夜碰见恶鬼老婆的表情，同时拼命转移话题。

"别开这种对心脏不好的玩笑……呀，石冈君，都这么晚了！"

"不知道能不能出版，但总有尝试的价值嘛。"

"换别的事情我都愿意答应。"御手洗换上了严肃的表情，"唯独这个，饶了我吧。"

"为什么？"

"你好像没有充分理解我刚才说的话啊。另外，还有别的理由。"

"愿闻其详。"

"我不想说。"

我心想，等故事写好了，首先要给在京都收留了我们的江本君看看。照这个情况，御手洗也许是最后一个读到的。我的职业是插画家，所以认识很多出版社的人，找人试读应该不会太难。

"你肯定无法想象自己报出名字后，等待对方询问具体是哪几个字的恐怖吧……"御手洗像个老人一般瘫坐在沙发上，有气无力地说，"我会在你的作品里登场吗？"

"那当然啊。如果少了你这个与众不同的人物，作品就会欠缺成为大作的元素。"

"如果你非要写，就给我起个好听点的名字，比如月影星之介之类的。"

"哦，可以呀。我们俩什么交情，这点小把戏当然可以答应你。"

"真是占星术的魔法啊……"

不过，这一事件并没有到此了结，还有最后一个意外发展等待着我们。

须藤妙子真的给御手洗留了一封遗书，显然，公开发表的事实里充满了无稽之谈。不过直到这一事件平息半年后，御手洗才拿到那份遗书的复印件，让我们意识到了这件事。将遗书送来的人，还是那位竹越刑警。

十月的一个下午，有人轻轻地敲响了御手洗事务所的大门。他马上应了一声，但当时他离门比较远，又是低头应声，访客似乎没听见。外面的人沉默了一会儿，接着又传来貌似出自女性之手的敲门声。

"请进！"御手洗大声应道。

门缓缓打开，外面竟是一个眼熟的大汉。

"哎，是你呀！"

御手洗仿佛见到了有多年交情的挚友，从座位上跳了起来。

"这可真是位稀客。石冈君，赶紧去泡茶！"

"不用客气了，我马上就走。"

大汉说完，从包里拿出一沓复印用纸。

"今天只是过来把这个给你。"

说完，刑警就把那沓纸交给了御手洗。

"很抱歉，拖了这么久，还只能给你复印件……"没等御手洗开腔，他就辩解道，"因为这是很重要的证物，而且……我们花了一点时间来判断这究竟是写给谁的……"

我们俩听得一头雾水。

"就这样，请你收好。"

说完，竹越刑警马上转过身去。

"咦，这就走了？难得来一趟，请坐坐再走吧。"御手洗挽苦道。

然而竹越刑警并不理睬，快步走出门，抓住门把手就要关上。

但是关到还剩一条门缝时他停下了动作，继而重新打开，回到了屋里。

"这话不说就不算男人啊。"竹越刑警嘀咕着。

接着，他死死盯住我们俩的鞋子，老大不情愿地继续道："这次非常感谢你的帮助，我父亲的在天之灵一定会很欣慰。我要再次向你道谢，替他向你道谢。谢谢你。之前说了很多不讲理的话，实在很抱歉。那我……告辞了。"

说完竹越刑警便飞快而安静地关上了门，自始至终都没有抬头看我们一眼。

御手洗勾起嘴角无声地笑了。然后，他说："看来这家伙也不坏。"

"嗯，的确不是个坏人。"我也说，"这次他肯定从你身上学到了不少东西。"

"嗯，是啊……"御手洗说，"至少学会了怎么敲门。"

竹越刑警送来的那沓纸，就是须藤妙子写给御手洗的遗书。这封遗书解释了事件的所有细节，故我在最后附上全文，结束这个漫长的故事。

阿索德之声

致我在岚山见面的年轻人：

  我一直在等你。我深知这样说会显得很怪，但我认为除此之外没有别的表达方法了。

  我心里清楚，自己已经沉沦到了无可救药的地步。毕竟背负着如此深重的罪孽，会变成这样实乃理所当然。尽管如此，我还是感到心绪不宁，并困惑不已。

  在母亲钟情的土地上生活的这段岁月，我无数次梦见强壮可怕的男性突然出现在面前，将我痛斥一顿，拖着我扔进牢房。每一次我都会变回那时的样子。事件刚发生时，我每日都生活在惊恐中，双腿不停地颤抖。然而，其实我始终在等待被揭发的那一刻。

  没想到最后出现在我面前的，竟是一位如此年轻又如此温和的先生，甚至没有问我一句与那件事有关的问题。此时此刻，我心中依旧充满感激。为了表达谢意，我写下了这封信。

  仔细想来，那是一起震惊全国的事件，却因为你的体贴，让许多细节埋藏在未知当中。我一生没做过什么好事，想着至少尽量多留一些解释，权当忏悔的话语。

我在梅泽家与继母昌子及其女儿共度的日子堪称地狱。说这种话或许大逆不道，但直至今日，我都未曾有过真正意义上的后悔。回想起那段生活，我就能够在任何地方忍受任何辛劳。正因为这是事实，我才一直活到了今天。

父亲抛弃母亲时我才刚满一岁。母亲苦苦哀求他，想亲自抚养我长大，但父亲却以母亲体弱为由，没有应允。既然明知母亲体弱，他又为何能丢下她一个人勉力经营一家香烟店呢？

于是，我就被推给了继母抚养，每日过着惨淡的生活。继母早已作古，我再横加指责未免显得小气自私，但我还是要说，从小到大，继母从未给过我零花钱。不仅是零花钱，我也从未得到过什么玩具，更别指望新衣服了。我身上的衣服都是知子和秋子的旧物。

后来，雪子跟我上了同一所学校。尽管我比她高一个年级，但是一想到有个同年的姐妹在学校，我就每日都羞愧不已。当然，雪子总有新衣服穿，而我身上始终都是别人的旧衣。我唯独不愿输给雪子，因此成绩比她优异许多，从那时起，她们母女俩就想方设法妨碍我的学业。

我至今仍不能理解，为何继母没有将我送回保谷母亲家。也许因为害怕别人说闲话，也可能因为家里太大，却请不起用人。我从小就被使唤去做各种用人做的事情，每次我提出要回保谷跟母亲生活，继母都有各种理由回绝。街坊邻居（不怎么来往）和学校里的同学都对我的境遇一无所知，梅泽家的围墙之内，就像独立于世间的另一个世界。

每次我去保谷看望母亲回来，继母及其女儿都会合谋挖苦我。尽管如此，我还是必须去。

外面的人或许认为我经常去保谷找母亲，其实我是出去工作了。我有许多理由这么做。首先，母亲的小香烟店收入微薄，不足以支撑生活，加上母亲体弱，随时都有可能病倒。因此，我必须存一笔钱，以备不时之需。

其次，我自己也需要有一笔钱傍身，否则待在梅泽家很难生活。继母绝不会为我花钱，却让自己的女儿过着奢侈的生活，像是对我的讥讽。

总而言之，我想有钱可用，就必须出去工作。因为我不能问贫困的母亲要钱。

母亲十分理解我的情况，所以每次接到梅泽家打来的电话，母亲都会替我撒谎，说我在她那里。没错，她们时常打探我的情况。以当时的社会观念，那帮女人一旦得知我在外面工作，不知道会说出什么话来。

当时，一个女人若没有牢靠的身份，甚至不能在酒吧工作。但我有幸得到熟人相助，找到了在某大学附属医院每周工作一天的活计。为了避免给那个人及其家人带来麻烦，这里我就不透露找工作的经过和大学名称了，请你谅解。多亏了那个人，我有机会了解到了人体解剖的知识。

然而，那段经历也让我陷入了虚无。我开始觉得人的生命无比虚妄，生命在肉体的寄宿及脱离，往往只需一点小小的幸或不幸，甚至会因为旁人的意志而产生极大的不同。

后来我渐渐想到了死亡，想到了结束自己的生命。如今回想起来，会有那样的想法并没有很深的缘由。我不了解现在的年轻人，但那个时代的少女往往很憧憬贞洁的死亡，甚至把这当成了一种信仰。

我打工的大学设有药学和理学专业，有一次，有人领我来到一个药瓶前，告诉我那是砒霜，那时，我坚定了必死的决心。我偷拿了一些砒霜装在护肤品的小瓶子里回到母亲家,母亲弓着身子,蜷缩在阳光下烤火盆,显得格外弱小。

那天我本想与母亲诀别,但母亲见到我,马上拿出了装在纸袋里的今川烧。她知道我要来,特意买了点心。

跟母亲一起吃着今川烧,我突然不想独自死去了。我时常想,自己究竟是为什么来到这个世界上的,我活着全无乐趣,也全无意义。但是那一刻,我发现母亲的悲惨更胜于我。

无论我何时来,母亲都像一卷被遗忘的报纸,呆呆地坐在香烟店门口。真的,任何时候都是如此,我到这里来时从未见过她有别的姿势。我甚至想过,母亲会一直坐在店门口那块狭窄的榻榻米上,直到死去的那一刻。我不禁感叹,那是何等无趣的一生啊。从那时起,我就开始仇恨梅泽家了。

我对梅泽家的人产生杀意,并非因为某次爆发或某个事件,而是经年累月积攒起来的琐碎的怨念。

继母性格张扬,梅泽家总是充满了音乐和笑声。而每次我来到保谷,都只能看见母亲独自呆坐在店中。面对那样的落差,我感到背脊生寒。

如果一定要说出一个契机,我只能想到一个。那就是一枝到梅泽家吃饭那天。餐厅有把椅子不太稳,一枝抱怨了两句(她那个人整天都在怨东怨西),继母不知从哪儿找来一个小口袋,叫她套到椅子腿上垫垫。那个口袋是母亲精心收集的藏品之一,离开时遗忘在这儿了。

那一刻,我心中确确实实地生出了恨意。而且,我认为自己已经死过一次了。既然要死,我甘愿牺牲自己,为母亲换得幸福。

说来羞愧，我之所以想到那个计划，是因为自觉外貌尚可，但对身材没有自信。我想这一切都出于我的自卑感，请你尽情嘲笑吧。

然后我就废寝忘食地完善计划，并且四处打探情况。就是在那段时间，我发现了竹越先生。

对于竹越先生之事，我感到十分后悔。我无数次想过主动找到他磕头谢罪，但我早已下定决心，与其自首，我情愿自杀。

我花了一年时间，一点点盗出需要的药品，最后在昭和十年年底，一言不发地离开了大学。我留的是伪造的身份和住址，他们肯定找不到我。每次我都只盗走少量药品，大学那边应该没有发现。上班时，我担心让梅泽家的女人看见，必定会戴上眼镜、改变发型，事后回想起来，我感到十分庆幸。

我对父亲并没有强烈的怨恨，只觉得他是个很自私的人。

我用校园里随手就能捡到的装药瓶的木箱制作了杀死父亲的凶器。那种箱子格外结实，木板之间几乎没有缝隙。我在箱子外面安上了牢固的把手，往箱子里放进单手能拿得动的铁板，再用从学校偷来的石膏混合稻草——我曾听说混进稻草石膏会更结实——填充到箱子和铁板之间。我自认为木棍做的把手很结实，没想到杀死父亲时它还是断了。

整件事让我最不情愿的就是那一刻。父亲虽然自私，但并没有虐待过我。采取行动的几天前，我悄悄表示愿意给父亲当模特，父亲还特别高兴，觉得拥有了父女之间的秘密。他就是这么一个孩子气的人。

那天当模特时外面下起了雪，并且很快就堆积到了前所未有的厚度。如今回想起来我都感到毛骨悚然，那时我认为是天上的神明在劝阻我。

我犹豫了好久，一直在想今晚不行了，算了吧，改明天动手吧。父亲当着我的面服下安眠药时我几乎真的要放弃了，因为一切都与计划不符。

然而，我不能等到明天，因为明天父亲的画就要完成了。我看过画布，当时父亲只用木炭勾了草图，我的脸还只是一个十字。但是到了明天，他一定会画得更细致，让人发现我就是模特。

而且第二天是二十六日星期三，继母要给我们上芭蕾课。我知道绝不可能将课程推迟一天，而我已经答应了继母会参加。

于是我又坚定了一番决心，杀死了父亲。

也许没人知道，那时出了个差错。由于我力量不足，只是把父亲打晕了，并没有致其死亡，而且让他十分痛苦。之后我又浸湿了折叠好几层的和纸，堵住父亲的口鼻，把他捂死了。不知为何，警察并未发现这个情况，对此我也感到十分不可思议。

也许有人会奇怪，我为何用剪刀剪短了父亲的胡子。其实一开始我是打算用剃刀剃光的，还准备好了工具，只是在剃胡子时父亲的口鼻突然流出鲜血，我害怕极了，就没有继续下去。另外，我十分小心，不让剪下来的胡子落到地上，但最终还是没能做到万无一失。

接着，我拿了父亲的鞋走到外面。我把鞋装进包里，放在没有积雪的地方，然后走到窗边，借助丝线拉上了窗栓，再走出后门。我害怕被人看见，本想马上返回，但是那个瞬间，我想到了一个令人惊恐的问题。直到现在我都很庆幸当时意识到了那个问题。

我在大路上试着踮脚走路，然后踩着印子返回。正如我所料，脚印中央还是留下了一点凹痕。事后回想起来，万一我没有察觉到这个问题，后果实在不堪设想。

当时我空着手，什么都没拿，便慌慌张张地用双手捧起一大捧雪，踮着脚走回画室门口。

接着我把雪装进包里，但觉得不太够，就又小心地收集了一些门口垫脚石周围的积雪，也装进包里。接着，我背好包，穿上父亲的鞋，先抓一把雪撒在踮脚走过形成的小坑上，再迈开步子踩上去。

走到大路上以后，我把包里剩下的雪都抖掉了，又将父亲的鞋放进去。只要早上再下一点雪，我在画室门口收集积雪的痕迹说不定就会消失了。

我小心翼翼地选择人迹罕至的路线，走到离家不远的驹泽树林里。路上遇到了几辆车，但是没有行人。虽然当时是深夜，我还是应该感叹运气真好。

驹泽有条小河，我很喜欢岸边的环境，像一片原野，地上长满扎人的杂草。又恰好处在低洼处，周围的人都看不见。我曾决定，如果将来要死，就死在那个地方。

我事先在那里挖好了一个洞，盖上一块木板，外面用草叶挡了起来。事成之后，我把自己制作的凶器、剃刀和父亲的胡子都扔了进去，并填上了土。

然后我走进树林，蜷成一团等待天亮。彼时若轻举妄动，只怕会引来目击者。经过一番思索，我才做出了躲在林子里的决定。

那天晚上很冷，我觉得自己要冻死了，而且坐着不动，心中就产生了后悔和担忧。我在想，是否应该趁着还在下雪回到家中。可是街上有人，很可能被人看见。

父亲从没提醒过我早点回去，否则大门要上锁了，他从来不在意这类事情。至于继母,我已经和她说了要去保谷看望母亲,就算她打去电话,母亲也会像平时那样替我圆谎。

我把自己写的手记放在了画室,但是躲藏在树林里时,我开始担心那会不会是个败笔。我自认为精心编撰了手记的内容,但里面也许有我没发现的错误。想到这里我不禁后悔,不该制订如此庞杂的计划,早知道应该简简单单下毒杀死所有人——

但是那样不行。如果我作为杀人魔被逮捕了,母亲的日子会变得更痛苦。倒不如伪装成连我也被杀死了。至于事后如何在母亲面前现身,大可以慢慢考虑。而且我对继母的怨恨过于强烈,不想让她死得如此干脆。

我并不担心笔迹问题,因为父亲从二十岁起就没写过多少文字。他没有朋友,从未写过信,没人能找到可与手记比对字迹的东西,因此无从判断手记是否出自父亲之手。

我只见过父亲年轻时在欧洲旅居期间写过的字,我记得看到素描上的简短说明文字时还感叹过:我们不愧是父女,连笔迹都很像。

但是,我有很多书写记录,因此不能使用自己的笔迹。于是,我模仿了一个中年男子寄给我的书信上的笔迹。但这样我还是很不放心,就用了质地较软的绘画铅笔,并且刻意不削得特别尖,刻意每一笔每一画都写得格外张扬。

我左思右想,脑中尽是父亲温柔待我的回忆。我惊恐于自己的罪孽之深重,几乎要发疯了。仔细想想,其实父亲只信任我一个人,他什么话都愿意对我说。正因为这样,我才能写出那本手记。父亲似乎把美第奇的富田女士和我当成了仅有的倾谈对象,而我这个备受他信任的女儿,竟亲手杀了他。

等待天明的过程无比漫长而可怕,冬天的夜晚就是如此难熬。

待到东方既白，我又产生了新的恐惧，害怕梅泽家的女人在我回去前发现了父亲的尸体，那样一来我就无法归还父亲的鞋子了。那帮人也许都知道父亲在画室里放了两双鞋，要是被她们发现少了一双，情况将会对我十分不利。话虽如此，我如果太早回家，也会遭到怀疑。何况在送早餐之前，我既没有理由靠近画室，也不能走过去留下新的足迹。尽管如此，我还是坐立不安。

拿走这双鞋是我临时起意，因此越想就越害怕。我真的应该把鞋放回去吗？没有足够的证据证明父亲曾在雪地上行走过，鞋子略显潮湿应该不会产生什么问题。可是警方会不会拿走这双鞋去比对足迹？这双鞋的款式非常普通，但我还是很害怕警方认定那是父亲留下的足迹，那样将会跟鞋子不见了一样糟糕。不，还要更糟。

我烦恼了好久，还是决定归还鞋子。幸运的是，警方后来没能发现足迹来自父亲的鞋子，让我逃过了一劫。也许因为那天清晨又下了一会儿雪，让警方无计可施。又或者，警方并没有想到拿父亲的鞋去比对足迹。

针对我们的调查异常严苛，我早已做好了心理准备，因此觉得不算什么，但那几个姑娘都被问哭了。对她们我没有丝毫同情，反而觉得异常爽快。

我在雪地里待了一整夜，似乎感染了风寒，接受调查时浑身发冷。但我要扮演父亲惨遭杀害的女儿角色，这样的状态或许对我更有利。

母亲听闻我那晚没在梅泽家，好像以为我上班去了。出于不想让梅泽家的人知道我在外面工作，她便一口咬定我在她家。

母亲就是这么单纯的人。

接下来再说说一枝事件吧。那是我第二次独自去一枝家,而且两次之间相隔的并不太久。因为我担心去的次数太多,或是相隔太久,一枝恐怕会起疑,继而告诉继母。

我本想置办一身与一枝相同的和服,但没有那么多钱,不得不从死去的一枝身上扒下来自己穿上。

我在计划好的地方等待竹越先生时,突然发现和服的前襟沾了一点血,连忙躲到了暗处。

那起事件始终让我提心吊胆,因为我的计划过于复杂,不是一个小姑娘能独自完成的。因此,跟杀害父亲时一样,我心中十分慌乱。

我悄悄地走在昏暗的道路上,担心竹越先生今晚突然晚归,慌得几乎要晕过去。因为我已经配合他平时的时间,事先杀死了一枝。

不过那还不算最糟糕的情况。我又想到万一他今天早归,此时已经回到家中,顿时害怕得两腿发软,险些跪倒在地。

跟竹越先生一起走进一枝家时我也十分慌乱,因为刚踏入大房间,我就闻到了淡淡的血腥味。我甚至觉得奇怪,竹越先生怎么没有发现。和服前襟有血迹,我便匆匆请求他关了灯。

后来我才知道一枝的死亡推定时间为七点到九点。我实在是太幸运了,因为实际上我杀死一枝是在七点刚过。警方的鉴定人员可能认为入室盗窃杀人应该发生在稍晚的时候,所以才给出了这样的范围。

竹越先生并不是我的第一个男人。

一枝的葬礼结束后,我故意弄脏了几个坐垫,然后将布套拆下来清洗,晾在一枝家里。

除此之外,我还故意制造了许多做到一半的事情,都是为了等从弥彦旅行归来后,有借口将其他女孩叫到一枝家去。

彼时我已经习惯了杀人,按照现在的说法,就是感受到了玩游戏般的乐趣。连与七个女人结伴的可怕旅行我也能乐在其中了。

与杀害父亲和一枝的时候不同,那场旅行的一切都很顺利。我提起父亲的手记(警方只粗略地对我们说了一些内容,且没有提到阿索德,这样反倒对我有利),稍微暗示了一下弥彦之行,继母立刻就同意了。接着我又诱导雪子她们,提出想在岩室温泉多住一天,继母竟一口答应,还主动说想独自回会津若松娘家一趟。

其实我一开始就想到,继母应该不会带着名声在外的梅泽家六姐妹浩浩荡荡地回乡,因为她是个很爱面子的人。而且我猜到她回了娘家也不太可能出去走动。我只是担心她会让我和文子阿姨的两个女儿先回去,所以旅行中我想尽了办法,让几个姐妹开开心心地玩在一起。

回程的火车上,我们很自然地分成知子、秋子和雪子,信代、礼子和我两个小团体,不太引人注目。

我在车上提出"不如今天去一枝姐家收拾收拾",但知子和秋子都不同意,她们说玩累了,让我一个人去收拾。真是自私。一枝跟我没有血缘关系,凭什么让我一个人去呢?

她们总是这样,我早已经历过无数次同样的场景。上舞蹈课时(知子和雪子特别差劲),一见我跳得好,她们就不练了。而且我发现,继母经常趁我去保谷的时候组织大家练舞。

我不断恳求她们,说我一个人去有点害怕,还答应给她们做果汁,好不容易才让她们点了头。

三月三十一日下午四点多，我们来到了一枝家。我一进门就去厨房做了果汁，把五个姑娘都毒死了。之所以如此匆忙，是因为天黑后就要开灯，就算那附近再怎么荒凉，也有可能被别人看见灯光，进而察觉到屋里有人。

我知道有药能解亚砷酸的毒，也考虑过事先服用，但最终我没能弄到那种药。其实也没必要设计如此多余的诡计，因为她们总是把厨房的事全推给我，让我完全不费工夫就毒死了所有人。

我把她们的尸体搬进浴室，那天晚上独自回到了位于目黑的梅泽家。这次回去是为了在继母的房间藏匿事先准备好的带钩绳索和放砒霜的药瓶，也因为我没有地方睡觉。我故意没去收拾晾在屋子里的衣服，它们可能就那样晾了好几年。

等到第二天晚上，尸体开始僵硬，我就借着窗外的月光，在一枝的浴室里切割尸体。

把尸体堆在浴室放一晚上着实让人不放心，但是思来想去，适合切割的地方恐怕只有浴室。而且凭我一人之力，要把五具尸体挪去杂物间放一晚上，第二天再搬出来，实在力有不逮。于是我决定，万一尸体被人发现，就彻底放弃接下来的计划，并在房子不远处服下剩余的砒霜自尽，伪装成我也惨遭同一个凶手毒害。这么做当然是为了母亲着想。如此一来，就成了凶手杀死六个姑娘，试图制作阿索德，但是还没来得及切割就被人发现了。

不知是幸还是不幸，尸体最终没有被人发现。我切割了五具尸体，拼凑成六具，用事先准备好的油纸分别包裹起来，搬进杂物间盖上了盖布。举办葬礼时我仔细打扫了一枝家的杂物间，把地也擦得干干净净。这是为了防止尸体沾上稻草或关东地区的尘土，给警方留下证据。

很久以前,梅泽家的女人集体出动献了一次血,因此我知道我们六人恰好都是 A 型血。

最让我为难的是如何处置六个人的行李。虽说每件都不大,但足有六份,不能要求竹越先生把这些东西连同尸体一起掩埋。实在没办法,我只好把六件行李都装入重物,扔进了多摩川。后来我又把切割尸体用的锯子也扔了进去。

那时我早已准备好了写给竹越先生的信,于是在梅泽家休息到四月一日清晨,也就是毒死五个人的第二天,直接前往市中心,寄出了那封信。寄完信之后我才去一枝家切割尸体。这么做是为了保证每个步骤都顺利,趁尸体开始腐烂前尽快做好安排。我还要把竹越先生收到信后犹豫的时间也考虑在内。

之所以选择胎记作为识别我身体的标志,是因为继母对亲生女儿以外的女孩全无兴趣,应该不知道我身上并无胎记。

但是母亲知道我身上没有胎记,于是我不得不事先用铁棍敲打自己的腰部,向母亲示意这里很久以前就长了一片胎记。那时母亲的反应远超我的想象,她反复用手揉搓了许久,我不禁庆幸没用化妆品来伪造。

事情做完后,我改变了发型和打扮,在川崎和浅草等地租住廉价旅馆,并不时找些包住宿的工作潜伏下来。唯一让我感到遗憾的事情,就是伤了母亲的心。

我工作了很长时间,身上多少有点积蓄,可以持续一段那样的生活。但是我认为一直待在国内恐怕很危险,从这个意义上说,那是个很好的时代,因为当时日本在国外拥有殖民地。如果一切顺利,我打算亲眼确认事件按照我的计划发展,然后就藏身于中国大陆。

我很舍不得母亲,但早已下定决心暂时不去见她。因为母亲是个不会说谎的人，让她承担我的秘密实在太残酷了。而且一旦母亲得知真相，她将会陷入比我更大的不幸，于是我强迫自己离开了母亲。

所幸事情的发展完全符合我的计划，而且我在一家旅馆工作时，还结识了号称要返乡与家中手足一道参加满洲开拓团的女佣。我恳求她带上我，一起去了中国大陆。

但是中国大陆并不像日本国内所说的那样遍地黄金。那里的天地十分广阔，冬夜农田里的气温可以降到零下四十度。

过了一段时间，我辞去了务农的工作，到北安找了新的活计。那个时代的女人，很难只靠自己过活，我经历了许多惨痛的遭遇。虽然在信中无法尽言，但可以说，我终于理解了母亲年轻时为何没有前往满洲。我认为，自己经历的那些苦难，或许是上天对我的责罚。

日本战败后，我回了日本，并一直待在九州。昭和二十年过去了、三十年过去了，我渐渐得知那起事件变得越来越出名，保谷的母亲也获得了许多财产，于是心中异常满足。昭和三十年前后，我认为母亲早已搬到了京都，并开起了梦寐以求的口袋店。

到了昭和三十八年的夏天，我终于按捺不住，去京都的嵯峨野寻找母亲。但是我从落柿舍找到岚山，又找遍了大觉寺和大泽池一带，就是找不到母亲的店铺。

当时我的心情很难用话语描述。大失所望之后，我又去了东京。

东京已经彻底变了模样。路上的汽车比以前多了几倍，还修建了高速公路，城中随处可见奥运会的宣传。

我先去了一趟目黑，远远看了看梅泽家。透过树木的间隙，我看见了一座崭新的公寓。

我还想去看看驹泽的树林,我听说那里已经被开发成了高尔夫球场,但我还是想再看一眼自己最喜欢的原野、小河,还有曾经呆坐到天明的树林和埋藏了弑父证据的地方。

但是当我站在驹泽的土地上,又一次被惊呆了。那里遍地都是推土机和土方车,树林与小河都不见了踪影,满眼尽是关东地区特有的红色土壤。我只看到了一小片扎人的杂草,即将被泥土掩埋。

我顺着道路走进去细看,发现曾经是小河的地方多出了巨大的水泥管道。也许那条小河被送进了管道里。至于埋藏凶器和证据的地方,我已经找不到了。

后来拉住旁人一问,我才知道明年这里就要建起奥运会场馆和体育公园了。

那天的阳光很强,我撑着阳伞凝视工地,头上慢慢渗出了汗水。工人们半裸着上身,挥汗如雨,在地上投下浓重的黑影,这一切都与那个夜晚截然不同。眼前的光景让我无论如何都联想不到那天倾洒在雪地上的晨光……

随后我又去了保谷。那时我已经意识到,母亲可能从未离开保谷。仔细一算,母亲早已年逾七十,准确来说足有七十五岁了。甚至在我猜测她已经到京都开店的昭和三十年前后,母亲就已经六十多岁了。这么大岁数,母亲不可能独自开展新的事业,那只是我一厢情愿的自我满足罢了。多么愚蠢的想法啊。

在保谷下车后,我迈动颤抖的双腿走向母亲的小店。拐过前方的转角,就能看见母亲的店铺,就能看见母亲了。她今天应该也是静静地坐在门前。

但是我并没有看见母亲。母亲的房子变得又旧又脏，周围完全变了模样，几乎所有店铺的门面都换上了整齐漂亮的铝合金玻璃门，唯独母亲的小店还是陈旧的木框玻璃门，而且蒙着一层灰，显得格外破败。

店门口不见香烟货架，母亲似乎已经不做生意了。我拉开玻璃门，朝里面喊了一声，却见从旁边店铺走出一个中年女人。我说自己是刚从中国大陆撤退回来的多惠的亲戚，她没有多问就带我进去了。

母亲睡在里屋，看起来老态龙钟，而且病得很重。我坐在母亲身边，终于跟她团圆了。

母亲几乎失明，所以没认出我是谁，只对我说劳烦你总过来帮忙了。

我的眼泪止不住地往下淌。

此时此刻，我才开始悔恨自己造下的罪孽。

怎么会这样呢？我只是想让母亲过得幸福一些呀。但我意识到，自己的做法彻头彻尾地错了。

接下来的几天，我不厌其烦地对母亲说我是时子。过了四五天，母亲总算理解了我的意思，高兴地叫着我的名字，还流下了眼泪。可是除此之外，母亲能理解的事情好像已经不多了。

但是我感到十分庆幸。只要母亲知道我是时子，就足够了。

第二年就要召开东京奥运会，我特意为母亲买来了那时刚出现的彩电，虽说母亲可能看不太清楚。

当时彩电还是稀罕物，平时总有邻居过来看。好不容易等到奥运会开幕那天，母亲看着电视上喷气式飞机描绘出的五环图案，走完了自己的一生。

我还有许多没来得及为母亲做的事,正因为这样,我才代替母亲在嵯峨野开了店。若不这么做,我就没有活下去的理由了。

不过尽管如此,我也不感到后悔,因为这一切我都仔细思量过了。如果因为一点挫折就感到后悔,倒不如一开始就不要做。我想,你一定能理解这种心情。

话虽如此,守着京都的店铺安静度过一生又好像有点过于完美了。而且我带着两个年轻姑娘做生意,日子还算有些乐趣。

于是,我决定赌一把。听说你也研究西方占星术,应该很清楚。我的出生时间是大正二(一九一三)年三月二十一日早上九点四十一分,出生地是东京。

♇(冥王星)落在我的第一宫,所以,这颗象征着不祥、死亡与转生的星星就是我的主星。我天生喜欢奇诡异常的事物,可能也是受到了冥王星的影响。

但是我的运势很强,因为星盘里拥有♀(金星)、♃(木星)和☽(月亮)组成的幸运大三角。我的计划之所以圆满成功,应该是得到了它的助力。

不过,象征着恋爱和子女运的第五宫被夹在其中湮灭了,另一侧象征着友情和愿望的第十一宫也遭遇了同样的命运。事实上,我没有朋友,没有谈过真正的恋爱,也没有子女。

我这辈子只有一个愿望。我丝毫不渴望金钱、家庭和名誉,我只想要一个男人。如果那个人出现了,我就会抛下一切,将全身心交付给他。

于是,我就一直守候在嵯峨野,决定把人生赌在那个查明真相、找到我的男人身上。现在想起来,这样的决定也许可笑,但我那时擅自为自己封禁的恋爱运做了解释,认为中年以后会自然解开。而我是个运势极强的人,只要将自身完全交付给命运,也许就会遇到好事。不管对方是个怎样的人，既然能查明事件的真相，就不可能愚笨。既然如此，我一定能爱上他。就算对方已有妻室也无妨。那人手中将会握着我的致命弱点，所以我只能任凭他摆布。不知何时我开始坚信，这就是我注定的命运。真愚蠢啊。

然而，时光空流逝，我渐渐老去。不知不觉，我开始想：就算最终有人找到我这里来，一定也是个比我年轻许多的人。因为我的计划完成得过于顺利，反倒让我输掉了这场赌局。多讽刺啊，也许这正是对我最大的惩罚。

但是，我丝毫不打算埋怨你。见到你之后，我发现自己没有下错赌注，只是骰子没能摇出很好的点数，仅此而已。

我早已下定决心，这场赌局失败后，我就干脆利落地死去。在我的星盘中，象征着死亡和遗产的第八宫拥有幸运的♃（木星）。因此我猜想，死亡不会让我太过痛苦。

最后，搁笔之际，请容我祝愿你身体健康。我会在另一个世界，永远祈祷你今后的活跃。

四月十三日 星期五
时子

修订版后记

岛田庄司

《占星术杀人魔法》被称为我的代表作,同时也是我的出道作。代表作一直是出道作这件事,让我郁闷了很长时间。但是最近我渐渐想通了。接下来我要讲述的,正是因为我对此挂念不已,才有可能发生的事情。

在为这部代表作制作修订完全版之际,我深深意识到,这部作品拥有一种不可思议的力量,让它看起来既像我的作品,又显得有点陌生。它已经不再是属于我的东西,而成了公众性的存在,代表了一个时代,一个类型,有时甚至是一个国家。它已经脱离了我的掌控,拥有了阐释时代的力量。我为此感到骄傲,但又不认为自己有骄傲的资格,因此心情十分复杂。

因为时隔多年,我早已忘却了创作这部作品时的事情,甚至想不起自己是在什么地方、什么状态下写出了这些文字的。出道后,我全力以赴,出版了许多作品,数也数不清的创作体验在不知不觉间把创作这本书的回忆推向了远方。近来我审视这部作品,就像面对另外一个国家的陌生人的创作,并深深感叹作品自身独立开创了多姿多彩的时代。

早在二十世纪七十年代,这个故事就存在于空中,而我正好从旁经过,仿佛应了天启一般,让故事经我之手降临到了稿纸上。它就像某个对时代心怀计划的空中之人所写,并碰巧托付于我。如果换成一个非常专业的作家,恐怕不会发生这种事情。不成熟的人就像一张白纸,因此更容易接纳从天而降的意志——如果不这样想,实在很难解释这个故事为何能对时代造成如此重大的影响。

众所周知,这部作品降临在我脑中时,时代正处在"清张的咒缚"之下。为了获得更多的读者,江户川乱步先生开创的侦探小说这一类别,开始在他的带领下逐渐靠近江户流的诡异猎奇,在大肆扩张的同时又遭到了文学领域的蔑视,令创作这一类型小说的作家饱受其苦。后来,松本清张先生横空出世,一举扫清了当时的颓势,让文坛霎时染上了统一的自然主义风格。

达尔文、莫泊桑、左拉,还有田山花袋,若不怕误解,还可以加上太宰治,这种艺术手法在日本近代文学界也绽放了美丽的花朵。清张的风格证明自然主义与侦探小说也很相称,使得这类发展道路曲折的类型文学迎来了粉红色的大团圆结局,成了今后绝不存在,流行也绝不可触碰的黑匣子。

但是,这种风格又渐渐发展成了否定大型诡计和密室创意,将名侦探讥讽为孩子才喜欢,认为作品无须伏笔,禁止超脱常识的动机,将炫技性质的推理解说视为禁忌,在此之上,还只推崇"情欲、金钱、名声"这种周刊八卦似的内容,或者《蒲团》(田山花袋)性质的描写人性的弱点所导致的逼真犯罪,而且调查犯罪事件的人必须具备资格,是相比动脑更愿意迈开双腿的警官。最后,但凡违反这些约定的作者,都会被蛮不讲理地逐出文坛。"本格是什么"的相关讨论也成了危险的议题,人人敬而远之,因此蒙上了时代的灰尘。立足于现在回看,当时就相当于被人蒙住双眼的状态,谁也没有意识到事态已经发展到那么极端的地步了。

二十世纪八十年代初期,《占星术杀人魔法》登场,向当时的文坛陈规发起当头一击。霎时间,文坛掀起了巨大的争斗,余波一直延续到了三十年后的今天。那场争斗也成了日本"新本格"时代诞生的阵痛。

相比文坛经年不休的愤怒,许多在野的年轻才俊受到这部作品的影响,开始孕育新风。很快,"新本格运动"便在日本的西部展开了。它不像有些人担心的那样,它丝毫没有诡异猎奇的倾向。现在回头看,《占星术杀人魔法》成了开拓"新本格"这一新潮流的存在。

这部作品宛如新选组的敢死队队长,其勇猛并没有止步于此。一九八八年,这部作品的中文繁体版在中国台湾出版,又给当地的年轻才俊带来了刺激,激发出台湾本格推理小说创作的源流。这一渠道打开后,又有大量新本格推理作品进入了中文出版界,并在各地激发了众多中文写作者的才能。

进入新世纪,《占星术杀人魔法》被引入中国内地,翻译为中文简体字,在北京和上海等地获得了众多读者的喜爱。不久之后,中国内地也出现了年轻的新人作家。此后,这部作品的脚步依旧没有停歇,北到韩国,南及越南、泰国,其生命力依旧旺盛,并开始开拓"亚洲本格时代"。

之后,这部作品被翻译成英文,传播到英美等国。然后被翻译成法语传到法国。有人说,侦探小说这一类型的开创者——盎格鲁-撒克逊民族——在读过这本小说后,已经做好了重现黄金时代的准备。就这样,这部作品甚至表现出了开创全球新本格浪潮的潜力。让我们再回到一九八一年年底的日本,该作的文库版刚刚上市,并受到广泛的批判。古今对照,可谓恍若隔世。

不过，那些批判只是转瞬即逝的骤雨。如今三十年过去了，去年《周刊文春临时增刊：东西推理100选》（文艺春秋，2012）将《占星术杀人魔法》评为仅次于《狱门岛》（横沟正史）和《献给虚无的供物》（中井英夫）的作品，在历代日本推理小说中排名第三。如此看来，我那困惑和苦难的时代已经过去了。

之前《占星术杀人魔法 修订完全版》收录于《岛田庄司全集Ⅰ》，也由讲谈社出版，但尚未收入讲谈社文库这个主要舞台。如上所述，我身为被选入历代三杰的作者之一，心中多少有些焦急。如今修订完全版终于得以收入文库，我也总算了却了一桩心事。

为方便以后的研究者，我在此列出修订完全版的修订内容：

首先，从开篇到结尾，全文的文字都进行了梳理，力图更为流畅。每本手记使用不同的文风，以体现不同的时代风格。

其次，除了文字方面的梳理，主要的修订点共有四处：

第一，添加了尸体发现顺序的列表。故事中讲到凶手按照平吉的手记杀害了六名女性，并将她们的尸体遗弃到全国各地，后来尸体按照一定的顺序被发现。我一直认为有必要制作一张表，标明每具尸体的发现日期、地点、身份和掩埋深度。作为一项纯粹的逻辑游戏，应向读者毫无保留地提供所有的推理材料，邀请他们加入推理竞技。因此，添加这样一张列表会显得更为贴心。借这次修订，我总算如愿以偿。

第二，文中提到日本列岛的重要历史遗迹和重要地点都排列在东经一百三十八度四十八分这条南北方向的线上，实际上东西方向也存在这样一条线。此外，英国各地的古墓和祭祀场所也呈现出直线排列，并且地名末尾都带"ley"的发音。相关知识都添加到了本修订完全版中。

初版《占星术杀人魔法》付梓后,我参加了关于司法问题和冤案救济的活动,因此时常前往看守所和法律事务所,借此深入了解到冤案导致的死刑犯走过的人生,并获得了很多相关知识。在这个故事里同样有冤案导致的死刑犯登场,在修订版中,我凭借掌握的知识,得以让这名被告的言行举止和申冤活动更为生动细致。这就是第三个补充的地方。

不过我学到的知识异常庞杂,若写得过于仔细,可能会破坏本格推理小说的解谜结构,因此我将补充的部分控制在了最小限度。

第四个补充的地方是对凶手杀害平吉那部分的描写。初版付梓后,我每次重读都会觉得这个地方写得过于生涩,很想进行修改和补充,这次终于如愿以偿。

话虽如此,重读三十岁写下的文字时,我所感受到的并非只有生涩。接下来我讲讲修订工作中产生的感想。关于舞台装置的细节部分,想必研究者也会有兴趣一读。

这部作品包含的地点有东横线、都立大学车站周边、柿木坂住宅区、驹泽奥林匹克公园曾经的高尔夫球场,这些都是我小学时代所熟知的地方。而梅泽家的原型,就是与我当时生活的目黑区大原町(现名八云)的家相隔一条马路的一处宅邸,现在它也存在。

江本君的原型是"顺正"的厨师,是我认识的真实人物,我也曾经像书中的御手洗和石冈那样跑到他家借宿,并走遍了京都的大街小巷。那次虽不是为作品取材,但那些经历最后还是派上了用场。

我也是在那一次去了御手洗与石冈会见凶手的"岚山琴听茶

屋"，这家店至今还开在那里，并保持着原来的样子。御手洗和石冈用过的电话亭也还在，只是外观与当时不同。

关于这部分现场验证式的描写催生了我与京大推理研究会成员绫辻行人的友谊，后来又发展成新本格浪潮。如果当初让御手洗获得灵感的城市是仙台或札幌，新本格运动也许就成了不同的模样。

书中的一位人物是在保谷市（现西东京市）度过了晚年，而那里是我大学时期生活过的地方。在刚刚上市的彩电上观看色彩纷呈的东京奥运会开幕式，这个令人激动的回忆也是我的亲身体验。

写出道作的时候，我作为作家的脸皮还很薄，没胆子撒谎。正因为足够诚实，笔下那种作文式的描写反倒忠实生动，让人仿佛能亲身体会当时的气息，连我在重读时也忍不住沉浸其中。

不过对我而言，最重要的还是小学时期，那段时间的经历是我十分珍视的回忆，并对我的创作造成了很大的影响。因此，我在这篇后记的结尾附上一篇讲述了那个时期的文章。这是我早前为简中版《占星术杀人魔法》撰写的文章，其中也包含了鼓励在野新人创作的意图。

上小学时，我生活在目黑区大原町（现东丘一、二丁目附近）以及驹泽、柿木坂一带。我上的是目黑区东根小学，那时同学中间正流行江户川乱步的《少年侦探团》和《怪人二十面相》，广播电台搞了很多相关广播剧，我还和朋友互相交换江户川乱步的书，读得津津有味。

那个身披黑色斗篷的二十面相，似乎常在谷中、团子坂、浅草和麴町一带活动，但是跟我组成侦探团四处乱跑的小伙伴们一点都不羡慕谷中和浅草,因为我们一致认为,驹泽一带和柿木坂住宅区才是最适合二十面相活跃的舞台。

如今被改造成驹泽运动公园的地方,在我小学四年级时还是一片广阔的高尔夫球场用地。那里有山丘,有溪谷,绿色的溪谷中开满了白色和黄色的小花,色彩缤纷的蝴蝶翩翩飞舞。旁边还流淌着小河,河水打湿了藤蔓的绿叶。

后来那里被规划为一九六四年东京奥运会的第二竞技场,突然有一天就施起工来了。山丘被挖开,绿地被掩埋,小河都被装进了巨大的水泥管道里。

当时我们还不懂得为丧失了宝贵的自然环境而惋惜,工地很快就成了我们展开大冒险的舞台。

那时对工地的管理还不太严格,不开工的日子,我们就能爬上竖立在地上的水泥管,再顺着梯子下到管子内部。小心翼翼地爬下去后,眼前是一道昏暗的圆筒状通道,空气里散发着新浇注的水泥特有的气味,其中还掺杂着水流的气息。我们打开小手电筒,手电筒的光芒之外便是无尽的黑暗,越往前走越看不到头,足以让一帮小孩子坚信这条通道真的能通往二十面相的秘密基地。

小说上说,二十面相的地下秘密要塞的入口就开在城市一角,在看起来很普通的阴暗角落里。我们柿木坂少年侦探团认为,迎接奥运会的大型工程不过是二十面相的障眼法,他肯定在这里建设了巨型秘密要塞。大城市的小学生或许就很难有幸获得如此美好的冒险舞台了。因此,我们反倒很感谢驹泽的工程,给我们提供了这样的机会。

每天的午饭时间,我们班的同学都会各自移动课桌,跟朋友拼成一座小岛,一起吃饭聊天。一开始我也满足于那样的闲聊,但很快就厌倦了这种没有创造性的行为，于是有一天，我跟大家讲了在驹泽工地冒险时生出的幻想。我讲的是个模仿江户川乱步编造的侦探故事，大家都听得津津有味。但是故事还没讲完，午休结束的铃声就响了，于是只能放到第二天再讲。

二十面相的秘密基地其实来自太平洋战争末期，旧日本军实际修建过的设施。虽然这种事是重大机密，但当时处在战争可能失败的阴影中，军方怀着一种逞强的心理，向媒体透露了一些信息。国家之间的战争将演变为敌国首都的大规模巷战，并最终一决胜负。防守一方必然会撤退到纵横交错的地下通道，与敌人展开游击战。这是近代战争的常识，因此东京地下必定也存在那样的地道。

乱步先生创作的儿童故事显然受到了旧日本军方的影响。可是三月十日爆发东京大空袭，十万市民惨遭焚烧，而军队并未让市民退至地下避难，反而见死不救，并坚称并不存在地道和地下基地，将其封印至今。如此想来，其实这种少儿故事本身就是历史的潜在记忆。我现在虽然这样想，当时却没有产生过类似的想法。

第二天、第三天的午休时间，我都讲了自己的幻想故事。渐渐地，幻想的故事差不多都讲完了，我不得不提前准备第二天要讲的故事。于是我便提前一天先在家中打好草稿，第二天午饭休息时把本子摊在课桌上，边看边讲故事。后来我连编都懒得编了，干脆变成朗读。

周围的小伙伴都听得入了神，连平时总是嫌这嫌那，喜欢提问题的女孩子都皱着眉、一脸认真地听着。她们的反应让我大为震惊，同时又很骄傲，并因此发现了故事的力量。

与现在不同，当时有很多广播剧和小说朗读节目，朗读算是一种独立的演出类型。加上那时还没有电脑游戏和DVD，我的原创故事朗读就瞬间赢得了许多人气，大家都追着我要听更多故事。

当时驹泽一带可谓孩子们的天堂，蕴含着创作故事的爆发力。东映电视部的摄影棚就设在柿木坂一隅，为了当时迅速普及的电视而制作的真人版《铁臂阿童木》和《月光假面》等节目，都是在那里拍摄的。经常有取景队在驹泽周边取景。当时路上还没多少汽车，因此拍摄活动十分轻松。

这就是我们为何从不羡慕浅草和谷中。因为驹泽有那么多电视剧拍摄活动，在孩子们眼中，此地堪比光辉灿烂的好莱坞。我们总能在自己的地盘上碰到取景队，还能远远瞥到电视上见过的熟悉面孔，因此特别兴奋。我那些幻想的故事就来自日常生活。

可是，等到驹泽的工程结束，竞技场和运动公园建成之后，这里就变得不像冒险舞台了。周围突然异常整齐干净，再也找不到意想不到的昏暗角落，人工打造的整洁环境无声地抗拒着孩子们的探险冲动。大人们在宽阔的平地上有序地穿行，情侣们在长椅上悄声畅想着未来。

我的故事朗读活动渐渐在班上传播开来，小圈子里出现了越来越多的"作家"，朗读各自的作品。很多是模仿我，创作乱步式的侦探小说，但也有一些是讲历史故事，那种成熟的气息有时会让我感到焦躁。

一九八七年，我与讲谈社的编辑宇山日出臣合作，在文坛兴起"新本格运动"。但其实很多年前，在东根小学的教室一角，就爆发过先于时势的新本格浪潮。那阵比讲谈社早了三十年的前新本格浪潮曾一度席卷目黑区，遗憾的是，那时在班上讲故事的同学后来都没有成为作家。

如果我从未有过这种经历，直到三十岁才开始构思小说，也许就会收敛起许多幽默感和孩子气的幻想。如此一来，岛田庄司的文风必然会与现在截然不同。

想到这里，再重读出道作《占星术杀人魔法》，我又发现了许多细节。故事发生的舞台无疑就在柿木坂东根小学侦探团的活动范围。位于八云的艺术家大宅里发生了离奇的事件，警察在柿木坂一带的住宅区和塑料模特工厂四处调查，凶手则潜伏在驹泽那处未经改造的宽敞绿地中。这个故事也许比我在东根小学朗读的故事更成熟，但它的舞台和道具全都维持着午休朗读时的模样。当时被我用来维持神秘感的素材，后来又被我原样搬到了这个故事里。

我在学习占星术和研究东京真实发生过的纸钞诈骗案时，突然想到了这个故事的诡计，之后，我毫不犹豫地把它安放到了柿木坂少年侦探团的活动舞台上。即使人已经长到三十岁，我的内心却依旧停留在少年时代。促使我写下这部小说的，正是与那时同根同源的侦探冲动。

如今回想起来，昭和三十年代的东京，正处在侦探小说的热潮中。在江户川乱步先生的影响下，整个东京都弥漫着侦探小说的气氛。市面上有大量的侦探小说，漫画家也纷纷创作以名侦探为主题的漫画，广播和新兴的电视里都充斥着侦探类型的节目，大街小巷到处播放着少年侦探团的主题曲。我们在那样的环境中成长，若要长成不写侦探小说的少年，反倒有点困难。

三十岁那年我开始创作小说，但真正的起点应该是小学时代。之所以等到三十岁，是因为这个时候我差不多理解了社会的构造。这种想法是没错的，但如果没有在小学时尝试创作的经历，后来我的风格可能会更狭隘，并且有可能无法持续创作。另外，二十岁前后我没有创作任何作品，总感觉永远地失去了许多青春的故事。

其实我没有任何理由等到完全理解社会的构造之后再展开创作，因为有的事情无论长到多少岁都不会理解，有的东西则是年轻时了如指掌，长大后反而渐渐不理解。

故事就像活物，如果是杰作，则创作本身就会教给我们很多事情。一些对众多读者来说意义深刻的故事，即使是在作者不谙世事的时候写就，也很神奇地不会出现任何矛盾。因为那是冥冥之中的天意，并通过书写者纯粹的灵魂带入世间。

正在阅读这些文字的你，如果在读完《占星术杀人魔法》后产生了"原来还有这样的世界，真有意思"的感想，请考虑拿起笔写下来。也许你的体内潜藏着连你自己都不知道的巨大能量。

上小学时，我从未想过自己拥有书写故事的力量。我以为自己只有满山乱跑、画画、打棒球和拼模型的能力。

可是现在，我没有持续发展那些能力，反而成了写小说的人，想来真是感慨万千。但我已经知道，这正是源于那个有梦想的时代的力量。

这一切多亏了童年的某一天，我毅然讲出了藏在心中的故事，后来又提起笔来创作；也多亏了东根小学的朋友们认真倾听，并给予我许多鼓励。

现在，我格外感谢他们。听故事的小伙伴们也许乐在其中，但写故事的我更是获得了几倍的乐趣，那是我有生以来第一次感受到自己的价值。希望读到此处的你，也能获得那样的乐趣。

参考文献

1. 《炼金术》，Stanislas Klossowski de Rola 著，种村季弘译 平凡社。
2. 《魔法与占星术》，Alfred Maury 著，有田忠郎、浜文敏译，白水社。

本书根据二〇一三年讲谈社出版的文库版《占星术杀人魔法（全新修订版）》翻译而成。在二〇〇六年九月出版、收于《岛田庄司全集I》的版本基础上进行了修订和增补。

Senseijyutsu Satsujin Jiken
© Shimada Soji 1987
All rights reserved.
Original Japanese edition published by KODANSHA LTD.
Simplified Chinese character translation rights arranged with KODANSHA LTD.
through Kodansha Beijing Culture Ltd. Beijing CHINA
Simplified Chinese edition copyright © 2025 New Star Press Co., Ltd.
著作权登记图字：01-2006-2549

图书在版编目（CIP）数据

占星术杀人魔法：全新修订版 ／（日）岛田庄司著；吕灵芝译者．——6版．——北京：新星出版社，2022.8（2025.12重印）

ISBN 978-7-5133-4837-9

Ⅰ．①占… Ⅱ．①岛… ②吕… Ⅲ．①推理小说－日本－现代 Ⅳ．① I313.45

中国版本图书馆 CIP 数据核字（2022）第 059334 号

占星术杀人魔法（全新修订版）

[日] 岛田庄司 著；吕灵芝 译

责任编辑：赵笑笑
责任校对：刘　义
责任印制：李珊珊
装帧设计：Caramel
封面插图：影山徹

出版发行：新星出版社
出 版 人：孙志鹏
社　　址：北京市西城区车公庄大街丙3号楼　　100044
网　　址：www.newstarpress.com
电　　话：010-88310888
传　　真：010-65270449
法律顾问：北京市岳成律师事务所

读者服务：010-88310811　　service@newstarpress.com
邮购地址：北京市西城区车公庄大街丙 3 号楼　　100044

印　　刷：北京天恒嘉业印刷有限公司
开　　本：910mm×1230mm　　1/32
印　　张：11.25
字　　数：230千字
版　　次：2022年8月第六版　　2025年12月第十次印刷
书　　号：ISBN 978-7-5133-4837-9
定　　价：49.00元

版权专有，侵权必究；如有质量问题，请与印刷厂联系调换。